启真馆 出品

应 奇 著

理智并非干燥的光

浙江大学出版社

目录

罗序 1

韩序 4

自序 10

辑 一

太老师 3

永祥先生 9

来了个和我谈张宗子的学生 15

德沃"夏"克 20

高研院的落日 25

"北京一下雪就成了北平"

　　　　——和法老同游老燕京学堂 32

六上长城

　　　　——一阕无关乎长城的青春挽歌 41

平装董桥 50

为梁文道荐书 **60**

重访"豆瓣" **65**

后中年的心情

      ——重到台湾纪行 **71**

从徐复观到史华慈

      ——在杭州淘旧书 **84**

"来时不似人间世"

      ——台北书展印象 **92**

"理智并非'干燥的光'"

      ——读《罗素传》..........**101**

中西实践学视域融合下的规则论

      ——读《论规则》..........**110**

读书何妨为己

      ——王志毅的《为己之读》..........**116**

不古不今之学与人

      ——序《走出非政治的文化》..........**121**

继续我的文字生涯 **126**

昨日遗书 **133**

"放任自流的时光"

      ——姑苏访书一日半 **140**

"走天呵白鹿，游水鞭锦麟"

      ——暑假游水流水记 **156**

辑 二

"底"的哲学 173

自然与公正：中西哲学之共通主题？ 178

理性的历史与历史的理性 183

苏联哲学家 187

新法兰克福学派研究之再出发 191

"等待"之"等待" 196

"扬弃"之"扬弃" 199

清高与道统 203

一字之师 208

人生第一等事 212

幕垂鸮翔 218

作为一种跨学科实践的社会科学方法论 226

"断线"

　　　　——送叶秀山先生远行 229

布法罗那明灭的灯火

　　　　——追忆余纪元教授 238

有理想的方法与有方法的理想

　　　　——忆与吾金教授"交往"的片段 245

"唤起"、"响应"与"家园"

　　　　——重返吉大母校志感 249

哲学研究中的一条"分析的和辩证的"进路

    ——为童世骏哲学三十年而作 261

附记 281

罗序

在我的学界朋友中，应奇看上去是最特立独行的一位。他那有点另类的言谈举止，以及样貌，正符合公众思维中的哲学家形象。

我们相识起码有二十年时间了吧，然而，作为一名近代意义上的学院派哲学家，他自然不可能和我在任何"体制"性的活动中相遇。尽管是同一个学科点毕业的博士，也供职于同一所大学，我俩却很少有工作上的交集。在我的记忆中，学校召集的各种大会，他是一次也不曾参加过的。不期而遇是我和他交往的标配，或是在临时通知凑到一块的酒桌上，或是深夜回家，我赶路他散步，碰巧遇见了，有时不约而同出现在书店里。当然，在正经的学术活动中，我们常常相聚，比如博士生开题答辩或者专题性的讲座、沙龙中。十多年前，浙江大学建立了跨学科社会科学研究中心，经常延揽名师演讲，互动环节，常常会在济济一堂的听众中冒出相当专业且有所节制的提问和评论，那多半就是应奇干的。

和他单独在一起最长的一次交谈，是深夜在黑漆漆的校园里，沿着启真湖边走边聊了个把小时，内容大概是彼此切磋砥砺吧，相当正能量的。这家伙一直用着一台老式手机，自然也不上微信，一时兴起，偶尔会给我发一条短信，多是校园漫步之中，触景而作，寄情咏怀之类的，有时的短信内容透着一种夏多勃里昂式的"颓废的浪漫"的文学气质，于我心有戚戚。然后，就没有然后了，他啥时候再冒出来，谁也预料不到。

有一个学期，我们俩的本科课堂教室都在紫金港校区西区，彼此挨着，我和他上下课的时间有些错开，去开水间的途中可以透过教室大门中间的狭长玻璃瞄一眼里面的应老师。有一次，在好奇心的驱使下，我溜进了他上课的教室，藏在同学后面，偷听了一会。他在讲课中常常发生超出听众心理预期的长时间停顿，估计会让学生感到某种焦虑，而突如其来的爆炸式的大笑，则更加令学生莫名其妙。多年前，我曾经模仿世说新语的笔调写了数十则校园学人的逸闻趣事，其中有一位，没有点名是谁，但细心的人应该看出来，我写的就是他。

笔耕不辍，常常是对学者的褒扬之词，而对于应奇，这样说就有些俗了。我以为，用"学而不厌"、"苦思不殆"来形容他，来得更准确。然而这并不意味着，他是一个暮鼓晨钟、青灯黄卷的冬烘。相反，他不仅大有知性上换位思考和长袖善舞的"政治"潜质，而且执行力也十分出色。他今年张罗"社会科学方法论"研讨会以及第七届"启蒙运动研讨会"，牛刀小试，相当靠谱，得到了同行发自内心的赞许。只是和大多数哲学前辈一样，他未把自己的潜能全部付诸实践，不知是由于行动空间被思辨挤占得所剩无几，还是已经不觉得行动有何种乐趣，总之，他年复一年地重复着"纯粹的"哲学家的生活。

他是朋友中少见的极有才情的人，不仅有才、有情，而且具有哲学家本来就该有的、极高的幽默禀赋。与他交往不多、相知不深的人，仅从他的日常生活和专业学术工作中，恐怕不太容易发觉这一点。

这种才情和禀赋似乎都凝聚在偶尔发到几位知友邮箱的那些非主流

不正统的"应式"随笔之中了。我觉得，对应奇的了解和理解，放大了一点点说，对某类知识人的心灵和存在状态的了解和理解，若不看这些文章，是不可能做到的。

应奇的文章，好比陈年已久的加饭，有初喝者未必适应的口感，更有其未必品得出的滋味。

他的随笔，无论品书论人，皆情至意达。字里行间，玄机密布，仰观俯察，乾坤隐约。乍看行文繁复，其实意蕴精到，叙事自创一体，意趣自备一格。这样的文字，若无哲学的心、文学的眼、史学的识，以及"八卦"的意，是断难写出的。读书不多、观察不细、反思不深的人自然也难识其中的奥妙。至于隐藏在文字背后的读书人的狷介、自足和期许，也许，更只有少数志趣暗合的同道，才能意会得到。

这样的文字若只是在小圈子里消遣，实在可惜，幸有启真馆结集刊布，广为分享，得免遗珠之憾，实在令人欣慰。

夜沉更深，日尘涤净，品读这样文字，会心一笑，掩卷三思，亦人生快事耳。

罗卫东

2016 年 12 月 12 日

韩序

二〇一六年岁末一天，收到来自舟山的电函，应奇命我为他即将出版的第三个随笔集写一个"简序"，并申明这是先前说好的。我一面回函表示颇感惶恐，为朋友的书写序似不合适，况且去年底在一篇书评里，我还建议应奇搁笔小歇一阵。一面我又费力回忆，何时与应奇做了这样一个约定。

最近的见面是在十一月上旬，其时，国清教授等友人邀我到浙大和浙江财大做两个学术讲座。正是深秋季节，比起霾都的肃杀和迷茫，江南还有别样的爽朗和明净。念及此，就不免思乡与思友，于是，行成于演讲，而志在于故人与山水。便约军英、应奇和国清做桐江游。应奇正在舟山的一个岛上养伤，右臂骨折不良于用，便以左手发短信表示，即使独臂支撑，也要从舟山赶来，与我们同游富春江。

六日我们从杭州驱车南下。一路上，应奇说了许多事，无非北上亦有无奈，浙大不免烟云。这是我第一次上子陵钓台，这个自小就知道了的名胜，先前竟然没有起兴来访过。《与子陵书》是我最喜欢的一叶书信，气魄宏大、霸气逼人又曲尽朋友之谊，而《钓台的春昼》隔一段时间就会想起来阅读一番，唯没有踏足这片山水。心中或有一种

4

担忧，这些文字造就的意境会随亲见而消散。

搭乘晚秋最后一天傍晚的末班轮船，我们一行到了钓台的码头，未访祠堂，穿牌坊径直上东台。设施比想象的好，但"云山苍苍，江水泱泱"还是减了几分，眺望之中，偶有颜色和式样恶俗的建筑乱入眼帘。不过，秋冬之际山浮微岚，从钓台俯视，江水静流，从群山来向群山去，顿时兴致昂然。哲罕取出国清备好的茅台，在这严光先生枯坐过的高崖之上，为军英庆祝五十六岁的寿辰。军英是江南词坛名家，酒激词兴，说如此好友，对此胜景，恰逢生日，今晚一定要填一阕。林风晚霞，嬉笑谐语，自如流出。应奇架着一截负伤的右手，左手很有力地喝着茅台，他本性自在，亦是明证。

大概就在诗酒山水笑谈之中，应奇说了出版第三部文集的事情，并要我写序，我随口即答应了。或许觉得这个集子不会那么快出版，从杭州回到北京，我就把此事忘在了脑后。但眼下，序还得写，既然答应，即便一度劝他歇笔，仍旧没有收回诺言的理由。

应奇这三集的文字都属于同一类型，他先前称之为段子，现在则命名为散文。这类文字究竟用一个什么样的名词来指称，在学术眼光之下，确实也是一个难题。现成的名词有笔记、札记、漫笔、小品、杂文、随笔和散文等，不一而足。散文原本用来指一切韵文和骈文之外的文字，但在今天，它过于文学化，用来指应奇的文字似乎也不太合适，不过，应奇目下喜欢这个说法。我则姑且称之为随笔。

回想迄今所读过的文章和书籍，随笔一类占了一个大数。譬如到今天的年纪，我一般不会再去读小说，但这类杂集则总要放两、三册在案头，随时翻阅。最早读到的此类文字是鲁迅的作品。在那个天下书籍差不多禁了百分之九十九的时代，这种随兴的文字也只有鲁迅的才可以公开发行和阅读。只是到了文禁小开的上世纪八十年代，才见识到这样的文字和集子原来浩如烟海。大约自八十年代中期起，我断断续续地搜集过一阵子笔记杂文集子。在我的阅读中，从《世说新语》、《梦溪笔谈》、《武林旧事》、《松窗梦语》，一直到《管锥编》，读来皆是津津有味。

要说在所有这些随笔里面，我最喜欢的是哪些，却也有些犯难，因为这类文章杂得各有千秋。比如但就文字论，在现代，郁达夫的散文最令人喜欢，简洁干净，状景摹情又是那样的中肯。但就雍容典雅，品评人物而又不动声色言，自然首推《世说》。就学问知识说，现代的应该没有什么作品能出《管锥编》之右。

应奇的散文既品评人物，亦讲求学术，因此它的品格当在《世说》和曹聚仁的《中国学术思想史随笔》之间。

刘义庆摘抄引述各种旧闻，汇为一集；那个时代风尚清谈，人物"讲究言谈容止，品评标榜"，却为唐诗宋词预备了用之仿佛不竭的典故。因为风俗和趣味的改变，《世说》后来渐渐有了讽刺的意味，但其中许多故事放在今天，依然令人向往，如王子猷雪夜放舟往访戴安道的事迹。应奇游水的经历是自述，游野泳乃其本性的展现，与王子猷的性情也有三分相似。

应奇早期段子也有《世说》一般的品评风尚。不过，他说及的是同代的人，且多是熟人故旧，事在臧否，人涉月旦，在今天看来，似乎委婉，不过，比之于《世说》，或许还要直白一点，因为那个时代的士大夫更讲究容止，即以事说人，所谓春秋笔法，也是可行的。今天的知识人趋于平民化，话说得太过委婉曲折，不易领悟，更何况现在每天过眼的文字资料不计其数，而世务又那么多，没有多少人会有时间和耐心来反复回味。而如几百年人们一再咀嚼《世说》的事情，终要渐渐消失。

从内容上来说，应奇的文字与曹聚仁的学术思想史随笔有相近之处。一本《中国学术思想史随笔》我随意地读了好几年。此书虽然随手写来，却以中国古典学术精华为底气，只要读懂，那么就会明白，现在不少复古派新儒家原是绣花枕头。应奇那些由购书讲到观念和学术、再进而论及人的篇章，也颇有学术观念史的风采。不过，曹聚仁的集子是精选，纯在学术思想史，而应奇的集子则要兼容并包，人物交往史与夫心路历程一概纳入。曹聚仁在说学术之事与理，虽然下笔随意，条理却相当清楚。应奇先前的段子多半在追思自己的书事，由此而至思想的关联和人物的交往，落笔看似随意，却是精心计算过的，所以不免有幽微曲折的难解之处。但他讲思想和学术的明白处，与曹文恰成对应，就如诸暨与浦江相邻一般。

我之有兴味读这些随笔杂文，除了知识以外，还因为作者大都随性而叙，道德楷模人生导师的外衣一概不需披上，架子也不必搭足，立地说开去，讲到哪里是那里。我喜欢郁达夫的散文，除了文字的明净，总也有这一层缘由。然而，即便民国随笔离我们很近，毕竟不是我们切实接触过的人。

应奇的文字不同，除了他那些译事所涉及的思想史及相关作者，他文字中多数的人物是当代的人，或是学界前辈，或是朋友和熟人，或谋过几面，读过其三、两篇文章，或至少也听人说起过他们的行事。应奇起先将自己的这类随笔标为段子，他的桥段除了那些太过幽远的曲笔，说的也是我们周围环境中的事件。常人对之或一笑而过，或木知木觉，而应奇敏感，以其独到的眼光将其捻出，让人们看到其中的奥妙。

应段子的早期作品很有一些文气,以书事、学术史和人物小志来突现自己的怀抱,也有时兴的风味。现在他自诩有了中年情怀,文字竟也渐渐透明起来,而让人物和事件自主行动。不仅如此,因我劝他暂时歇笔,他在起劲写了如此许多篇什之后,却命我写个序。我终于顿悟,在他那时常突兀而起的狂放的笑声之后,隐藏着的不止是狡黠,还有不浅的智慧。

我最早是读应奇的书而知道应奇其人。不过,读他的《后自由主义》一书,以为他是一个文雅得而至于后现代的人。第一次见他,是十几年前在杭州的一个会议上,他受汪丁丁之托来请我去参加一个座谈。但初谈之下,应奇就以其特有的强力拍击让我觉得他其实相当现代。应奇自称一见如故,而我以为至少两三见之后才是如此。我认为朋友是老的好,就如现在的应奇,一见如故的事情好像比较少见。后来觉得应奇颇有个性,文字往来就多,不知他是否也觉得这就是同气相求?早先,他的轶闻多,所以他自己的段子先于他所写的段子流传于学界。二〇一一年春鉴于各种传说,我一时兴起写了四句赞颂他:"紫金港里人疾走,小雅堂前风自来。应是奇文天外雨,西施舞上楚王台。"我附了一小注说明:"应大侠说话为文,神出鬼没,小雅堂上皆是机锋;又常深夜奔走于浙大校区,神龙见尾不见首。"用应奇的话说,里面还颇有些掌故。如应奇出生于诸暨,为西施乡人。又如小雅堂是他为自己起的斋名,位于浙大紫金港高尚住宅区。

应奇对自己和自己的段子有相当高度的自觉,这一点令我相当佩服。他会将自己段子的微妙之处分析给我听,得意地问我:此处是否足够毒辣?毒辣在他看来是文章的一种大优点,而我却常常不能领会。不过,这种毒辣在这一集中不太看得到了,大概这也是应奇转向的一个标志。

收到应奇发来的《理智并非干燥的光》文集的一天，忽然停电，所有活动一时仿佛进行不下去了。枯躺在卧榻上百无聊赖地遐想，现代生活都是依有电来安排其方式，而一旦无电，它们也就难以为继了。于是想到，应奇先前的段子也围绕他自己的藏书、阅读、交往和趣味而展开，没有这样一种知识，他的段子的许多妙处就难以为人领会，其所隐含的包袱也无法抖开。他现在的散文体现了一种转向，所叙的事所述的人，乃至观念和思想，自主独立了。当应奇把他的《布法罗那明灭的灯火》发给我时，我就回复他说，"此篇写人物已至妙境，余纪元的形象跃然而起，亦举重若轻而十分中肯地刻画出其至深的内心……尽最大的努力让自己的段子不朽，竭尽全力写出了最好的一篇。"

应奇还有一种本事，在一天之内写出一长篇段子，又或用一长篇段子写出一天的光景。而在这一天中，他上下古今，遨游八极，但都是书中楼阁，纸上春秋，字里玄黄。应奇用"走天呵白鹿，游水鞭锦鳞"为其文作解，由此，段子也就成了典故，而非掌故，散文也有了诗意，而非单单记事。它的毒辣之处，就在于让他人断了与其辩论的念头。我对应奇说过，游水记是本性，姑苏游是雅兴，他以为很贴切。但在读了他用文言写的跋之后，我体会，在本性和雅兴之外，中年情怀之余，应奇尚有李凭中国弹箜篌的浪漫。这样老辣的文言由应奇写了出来，于浙大的文史传统实在是踵其事而增其华。

韩水法

2016 年 12 月 29 日写成于北京褐石园听风阁

自序

　　在《古典·革命·风月》和《生活并不在别处》相继由启真馆出版之后，我一度以为自己至少暂时不会再有这种"闲散"文字的集子了。在如此短的时间间隔内"重做冯妇"，我似乎有必要在此对这些文字的由来做一个简要的说明。

　　去年十一月至今年二三月间，应京城一家"官办"小报之约，我在该报哲学版开设学人专栏，为这个专栏提供的稿件构成了这个集子后半部分文字的主体。当初斗胆接下这项邀约的心情和思虑大概已经大致表达在我为这个自谓的"哲学摭谈"所写的说明中："在《黑暗时代的人们》关于本雅明一文中，阿伦特曾经区分了对待传统和过去的两种不同的方法论，与海德格尔和胡塞尔的现象学方法论试图恢复术语的原始意义和现象的条件不同，由本雅明倡导的碎片化的方法论则像一个收藏者或潜水采珠员一样对待过去：'他不是去开掘海底，把它带进光明，而是尽力摘取奇珍异宝，尽力摘取那些海底的珍珠和珊瑚，然后把它们带到水面之上……带到富有生气的世界——在那个世界，它们将作为思想的碎片，作为某些富丽而奇异的东西，甚至可能是作为永不消逝的原型现象而存在'。正是本着这种'潜水采珠员'的精神、方法和趣味，我写下了以下这些小篇什，一方面算是为过去三十年之'学思历程'留下某些踪迹，另方面也为'思远道'之将来探索留下若干路标。"

需要说明的是，第二辑中的有些篇什本来是为上述专栏准备的，但最终却因为各种原因并没有发表在该专栏中，而有个别即兴文字，最初并不是为这个专栏而作，后来却被编辑朋友"相中"用在栏目中。为了"尊重"它们在发生学上的同时性和同源性，我把这些多少具有"家族相似性"的文字都放在主题为哲学——这毕竟要算是我的专业甚至职业——的同一系列中，只做了两个微调：一是题为《正名说与孔老先后论》的一文现被归并到前文《自然与公正》之后，因为当时的"割裂"也只是专栏文字篇幅的限制所造成的；二是《哈贝马斯与中西体用之争》一文也被"剥夺"了在这里单独亮相的资格，因为其主要内容已经揽入后来一篇相关论题的长文中。

也是在去年暑期，我和一位多年的同事和朋友一起到我的母校吉林大学哲学系参加一个政治哲学会议，并在会后结伴同游自己在北国春城四年竟然未曾到过的松花江畔的吉林市。回到曾在那里流浪青春的长春南湖边和校园"鸣放宫"周围高高的白桦林，我的"心灵"记忆开始复苏了；在石头口门水库和松花湖里"纵浪大化"，我的"身体"记忆也终于活跃起来了。"仁者乐山、智者乐水"，为了平复内心所受到的触动，我在返杭后连续写了两篇文字，其中一篇回忆了在母校母系学习哲学的经历，另一篇记述了我的比哲学学习史远为悠久的游泳史。那个暑假中，我还平生第一次有姑苏之游，并又"路径依赖"地写下了一篇访书记。在这三篇文字的刺激下，我写作此类"散"文的兴致和情绪似乎又高昂了起来，从去年八九月一直到当下，零零碎碎地、絮絮叨叨地不断有所斩获，其"成果"大致已经囊括在本集第一辑当中了。有了这次的"教训"，我不敢再像某（些）"大师"那样或随意或隆重地宣布从此封笔，而之所以有眼下的结集之举，大概也只是想有些"仪式感"地在新年来临之前怀着半忏悔半期盼的心情告别旧年——告别了本命年，按时序也该是新一个"轮回"的开始了吧。

2015年12月25日深夜——其实已是26日凌晨了，在几已把首都变成"废都"的重霾中，在一场不期而至的会把北京变成北平的冬雪来临之前，在北大附近、颐和园路东口的帝都达园宾馆，一位跟随我多年的学生在得知他的老师有可能第三次出集子后"惊悚"地嚷嚷了起来："老师您省省吧，这活计可得悠着点儿啊，要不然别人会以为老师您是只能干这个和专职干这个的了。"呵呵，我的学生其实说得并没有错，"有幸"在时空漂流中遇到我的这些"散淡"文字的读者应该能够看出，我之"涂鸦"这些文字，主要是为了自我"遣兴"，它们之于人群的"裨益"原确是我所不敢希冀的。是浙大启真馆和王志毅先生的支持使得它们能够有纸质流通的机会，思之再四，除了感谢，我只有一个自信可以回报这份厚爱，那就是，和过去那些文字一样，余杭韩公水法教授曾经在某处"称道"的这些"其来无由、其去无向"的文字却也同样是秉着前述"潜水采珠员"的"精神、方法和趣味"而写下的，虽然在这途程中，我也常常免不了探骊而未得珠，"入宝山而空回"，原因无他，一者我"亦不能忘情也"，二者我也"总是生活在表层上"。

应奇

2015年12月23日平安前夜初草

2016年1月20日订定于千岛新城客居

辑　一

太老师

太老师者，老师之老师是也。除了"无师自通"者，不管当事人是否真"通"，就都有老师，而只要自己的老师不属"无师自通"者，那么就一定有太老师可以"追溯"。老话有所谓学无常师，师出多门，转益多师，都是说一个人往往不止一位老师，甚至从来师从的方式也不止一种，例如有正式开门授徒的，有私淑教外别传的，于是太老师也就常常不止一位了。但不管怎样，当我说今年94高龄的汪子嵩先生乃是我的"太老师"，这应当不算是一种"高攀"——因为我的老师范明生先生是汪先生的学生，而我是范先生的学生，师生关系与朋友关系不同，具有"可传递性"，于是我就又"多"了一位太老师！

老师永远是老师，太老师更永远是太老师，虽然我完全可以而且事实上是在认识老师之前就"认识"太老师的。80年代中期，在我本科阶段的西哲史课堂上，高文新教授为我们讲授希腊哲学，除了叶秀山先生的《前苏格拉底哲学研究》，记得高老师也曾经提到"太老师"的《亚里士多德关于本体的学说》，这当然也并不奇怪，因为这两部书可算是那个年代尚不多见的严肃的希腊哲学研究著作。不过在我脑海中，后一部著作却并没有前一部著作给我印象来得深刻。一个原因大概在于我对于希腊哲学的理解其实一直停留在高老师为我讲授的前苏格拉底阶段，而没有"进阶"到柏拉图和亚里士多德，更不用说晚期希腊阶段了；另外一个原因则是，我的哲学"启蒙"读物、列宁的《哲学笔记》其时正在吉大哲学系"如火如荼"，革命导师那句著名的"亚里士多德搞过来搞过去就是搞不清一般和个别的关系"（大意如此）无疑为我阅读"太老师"的著作浇了一盆冷水，更何况太老师自己在书中就反复引用导师的那句名言——于是年少无知的我心中就禁不住想：这么"搞不清楚"的亚叔我们又有什么必要去"搞清楚"呢?！

时光到了90年代初，我开始在淮海中路622弄7号跟随我的太老师的学生也就是我自己的老师范明生先生学习，犹记得在一次课上，范师忽然撇开他自己的讲稿（其实就是他那部《晚期希腊哲学和早期基督教神学》书稿），利索地从他叠放得很齐整的提包里取出一部手稿小心地让我们欣赏，正当我们为那忘记是16开还是8开稿子上的清健而又雅秀的行楷而啧啧称奇时，范师以一种交织着佩服和自豪的神情和口吻告诉我们，那就是传说中的太老师汪子嵩先生的手泽和墨宝！

忘记是哪一年了，但肯定也是在90年代了，我在那时还十分红火的《读书》上念到太老师的一篇怀旧文字，其中谈到太老师自己的老师金岳霖先生晚年经常感叹自己培养了三个落伍于时代的学生：沈有鼎、王浩和殷福生（海光）。具体内容我记不得了，但因为我其时前后碰触《沈有鼎文集》中所附与王浩的通信、王浩撰康宏逵翻译的那部《哥德尔》以及《殷海光林毓生书信集》三书所引起的感发，"痛定思痛"的太老师演说的"旧事"从此就给我留下了磨灭不去的印象，我甚至以为那很可能是太老师最有"历史价值"的一篇文字了。

也是在我回到太老师的故乡，在杭州大学准备自己的博士论文时，我读到了太老师的学生、但也可以说是学生的学生余纪元教授那篇有名的《亚里士多德论 ON》，这毫无疑问是中文世界研究亚叔的一篇标志性文字。记得我在论文中援引了纪元教授对于 ON 的界定和梳理，而此后我也曾有好几次在杭州见到纪元教授并一同聊天。2008 年春夏之交，我一人从普林斯顿出发，从纽约坐火车旅行到布法罗，说好到火车站来接我的纪元教授却并没有准时出现。正当我形只影单地在如同大沙漠中的一座小房子的布法罗火车站踯躅徘徊时，我的手机铃声响了，传出的是一个陌生的女声，原来是余夫人，她亲切地告诉我，当晚余教授系里的同人为他荣升正教授举行酒会，因此他们俩要迟一刻钟才到火车站，让我少安毋躁。一会儿，纪元教授的车子到了，车行片刻我就感叹这著名的水牛城怎么看上去黑灯瞎火的，远不如祖国大地到处都是轰轰烈烈红红火火嘛，余教授幽默而认真地说，他在这个北国寒地确实是既羡慕又自豪于祖国建设的成就！

忘记是第二天还是第三天，纪元教授驾车带我去尼亚加拉观瀑，他一边开车，一边玩笑自己这里就是中国哲学家协会北美分会布法罗接待站，这是由于凡是中国哲学界学者到访美利坚，就几乎没有不到水牛城的；而到了水牛城，就几乎没有不去看瀑布的；而去看瀑布，就几乎没有他不接待陪同的。当然纪元教授这样讲时，我是并丝毫没有"心理压力"的，因为我和他另有两层"特殊关系"：一是我们乃是诸暨老乡，虽然一次他有些黯然地告诉我，每次回乡，都并不想多住一晚，都是急急地离去，在我听上去有点儿像鲁迅先生笔下那种"逃也似地离开故乡"的心境和况味；二是我的老师明生先生非常欣赏纪元教授，当年纪元教授刚出道时也曾到范老师府上拜访，他对范师颇为尊重，而范师谈到他也是一口一个小余。在这样的"氛围"中，当我从大瀑布上下来时，我们又自然地谈到了我的"太老师"汪子嵩先生对他的"器重"和"栽培"，他动情地回忆道，当年那篇《亚里士多德论 ON》并非他自己投给杂志社，而是汪先生从"小余"和他的学术通讯中整理连缀而成并交给《哲学研究》发表的。当然纪元教授也谈到了自己的老师苗力田教授对他的期望，当年他从加拿大拿到博士学位后，苗先生希望他能够回国工作，正当一切手续就要落定时，他得到了布宁所在的牛津大学现代中国研究所的一个无法拒绝的项目 OFFER，于是就只好对不起苗公了："一个做亚里士多德的学者，哪里都可以不去，但就是不能不去牛津啊！"

昨天用单车接小女回家，伊一边习惯性地在后座上"放歌"，一边又提出要去住家附近千岛新城的那家新华书店买一种风靡多时的漫画书，于是一路踩到书店后，我一边让伊到书店楼上自己去挑选一册，一边在几小架子哲学社科书架上漫无目的地扫视，忽然见三联刚出的一本小册子《往事旧友欲说还休》，原来是太老师汪子嵩先生的回忆录，于是毫不犹豫地收于囊中并当晚就开始拜读了。这部近于自传的回忆录中所谈种种既有让我感到无比亲切者，例如太老师回忆自己抗战开始后辗转浙沪各地求学的经历时，还提到当时尚属于绍兴府的枫桥镇，以及萧山临浦的戴村，后者乃是我每次回乡时的必经之地；又有广我见闻并让我深受启迪者，例如其中回忆到太老师的老领导冯定的资产阶级积极性论，以及太老师的朋友陈修斋先生的哲学无定论。不过给我印象最深的却是谈到 1983 年写作《希腊哲学史》第一卷"前言"时的一番话，它解开了我开篇所说的那个"谜团"："当时已是'反对精神污染'运动高潮时期，为了减轻出版社承受的压力，特意说明我们这些思想理论多出于经典著作，是有根据的。后来随着真理标准讨论的更加深入，思想更加解放，认识到我们编写希腊哲学史，实在没有必要而且也不可能从马克思主义的经典著作中找具体根据；于是将从《哲学笔记》中引用的文字删去，可以实事求是地论述我们自己的研究成果。1997年人民出版社决定重印我们的书，当时的政治局面也有所松动，我们便公开发表了修改过的'前言'。"另外一点或可"弥补"我的记忆"缺失"的是，太老师继多年前《读书》上那篇文字后再一次提及他在西南联大的舍友殷海光，并"检讨"了自己当年对后者的"印象"："我和殷福生从来没有来往，但他在那边高声谈话，我在这边都可以听见。有几次听见他批评民主运动，批评共产党，我便有了这样的印象：这个人即使不算'反动'，至少也是'落伍'，对他没有好感。后来，他到了台湾，成为著名的自由主义思想家，对蒋介石的专制统治持尖锐的批评态度，因而受到种种压制。他在台湾很受青年欢迎，好多有名的学者都是他的学生。我读了几本他的著作，发现自己过去对他的看法实在是偏见。"由此可见，如果说我的太老师的老师金岳霖先生眼中只有殷福生的话，那么我的太老师眼中则是有殷海光的。

我在别处曾经忆及明生师当年为我们上最后一堂课时曾让人动容地述说自己的希腊梦是不完整的。我也尝想，如果当年我能够坚持以希腊哲学为业，也许我早就当面领教过太老师的风采了。可是，世上没有见过自己的太老师的人所在多有，再说没有见过更不等于不能从太老师那里受益了。我由此想起了同样是自己生命中最重要的老师之一、大学时教我中国哲学的李景林先生——两三年前，他来我所任教的浙大参加一个盛大的马一浮先生研讨纪念会，临走前我去他的驻地看他，见他房间桌子上整齐地堆放着精制精印的马先生书法全集，因为我自己的两函马先生法书集都是特价书店里捡来的，我在对着那套书欣羡不已的同时忍不住向景林师嘀咕说:"所有会议代表都获赠这套书了吗？"一贯有些大大咧咧的景林师这回却是不无自得地对我说:"只有能称马先生为太老师的人才有此幸运和荣幸！"闻听此言，我半信半疑:"蠲戏老人怎么成了您老的太老师啦？"这回景林师可是更得意了:"我不是金晓村（景芳）先生的学生嘛，而金先生在乐山复性书院时曾问学于马先生，那马先生不是我的太老师又是什么呢?！"

2015 年 11 月 13 日凌晨三时，千岛新城客居

永祥先生

记忆中第一次得见永祥先生夫子真身，当是十余年前在丽娃河畔的那次"公共知识分子与现代中国"研讨会上，既然是这样主题的会议，作为彼岸"旧时代"之"见证者"、"新时代"之"催生者"之一的永祥先生自然是少不了要到场压阵的。那时候大陆的"钱粉"可能还远没有后来和现在那么多，不过随着《纵欲与虚无之上》简体字版在三联的推出，他"老"也一定已是名满此岸之士林学界了。这不，我也是好不容易才在会议间歇"见缝插针"地逮到机会向他请教，所谈的也无非是我读《之上》一书的感受，特别是其中关于罗尔斯、社群主义以及自由主义政治观和平等观的篇章。只记得永祥先生静静地听我讲，最后的"反馈"很"简约"："你把握得很到位！"

除了从同样与会的陈来教授处得知余英时先生"近著"《朱熹的历史世界》之"消息"，那次会议也还有两个情节给我留下了很深的印象，一是其间的某个晚上，一众人到其时刚落成不久的新天地"泡吧"，初次谋面的冯克利先生见我"侃侃而谈"，忽然很"质朴"地发出一句："你（小子）读书不少啊！"，不意我不假思索就回了句："要不然我成天在家里空待着干啥啊？"。闻听我言，也是初次见面的、可是见过 80

年代的"大世面"的王焱老哥发出了不知是"齿冷"别人还是让别人"齿冷"的"狡黠"浅笑，虽然他后来明确否认那笑里有什么"微言大义"。二是会议闭幕的大会上，在自由发言和辩论的阶段，永祥先生批评了"中研院"前院长在"前总统"选举上的表现，谓智识人应当慎用自己的"权威"，避免在其自身知识范围外的议题上"误导"大众。永祥先生话音刚落，作为闭幕式主持人的童世骏教授就立即站起来"商榷"了，其意谓身在那种"位阶"的智识人似也有其"不得已"处——这确是一个极有意思的话题，颇可以引出很多复杂精深的辨析，遗憾的是大概因为那个场合的关系，并没有能够深入地讨论下去。

固然和那次会议没有什么"内在"联系，但确是从那次会议之后，我就踏上了编书的"不归路"：从"编年史"的意义上，我最早开始张罗的丛书是在人民出版社的刘丽华女士支持下在东方出版社推出的"当代实践哲学译丛"，那也许可以反映些我在学问上的旨趣；但是比较"狭义"而"专业"地聚焦在政治哲学上，则仍然要算在时任副总编辑的佘江涛先生支持下在江苏人民出版社创设的"当代西方政治哲学读本系列"，也是通过那套丛书，我和永祥先生建立了电邮联系——主要是为了给丛书壮声威，我请永祥先生、石元康先生还有佩蒂特和金里卡中外一共四位"大咖"担任丛书的学术顾问。洋人当然是来免费"站台"的，但我记得石先生在看到他那时在中正文学院的秘书为他打印出来的我为丛书撰写的序言后还来信表示"赞赏"，而永祥先生更是没有闲着，我记不得他有没有为读本中的某册做推荐了。不过我记得他很欣赏我在为拙编《自由主义中立性及其批评者》撰写的作者"小传"中把 Seyla Benhabib 的 *The Reluctant Modernism of Hannah Arendt* 这个书名中的 Reluctant 一词译为"欲迎还拒"，以为颇有"风姿"；他也很赞赏我把吕增奎小友编的那册柯亨文集命名为《马克思与诺齐克之间》——据增奎告诉我，柯亨教授本人也对此书名极为称赏——得知这个消息，我都不好意思说，我其实并没有对柯亨下过任何功夫，我只记得曾在心里默默地把他的一篇文章标题中译为《何以马克思主义者会对诺齐克对罗尔斯的批评无动于衷？》。

2007年三五月间，我在宜兰佛光大学客座。我的台湾朋友本就很少的，于是自然早早地行前就把这个消息告诉了永祥先生，记得他回信告诉我：四五月份正是南台湾最美的时节。其意似乎在为我能够在那时到访台湾而高兴抑或替我"庆幸"——他说得并没有错，当我五月初参加完中正的德沃金研讨会并造访印顺法师在那里"安住"的妙云兰若之后独自一人上到阿里山，虽然那里的樱花几乎已经凋落殆尽，但我仍然必须说，在其山巅可以远眺台湾最高峰玉山的阿里山所看到的日出确实是我平生看过的日出中最为甜蜜也最为忧伤的。

有些出乎我还有邀我访台的张培伦兄意外的是，在我到佛光后的某天，永祥先生忽然来信，说是要请我在台大附近的金华路（街？）上共餐——于是培伦兄二话没说就慷慨地载我一起到台北"赴宴"，就正如陈来先生某次"称道"在下乃是"笔胜舌"，我确是记不得那次我们都聊了些啥了，只记得我把自己编译的几个书面呈给他，永祥先生则为我们点了一瓶金门高粱，而我本就是"好酒无量"的，再说——不好意思啊，永祥先生——餐桌上也没有什么可下酒的菜，于是我们三人都没有喝完那瓶酒。永祥先生很客气，说是让我们把那小半瓶酒带走，大概我们走得匆忙，终究是把那个酒瓶忘记在那家小餐馆了。

过了十天半个月，在得知我将到他供职的"人社中心"演讲后，永祥先生特意写信来，告诉我他将参加我的演讲会，但因为当晚另有安排，他向我抱歉不能参加招待我的晚宴了。不过当我后来到"人社中心"查找资料时，永祥先生还是在他的研究室里接待了我，记得他坐在一张书桌前的转椅上，似乎又是面带歉意地告诉我他没有什么书可以送给我，于是指着一本关于动物伦理的书，问我有没有兴趣。当得知我似乎对新儒家更有"兴趣"后，他表示对后者的"情怀"颇有同情，但始终不太清楚他们在哲学上可以说得清楚的"贡献"到底在哪里。我也是"事后"才想起，他那时大概已经在酝酿甚或已经写完那篇《如何理解儒家的"道德内在说"》。

在"人社中心"找资料还有个意外的收获，我竟然发现了永祥先生早年（大概是在英国期间）所撰的一篇关于维特根斯坦的论文，于是回到宜兰的某晚，我就把那种有点儿兴奋的心情写信告诉给他，因为那天在资料室刚巧"偶遇"萧高彦教授，我于是把那封信也抄送给了萧教授。永祥先生的回信照例很客气，大意是虽然并不悔少作，但仍然自叹在哲学上才具不够，所以后来就只能做点儿形而下的社会政治哲学。不想高彦教授回说："可是永祥您已经是一位很好的哲学家了啊！"呵呵，其"惺惺相惜"一至于此，让我想起在赴台前夕，永祥先生还曾告诉我："本组萧高彦先生于共和主义研究精深，兄来台后不妨与之好好切磋！"

同年六月间，我趁"人社中心"政治思想史组诸同仁到上海华东师大开会之际，顺邀他们来杭州参加一个我"炮制"的主题为"中文语境下如何做政治哲学"的座谈会。在会后征集书面发言稿时，永祥先生虑及在下毕竟曾为"地主"，就要求我也提供一篇稿子"充数"。于是我就果真本着"滥竽"其间的精神，把刚杀青的《中立性》"编序"做了一番增写发给了他。我心想他大概会是不甚满意于我的文稿"质量"的，但估摸同样是念在"地主"份上，我的稿子竟也在《思想》上与海内外读者见面了。

那年秋天到转年初夏，我在普林斯顿访问，异乡客居未免寂寞，于是我每每在"工余"制作些闲散文字前去叨扰包括永祥先生在内的诸位高僧大德，他对我还是很客气，说是很喜欢我的访书记，我当然只是把这话作为一种鼓励的了，竟至于后来真还"系统地"把我的访书经历给写出来了，虽然我一直并没有机缘把那个小册子呈送给他，其实那种"写作"在我也只不过是代表一种怀旧的心情罢了。

这些年我也还是有机会在自己参加不多的几次会议上见到永祥先生。记得那年沙田中文大学周保松君筹办的会议他是从纽约飞过来参加的，我很奇怪那样的长途旅行，他还带着好多期他所主编的《思想》，记得他一边疲倦地坐在酒店外面的长椅上"倒时差"，一边要把其中几期《思想》送给我。那时候我的精神状态也很差，竟是淡漠地从他手里接过了在我眼中"花花绿绿"的那几期《思想》，至今想来都还有些惭愧；三年前在清华的伯林会上，在自由发言阶段，我记得他结合费希特的自由理论谈到伯林之区分自由与成就的重要意义，我在感叹他对于伯林之精熟有得的同时，再次非常具象地感受到自由派的理论原也是可以很渊深的，自由派的理论家原也是可以很博学的！不过我印象最深的还是三年多前在人民大学周濂君的那次会议上，我追着他要和他讨论在中文世界里他首先引入探讨的自由的价值问题，看着我喋喋不休绕弯子嘀嘀咕咕不罢休的样子，他突然来了句："你老兄为什么非得要证明自由是有价值的呢？！"

近三年我是彻底地"淡出江湖"，几乎没有出去开过会了，而自从得到永祥先生那次"棒喝"后，我也似乎觉得再没有什么政治哲学的疑难问题要向他请教了。除了今年春夏时节某天在光影变幻的玉泉老和山上从随身携带的郑鸿生的《青春之歌》上看到永祥先生当年在建国中学和台大初期那帅呆了的青春"魅影"，我只是偶然在这样那样的邮件组中会"见到"他那"翩若惊鸿矫若游龙"的"身影"，抑或"听闻"他那"顾盼自雄婉约多姿"的"话音"。记得一次我们谈到了黑格尔最重要的中文译者贺麟先生"天翻地覆慨而慷"前后思想的变化以及怎样评价这种变化，似乎我们对相关人士和人事的观感和意见并不是很一致，不过在这种闲谈中大家似乎都没有较真地想要说服对方。但我一直还是对那一段的议论留有很深的印象。不久前，我"心血来潮"写下了关于贺麟先生的得意弟子、目前国内最重要的黑格尔译者薛华先生的一则"段子"，因为与曾经的"议题"有些"关联"，永祥先生收到了这个"段子"。他没有什么评论，只是回复说："我今年春天出了本书，请告知你的地址，我可以寄给你。"因为我的那则段子题为《"等待"之"等待"》，我于是玩笑回说："原来'等待'也还是有效果的啊！"

昨天是每周一次的撒米娜时间，这学期我在和自己的学生一起阅读 John McDowell 的 *Mind and World*，用的是北大韩林合教授刚出的重译本。在课程的间歇，我打开自己的信箱，见永祥先生新著已到——联经学习牛津剑桥的做派，初版书还是精装的！翻看目录，大部分篇什我其实都是比较熟悉的，当初在各式场合见到时也曾大致学习过，但是"熟知并非真知"，而且我确实有好长一段时间没有好好读读永祥先生了，虽然正如我许多年前在枫林晚和丁丁"同台"时说过的，我再读汪丁丁也不会变成汪丁丁，"所以"我再读永祥先生也不会变成永祥先生。但是人生不易，读到耐读的书更是不易，所以就正如叶秀山先生多年前一篇文章的标题：我们总还是得"读那总是有读头的书"！

2014 年 10 月 17 日

来了个和我谈张宗子的学生

　　本学期每周一晚上是我和自己的学生聚会的时间，在学校附近一家位于西溪路上的学生餐厅简单聚餐后，我们的"撒米娜"就要开场了。参加聚餐和讨论的以博士生为主。说起来，今年算是我"开门"以来"人才"比较"鼎盛"的一个年度了。参加我们聚会的有几年前就已经毕业，但因为在杭工作仍然"绕树三匝，何枝可依"的老学生，有写好了博士论文揣在怀里等待明年毕业的老学长，有正在"摩拳擦掌"的二年级生，甚至还有等待入列的明年春天才注册的小学弟。

　　既然是正事儿前的聚餐，话题自然是五花八门，既有报告读书心得的，也有传送学界逸闻的；既有宣示宏伟蓝图论文架构的，也有感叹壮士扼腕悔不当初的；甚至还有师门内外"互黑"流淌其间云乎哉。正当一众人在一个靠窗的其实可以容下两桌的大包间内热气腾腾之际，一位坐在我旁边的今年刚入学的来自蜀中川地的学生忽然压低声音对我说："应老，张宗子又要出书了！"呵呵，看到这里，看官一准儿明白这里的张宗子当然不是明末清初那位早年看尽繁华后来却是落寞潦倒的张岱老先生，而是当代一位旅居北美的"小型"甚或有些"小众"的散文家。鉴于我应该从未在自己的学生面前提过这位作者，我自然也就不太清楚我的学生何以"预设"他老师就一定是知道这位写作者的！虽然如此，也虽然我估摸在座的其他诸位中没有一位听说过这位作家，我还是在弄清我的学生从何处得知这个书讯后，马上发表了我对宗子兄的"评论"："这是一位'小'作家，但是'小'得'真'，'小'得'亲切'，'小'得'淡'，但却'有味'。"一向喜欢臧否人物的我还从"发生学"的角度不无偏颇地解读道："之所以如此，一个主要的外在因素是因为作者与故国有了'距离'，而在'在地'则主动或被动地取一种'边缘'的视角。试想，作者并非大名校出身，也非执教于上庠；流寓世界之都，也算是看尽繁华，却做着一份自食其力的活计，但也因此而守住了自己。奔走衣食，身上却没有什么烟火气；诗书满篇，却并无此类人物身上习见的头巾气、酸腐气。从这样一种视界回望广义上的故国故园，写出来的东西自然就有其可观之处了。"

　　既说到这里，我照例还是要如实招来，我之"得识"此而非彼张宗子，其实是在偶然和不经意之间的事。记不住是哪一年了，我在那几年没事儿就会去徜徉一番甚或半天的当时位于余杭塘河边但现已搬迁且作为实体店已经消失（搬到余杭瓶窑专做网店去了）的杭州书林见到一册薄薄的《书时光》，我记得清楚的是那一定是在此书出版几年之后了，因为杭州的书友都知道，自从"书林"从当年"杭州三联"位于杭大路口的卖场搬到余杭塘河边后，就基本不再进新书了，所以书友们和书店的伙计也经常自嘲和互嘲"来这里就是来淘旧书的"。因为书的品种实在是繁多而且往往是外面"稀见"的，是以我每次去都不会是空手而归。某次拣的书中就有了册《书时光》，当时只是觉得作者的名字怪怪的，但既然是谈书的，那就算是"吾家中人"了，而且三联的装帧可人，价格又廉，焉有不收之理？！也因为本来就是以"打折书"的心情收的，"期望"原就不高，但回家后得闲时翻翻，却发现颇有可观处，于是后来又"追着"收了他的两三种集子，冬日——其中一册的书名也很应时，谓之《一池疏影落寒花》——拥衾把卷，虽然作者陈义非高，但娓娓道来，所论每每亲切有味，更兼笔下那份有点儿萧索的意绪，低回而仍旷达的情志，确有甚得我心者在焉。而那种阅读中相逢的体验，就如同雪夜把晤故人，围炉饮酒话旧，端的是彼张宗子《湖心亭看雪》中的情致了。

有个至今记得的颇有意趣的细节是，某篇谈书之聚散得失，说是一次散书时把谢兴尧的《堪隐斋随笔》散掉了，后来发现此书之佳妙，于是觉得可惜云云。我读到这一段，于"忍俊不禁"之余，就想起自己那年在姑苏访书，在七里山塘边上的一家旧书店见到一册《堪隐斋随笔》，思量再三，最后放弃之后一路为之快快的可笑一幕，"可笑"的原因说出来更可笑：我书房里其实已经有了不同时段收的两册《堪隐斋随笔》了！

话题转回到我的学生，我就想起今年五月在津门开会，几年未见的陈建洪兄问我这些年在做些什么，虽然带些谐谑，我仍是不假思索地回说，"吾老矣，工作已转以培养学生为主了！"事后仔细想想，这话其实也不能算错，撇开所谓"培养"的资质和能力不说，一方面，主观上我一直来确实是把"培养"学生放在自己学术生活中重要而显著的一面的，记得一次学院开会讨论博士招生名额问题，那次刚巧我在会场，正在学院领导或滔滔不绝，或期期艾艾时，我就站起来慷慨曰："如果我们在高校而不能招生，那么我们这些看起来肯定是无缘'攀升'到戴帽子教授的人待在学校的意义就基本不存在了，我们为什么不去社科院呢？！"另方面，虽然这些年自己基本算是"淡出江湖"了，但却并没有"淡出学生"，和学生交往的时间反而要大大多于和同行交往的时间，于是也才有了文初那与学生"觥筹交错"的一幕幕了。至于培养学生的"方法"方面，自己则并无孤本秘籍可言，只记得有次与某生谈到国内哲学界博士生的成材率，我就说，自己并不以学生成才为目标，而以学生按期毕业为目标，这当然是很没有出息的说法，虽然它主要还是鉴于本学院包括本系博士生中极低的"按期毕业率"而提出的；近十年"惨淡经营"下来，也算略有可观，去年按期毕业的一位学生在终于侥幸上岸后就对我感叹："老师虽不以学生成材率为目标，但学生的毕业率确实是要遥据本系之翘楚了。"闻听学生这也带些戏谑的"恭维"，我"淡定"笑曰："作导师，特别是人文学的博士导师，大概要像我这样，既不能太有思想，也不能太有才情：思想最忌克隆，才情尤怕稀释。如果不幸这位导师思想和才情兼具，那么他的'诲人不倦'就离'毁人不倦'不远矣（此种情况恕不举例）。而是要像为师这样，放低'身段'，善与学生交朋友，讲得'武侠'一点，就是要做'老顽童'——N年前就有位现已去国多年的学生'誉'我为周伯通，而'誉'我的一位现在果已'如日中天'的同事为欧阳锋——与学生'打成一片'；说得'文青'一些，就是要采取'学习'姿态，到老也要去经历与学生'共同成长'的感觉。"

再回到开头提到那位与我谈张宗子的学生，他的硕士论文写的是我也曾颇有兴趣但后来又觉得有些"无趣"的元伦理学，我本以为他博士阶段还将继续这个题目，于是有次在赴席前之席（"撒米娜"又有音译为"席明纳"者）的路上，我问起他的博士论文选题，不料他竟告我将研究"审美的政治化和审美化的政治"，且云将围绕对"第三批判"的解读而展开，我闻言大惊且大喜，而这其中的原委，除了我自己有些隐蔽的学术计划甚至"雄心",也还因为我对自己的学生乃向来都是以朋友待之的,而自来对最高的朋友之道的最好界定则莫过于彼而非此张宗子那句"人无癖不可与交,以其无深情也;人无痴不可与交,以其无真气也"。

2015 年 12 月 9 日正午,千岛新城客居,时窗外冬雨萧瑟

德沃"夏"克

作为各式图书的算是有点儿狂热的爱好者和聚敛者，音乐史、音乐故事和音乐欣赏之类的图籍也必定是多多少少收过一些的，也还记得数年前曾在读了《是谁杀死了古典音乐》的"续篇"《被禁于大都会歌剧院》之后"四处"向友人推荐，但实话实说，我于古典音乐确是百分百的外行。一个最大的"证据"和"笑话"是，我当然是知道安妮·穆特的大名的，但却从未在"自觉"状态下听过她的演奏。大概是今年正月后的某天，我偶然从平时难得观摩的电视屏幕上点开本埠一家数字电视供应商的网页，见上面古典音乐一栏中有"小泽征尔纪念卡拉扬音乐会"，于是就似乎是冲着小泽的"大名"点击播放了起来，我只在片头隐约看到穆特的名字，还没待我看清曲目，演奏就开始了，其实那旋律一定是以前曾在哪里听过甚至于"熟悉"的，但或许因为当时心绪的关系，与以往的经验不同的是，这个四十多分钟的演奏却从头至尾地牢牢地抓住了我。只是在中间，我实在忍不住想要"确认"演奏的曲目，但又不欲让音乐停下抑或重启，于是就简讯给我一位远在北京的真正的古典乐迷朋友，看了我的描述，朋友回复说："如果是'贝小'，那你就选对了！"我于是有些"尴尬地"支吾起来："不是我选的，是撞上的，但是老贝就这一个'小'吗？"对方确认："就这一个'小'"。我于是就更"尴尬"到"脸红"了。

　　大约是凡事都要有个契机，其实这位朋友很早时就向我嘀咕该听听古典音乐以澡雪情操，提升品位，而我虽然尝试过若干回，但却是始终都没有认真地听下去过。许是我们这些操事文字的人都会有点儿印刷物迷恋，抑或我确实是知道听古典音乐是会有些"门槛"的，于是我就想起向朋友讨教些参考书目以作听乐的"准备"，我的朋友本就是做书的，不但乐品好，书品更好，先是提到了朗的《西方文明中的音乐》，我回说这个大部头我已经有了，我没好意思说还是去年某个晚上在校内的一家教材书店中用半价拿下的，大概是某个学生离校时甩掉的书；但其实我本很好意思说此书的"核心部分"张洪岛先生翻译的《十九世纪音乐文化史》我在大学和研究生阶段就已经分别买过两次，为什么买两次的原因却是记不得了。于是朋友又推荐了列奥纳多的《音乐之流》，我马上在网上搜了下，此书已经脱销了，乃委托一位小朋友从孔网上淘。不一些天，书到了，代我买书的小友还告诉我，书是一位刚从音乐学院毕业的学生在毕业季甩掉的，他们两位还在网上聊了几句，那位甩书的学生告诉我的朋友，这是她在网上接到的第一个单子！

　　我到现在也还是没有读完《音乐之流》这本书，不过我先是从那里看到了作者的这样一个"专业性"颇强的句子："小提琴不仅是最小的乐器之一，它的力度范围也很狭窄，而且它的调性色彩也更有限。但是，它与交响乐令人惊奇的演奏手段相比也各有千秋。作曲家必须动用他全部的智慧，才能够使这件独奏乐器不被管弦乐队的整个重量压垮，或者与此相反，才能够不偏爱这件独奏乐器，以致使整个伴奏乐队显得软弱无力。贝多芬成功地解决这个问题。这样一来，贝多芬创造了第一首现代的小提琴协奏曲，它为后世这种形式的作品树立了楷模。"

接着这段让人"似懂非懂"的话，是下面这段看上去更为"励志"的话解开了我在正月的那个寒夜以那种方式被"贝小""吸引"之"谜"："贝多芬的作品为小提琴提供了施展才能（为它的灵敏性和神奇的、感人的声音）的最广阔天地。这首乐曲的第一乐章和最后一个乐章为杰出的演奏家提供了立足之处，而在慢乐章中，出现了高耸入云和欢唱的小提琴乐音；它极其丰富，但绝不令人感到厌烦。贝多芬的其他作品很少像这部协奏曲一样，具有如此透彻的宁静气质。在这部作品晴朗的天空中一丝一毫也看不到他心中阴郁绝望的乌云，看不到他喜怒无常的心绪的任何阴影。"

也是有点儿巧合了，后来也是因为"做书"的原因，我和《音乐之流》商务中文版的责任编辑有了电邮往来，算是"爱书及编"吧，我有一次就忍不住在邮件中提到了这本书并"夸赞"了几句。想不到这位编辑马上吐槽说，他（她？）自己也觉得这书不错，想要重版它，但发行部却不同意，大概认为这书是卖不动的。这位编辑朋友并未死心，说是还要再去争取，还约我将来书重印后写篇书评！读者诸君，面对如此邀约，你们说我这个"附庸风雅"的纯"乐盲"该咋办啊？！

说起来并没有错，要让我像我这样在音乐上毫无起点的人听乐大概会是需要某种"语境"的，我指的是某种文本的情景，谁让我们整天都是和书打交道的呢！这方面的一个例子是童世骏教授那篇追忆王元化先生的《拉赫曼尼诺夫音乐中的镰刀斧头》。读了那篇妙文美文，我就会真切地想要听听传说中的"拉二"。童教授本人就对此作了一番"反向的"——我是有"场景"要听乐，童教授是由听乐想起"场景"——"现身说法"："对音乐，我从来就像一个贪食者，只知享受，不会品味。当然，除了狼吞虎咽即时享受之外，我还经常会把一个作品与某次聆听的心情，以及当时的周围环境，联系起来，让乐音成为自己人生某一段经历的记录——对音乐做这样的使用，我们就不仅可以录音、录像，而且还可以录情、录境了。于是，听格里格的《皮尔金特》，我眼前会出现挪威的冰川和峡湾；听莫扎特的长笛协奏曲，我耳边会响起亚德里亚海的涛声；《洪湖赤卫队》的乐曲响起，我就仿佛又站到了1976年冬天崇明农场那白雪皑皑的农田。"还记得那年在童教授家里，大概因为他即时想起了我曾向他提过那篇文章，于是才进门还未坐定，他就指着小桌旁的一堆唱片，指着其中一张对我说："喏，那就是'拉二'！"

另一个例子是我曾看到一位出身哈佛的华裔比较文学学者在一篇《〈失乐园〉中得乐园》中有这样的句子："读《失乐园》，最宜深秋或初冬，拣一个安静、清明的周末的下午，翻开书本，心无旁骛，随性挑其中一卷开始，缓缓进入弥尔顿笔下的三界。遇到自己向来心爱、可以成诵的章节，大可以放下书本，提高音量，充分体验书中舞台化的气氛和效果。到得暮色苍茫、书本上的字迹渐渐模糊的时分，不再继续，注目遥望窗外沉沉的雾霭，重返人间。"写到这里，我们的比较文学家笔锋一转，继续道："若是觉得意犹未尽，不妨再听一张贝多芬的CD尽兴。读罢《失乐园》之后，最适宜的莫过于贝多芬的《A大调第七交响曲》，我推荐小克莱伯指挥维也纳爱乐乐团的版本（德意志唱片公司1976年录音）。"读到这里，我没有去架上找《失乐园》，而是立刻从网上——乐迷朋友不要笑我——找出了小克莱伯的"贝七"，而且果然听得如醉如痴，而且连续听了多遍，后来还把那个链接发给了一位貌似比我知乐的朋友，果不其然，朋友回复说："很有感染力，指挥和音乐都将人带入一种近乎癫狂的迷醉状态，生命像从指挥棒流淌出来似的，不疯魔不成活。"

呵呵，我的这位朋友确实说得很"到位"，我只是想补说，其实在那种非但不"疯魔"——本就不是谁想"疯魔"就能"疯魔"的——而且很"庸常"的"绵延"中也会有"成活"的"契机"。话说小女学习钢琴有年，学琴倒并非为了考级，而是"非功利"的为学而学。不过平时并不是我在"追踪"，只记得有一次我凑到伊的琴谱前，见有德沃夏克的《念故乡》一小曲，这个老德我原是"认识"的，于是就对伊说："我很喜欢听这个曲子，你会不会弹？"不想伊不假思索就回说："这个早就会啦，不过可是很忧伤的。"于是我一边听伊弹琴一边给伊讲了我从音乐故事书上看到的老德在新大陆思念旧大陆的故事，伊听得"似懂非懂"，但却是"若有所思"地频频点着头。不久前，因为想报名参加一个歌唱班，于是平时喜欢吼几嗓子的我就和伊一起先"研究"起那个作为教本的儿童歌曲集来，浏览间忽然又从上面见到了老德的《念故乡》，看着那个作者的名字，伊似乎有了"他乡遇故知"的感觉，口中念念有词，突然嘣出一句："哇，德沃夏克，他一定是在夏天出生的哦！"闻听这话，我因感动于那份我再不会有的童真而大笑了起来，可是笑完却是想起了最近看到的与《西湖梦寻》作者同名的一位旅居新大陆的当代散文家在他的《慢板》一文中的这样一番话：

"在许多人心目中，《第九交响乐》的第二乐章，对爱情的追忆升华为乡愁，变形为乡愁，在乡愁的外衣下面，除了对爱情的追忆，什么都没有。基于此，这个乐章超乎寻常的感伤和甜蜜才是可以理解的。"

谁又会说不是呢？

2014 年 10 月 22 日，紫金港秋桂重放中

高研院的落日

作为30年前一座两年制乡村高中的理科考生，我已经记不得从何时开始初识普林斯顿高等研究院（简写为 IAS，以下称作高研院）之大名的了。然则，2007年深秋的一个午后，当我"阴差阳错"地独自坐在普林斯顿大学工学院名为 FRIEND CENTRE 的图书馆上"自习"时，却还是油然升起了到与普大只有"一墙之隔"的高研院去转转逛逛的念头。

沿着普林斯顿 NASSAU 主街往南，从有一尊似乎落成时间并不久的爱因斯坦雕像的小广场转 MERCER 街往东，前行几百米，再折向一条东北方向的小径，据说就是通往高研院的道路了。果不其然，不久我就看到了上面有 IAS 字样的路标牌，忘记这标牌指向的是麦克斯韦尔还是爱因斯坦小道了，只记得沿着那小径行走时，眼前就现出一排排的大树，还未到那路的尽头，则是一个巨大的草坪，虽并无一望无际的感觉，但却依然展开得那样凝重。"俯瞰"着那草坪的，是一幢名为 FULD HALL 的简朴小楼，从布局猜想，这就该是这举世闻名的研究院的"主楼"了。从"主楼"进入，并没有拾阶而上的感觉，我却是开始在这"半人半神"的处所之无目的漫游了。

这里所有的建筑物是普通得不能再普通了，许是由于我到达时间的关系，似乎高研院里都空无一人。研究人员举行撒米娜的场所"无保留"地开放着，黑板上那我看上去如同象形文字的方程式都还没有擦去，连灯光都还依然闪亮着，恍然间我有一种遐思：兴许爱因斯坦就曾把他的 $E=MC^2$ 写在这方小黑板上？当然，要是大刺刺地攀附着说，我与此地也并不是毫无"交集"的，我知道20世纪最重要的人类学家之一格尔茨曾在这里的社会科学学部长期任职，而我不久前在普大的特价书店得到的《跨越边界》一书的作者赫希曼教授依然健在于此，更不要说我的"同行"、大名鼎鼎的政治哲学家沃尔泽了，为了得到翻译他的一篇文章的授权，我曾与他通过伊妹儿。于是我就"将计就计""顺水推舟"地开始寻觅起社会科学学部的 BUILDING 来了，穿梭半响，最终我应该是找到了那幢楼，照例是一个人也没有碰到，事后想想也对，研究人员正在他们的研究室里做研究，谁会像我这个访客一样在楼道里闲逛啊？！

好吧，见不到人，就看看"景致"吧，我本就是观光客一枚啊。可观光的景致位于整个建筑群的后部，其实同样是一个大草坪，不过背靠着一片疑似的原始森林。近前是各式的小摆设，好像有一些金属雕刻，上面是一些励志的"名人名言"和辉煌院史。不知怎的，在夜色中靠着手机的余光观摩那些雕刻真让人有些许"鬼魅"的感觉。而我印象最深的却是与那森林连接处的一方池塘，在那暮光映照下的池塘边，我想起的并不是朱晦庵他老人家的"半亩方塘一鉴开"，而是一部我大学时看过的只有模糊印象的美国电影《金色池塘》，不是嘛，好莱坞也好，普林斯顿也罢，这毕竟是在美利坚合众国的土地上啊！从那如后花园似的草坪上回望整个高研院，远处的落日发出最后的耀眼光芒，辉煌而又平和，甚至照例带着一丝忧伤和无奈。而整个游历过程中最应景的莫过于当夜幕降临之前后，我刚在其中徘徊良久的数理楼的上空其时却现出了一道彩虹，而且在短短的时光中经历了从明黄转向暗红的变化，我思忖，想必我们的先贤面对这同样一道彩虹，曾经有过从"惊奇"到"好奇"的心路历程吧，而我凝望良久，却只有一种莫名的感动和凄清！

这就算是我与高研院的"美丽邂逅"了，然则除了这次观光，我也还是有一次与高研院中人"亲密接触"的机会，而那却是拜那时同在美国访问的刘擎兄所赐的了。记得那年的圣诞假期，擎兄从新罕布什尔来到普林斯顿，他不但过访寒舍，而且约我一同去拜访高研院的沃尔泽教授。对此我自然是乐于从命，而事实上，与沃尔泽教授的晤面确实也算是我的普林斯顿之行中难得的几个"亮点"之一。除了分别与沃尔泽教授合影留念，我记得刘擎兄还提到希望把其时由耶鲁大学出版不久的戴维·米勒所编的沃尔泽文集《政治思维》翻译成中文出版。而大概是为了体现中文政治哲学从业者的"水准"，我还特意准备了两个问题抛向沃尔泽教授。教授听完我的"问题"后"会心"地笑笑，善意而没有任何"歧视"地告诉我，德沃金在他发表于《纽约时报书评》的文章中已经提出了这两个问题，而教授自陈，他的《解释与社会批判》在某种程度上就是为回应德沃金的问题而作！

呵呵，说到《纽约时报》，我倒是想起了我在普林斯顿的房东有一次告诉我，《纽约时报》的英文是初中生程度。受到这番话的"鼓舞"，平素从不看英文报纸的我就难得地捡起房东家的这份报纸来看。凑巧的是，我看到的当天这份报纸上面恰好有一篇当年刚刚宣布的诺贝尔经济学奖得主的报道，说起来这个《纽约时报》也够"八卦"的，据它的报道，这次分享经济学奖的 Eric Maskin 教授（其 title 就是以 Hirschman 命名的）乃是高研院的成员，有趣的是，他的位于 MERCER 街 112 号的住所本是爱因斯坦的老房子，而更有趣的，这房子的前主人、后来转到 MIT 的 Frank Wilczek 又是 2004 年物理学奖的得主。说到这里，国人兴许又会开始附会风水堪舆之说了，就此而言，那年的一位现已记不起名字的朋友的话倒是颇有意趣的："不是住了这个房子就有望得诺贝尔奖，而是有望得诺贝尔奖的人才住这房子！"

说起来，我的普林斯顿之行的一大动因乃是为了完成我的访问邀请人 Philip Pettit 教授的《人同此心》一书的翻译，其实我所承担的那部分内容的翻译基本上还是在回国后完成的，不过我的这次行程确实为我撰写那书的译后记做出了"贡献"。我在那篇文字里不无动情地记录了自己在普林斯顿的难忘经历。对于 IAS，记得我所用的词是"寻梦"，那么我所"寻"的究竟是什么样的"梦"呢？

前面我曾经点出自己作为一个 30 年前的理科考生的"身份"，回顾起来，在我的初高中年代，"学好数理化，走遍天下都不怕"的观念不但依然盛行，而且简直还是压倒性的。在那时的高考体系中，至少从一个乡村高中学生的视野来看，基本上是学不好数理化的才去学文科。记得我刚念初中时父亲就送给我一部浙江本埠编辑出版的《名人谈治学》，第一篇文字的作者就是苏步青！即使在我高考填报志愿时"弃理从文"，我所选的也是"自然辩证法"专业！为了先学好自然科学再"研究"自然科学中的哲学问题，我曾经跑到有西南联大学统的吉大数学系旁听"高端"课程。居今思之，不能不说在那种冲动和对自己理想的"规划"中仍然有着当年号召攀登科学高峰那个"春天"之余响。在从那种"高峰"滑落很久之后，我在沪上求学时节读到我的老师陈克艰先生自述其读牟宗三哲学之经历有云："我过去学数学与逻辑，浸润有年，在其中对于纯粹形式的确定性、架构系统的完备性深享过理智的满足与审美的趣味。然而，数学（及逻辑）毕竟是一门呼啸突进、一往无前的学科，要求有极强的智力创造性。我自度智薄力弱，欲在这一领域体验到创造的快乐，恐无此份福气，虽然也解过难题，但那是发人所已发，所得之创造快感有模拟性，不十分真实。对同学中每有创获的先进者，不禁歆羡不已，又自惭形秽。我终于怀着叛教改宗一般的心情退出数学，改读科学哲学。遇见过去一同'格'数学的朋友，常不免内疚神明。"坦白地说，于我而言，"内疚神明"固然是谈不上，因为我本就没有那种高端的"'格'数学"的经历，不过克艰师这番话却着实让我有"心有戚戚"焉之感。比较有趣的倒是，在我从科学哲学"转向"分析哲学之后，曾有一次听孙月才先生介绍我认识的薛平先生谈到研习数学和哲学感受上的差异："比较起来，哲学还是最复杂，也是最难的。"和克艰老师一样，薛平先生原也是数理学科出身的，这一点，加上（应该是更重要的）他的哲学品位同样让我对他的话有一种深度的信赖，甚至给我内心以某种"虚幻"的"慰藉"，虽然（或者说正因为）我既无从窥见克艰老师的数学高度，也远未达到薛平先生的哲学深度。

的确，"临渊羡鱼，不如退而结网"，虽然享受不到与克艰老师所谓"工作中的科学家"同样的满足，但我们至少还是可以"享受""工作外的科学家"的"花絮"。大概正是本着这种"精神"，多年以来，我一直颇喜读杨振宁先生的散篇文字，还记得有一次从华师大开完会回杭州，是和我的同事高力克教授同行，我在火车上还和他谈到自己念杨氏散文的体会，听完我的话，力克教授似乎是一贯浅浅地笑笑："是不是觉得他特别善于表达？"呵呵，这都是十多年前的事了，我也已经不读杨先生有年了。不过最近却是偶然见到他老人家去年九月在三联所出的《六十八年心路：1945—2012》，于是花了一个晚上"津津有味"地翻读了一遍，以杨先生这样的"善于表达"甚至"喜欢表达"，以我这样的"杨迷"和"名人癖"，书中竟还有不少感人的"新段子"，比如奥本海默 1965 年春天离任高研院院长前曾经和杨先生流露他有向董事会推荐后者为院长的意向，令人印象深刻的是，杨先生的推辞中除了他自认"天生不是一个有领导欲的人"，"能否当一个合适的院长十分值得怀疑"，还有一条是做这个院长并不会让他"感到高兴"。但是让我最难忘并且感动的却是杨先生自省他离开高研院到石溪分校这个决定时的那番话："在搬家期间，我有时不免会问自己：我离开普林斯顿高等研究院的选择是正确的吗？但是回答总是同样的：我的决定是正确的。象牙之塔并不是整个世界，协助建立一个新的大学是一个激动人心的挑战。"杨先生曾经数次谈到他的尊人杨武之教授到死都不能原谅他放弃中国籍，并且自谓"在中国传统文化里，就根本没有永远移民到别的国家这种观念"。在眼前这个文本里，我第一次看到杨先生谈到他把从罗伯特·弗罗斯特在肯尼迪的总统就职典礼上朗诵的那首《彻底奉献》（*The Gift Outright*）中得到的感动作为他最终决定加入美国籍的动因之一，而我们倒是觉得，杨先生之离开高研院奔赴石溪之举在某种程度上也同样可做如是解。的确，在任何一种可以理喻的意义上，我们所能要求于自己的最高程度，同时也是我们所能设想的成就自己的最好途径，不外乎就是"彻底奉献"：

> 我们拥有的，尚未拥有我们，
> 是不再拥有我们的拥有我们。

有种东西我们不愿献出曾使我们软弱，
我们终于发现我们不愿为了我们赖以
生存的土地而献出的正是我们自己，
于是从毫无保留的奉献中得到救赎。

2015 年 3 月 28 日，紫金港

"北京一下雪就成了北平"
——和法老同游老燕京学堂

2015年耶诞节，旧历11月15日傍晚，当我从所借住的千岛新城公寓楼下，坐25路公车跨过到普陀山机场必经的朱家尖大桥时，一轮明月正高悬在海天之上，"他乡月夜人，相伴看灯轮"，在去"他乡"路上油然滋生的一种到"他乡"去寻"故知"的冲动终于还是让我忍不住给"海上"的两位年长友人发去了一则简讯，现在或者将来回想起来，那可能会是我走到"人生旅程的大半"时发出的最重要的一则简讯。而此时的京城，正笼罩在已然影响飞机起降的深度重霾中。然则这却挡不住我"飞越"的脚步——因余杭韩公水法教授之邀，我此次赴京是为了参加一场虽然看上去发起得有些"即兴"，但其"意义"却仍是无比"重要"的学术茶话会。

虽然老师还没有到，我以前的两位多少因了和我的关联后来都"高中"到未名湖畔求学的学生却已经行动起来了——一位在紧密地张罗会务，另一位热忱地要到首都机场来接我。待到飞机终于降落在雾霾重锁的帝都时，我惊讶而不无感动地发现正在接机口候人的我的学生手中还牵着一副簇新的蓝色防霾口罩，很明显是为他的老师准备的。在PM2.5高达五六百的重霾中，我们迅速坐上了一辆出租车，一路飞奔会议驻地，位于北大附近、颐和园路东口的达园宾馆。时近午夜，当我们师徒两人还在黑暗的"王府"中摸索时，我的另一位学生就出来相迎了，于是师徒仨就在为我预定好的房间内一阵小聊，唯因第二天还有重要议程，遂提前散去歇息。

次日上午是会议的重头戏，来宾中有院士和院士级人物，还有没有评上院士而且据说此后不再打算参评的传说中的饶毅教授，不过他此次主要是在担任"司仪"的角色，而由他的合作者张大庆教授报告。会议的另一位发起人周程教授算是我的半老相识了——我主要是通过"蹭"他办的会认识他的——但这却是我初次聆听他的学术报告，果然是东大科学史博士的水准！而作为压轴发言的我们敬爱的韩公，自然是一贯的大气磅礴、高屋建瓴，等他"下台"开始"与民同乐"时，我和他的一位从故乡赶来聚会的学妹——现在是一位地方志和美术史学者——异口同声地恭维起他的精彩演说，而他自然也只有"却之也恭""照单全收"的份儿了。

据说现在全国办会都是厉行节俭，北大自然也不例外，于是大伙儿中午就都挤在哲学系的地下室里吃盒饭，一开始是我的两位学生陪着我，后来于嘈杂中听闻韩公从"上层"呛声招呼我，探头问他何事，原来是同样友情与会的老朋友商务的陈小文君（试学韩公在《社会科学方法论》汉译名著版后记中的范儿，我们得改称小文为"陈总"）找我聊天叙旧，待我上得楼上包间雅座，却欣喜地见到我的大学室友崔伟奇同学也在座，呵呵，想想也对，我们的另一位大学室友、可敬的尚智丛同学现在"执掌"全国自然辩证法学会（自然辩证法乃是我们当年在吉大哲学系的本科专业），彼会乃是此会的主要发起机构，而我们同样可敬的崔同学一直孜孜不倦于由革命导师恩格斯的虽然未完成的但同样是光辉的著作所奠定的这个专业（虽然我的母校母系后来把这个专业给取消了，而我也早就从中掉队颇久了）。老同学相见，自然颇为亲切——要知道"少年老成"的崔同学当年可是经常和"年少气盛"甚至"桀骜不驯"（记得我那时最喜欢的《离骚》中的一句就是"鸷鸟之不群兮，自前世而固然"）的我分享他的人生经验和"实践智慧"的，而且我们还一度在吉大七舍前的排球场边交流学习《十六—十七世纪西欧各国哲学》的心得体会，记得我们一起读过的书中还有本是本杰明·法灵顿的小册子《弗朗西斯·培根》！不假思索地报出这个书名再一次印证了开头提到的那位年长的"朋友"调侃我的那个金句："别人的毛病是记不住，你的毛病是忘不了！"让我有些意外的是，崔同学还和我提及他在《哲学分析》上见到了我回忆母校母系的那篇文字，并当场夸赞了几句（虽然也习惯性地有所保留），这不禁让我感叹并非核心刊物更非权威杂志的《哲学分析》在严肃学界明明还是颇有些影响力的嘛！

开完大会开小会，下午的会议我参加的是哲学组的讨论，巧合的是，韩公邀请了他的朋友和北大同事高毅教授前来主持报告，这是我第一次见到颇为儒雅的初看带点儿名士气的高教授，竟然有些许兴奋，这当然也可能是因为我的名人癖就像我的季节性过敏那样在名人辈出的未名湖畔无可救药地再次发作了——我想起当年在杭大念博士前后，当时在武林广场附近还未搬迁的浙江出版大楼里曾有过一家书店，里面颇多浙江本埠的出版品，我就是在那里见到了高教授的成名作《法兰西风格：大革命的政治文化》，而其实至迟从九三年春天我在琉璃厂邂逅托克维尔的《旧制度与大革命》之后，我就对以张芝联先生为精神领袖的北大法国史学脉颇为关注。听了我的"告白"，高教授颇自谦抑，然则他毕竟是做过史学系主任的北大名师，我"注意"到，在下午他所主持的单元，当我发言时，他每每显示出颇为关注的神情，我当然也知道，这一"光合作用"大部分是他的角色使然，小部分则是由于我对他的敬仰所产生的移情和投射！

当天的晚餐不是重点，重点是在晚餐之后，我的那两位学生，再加上另两位由我作为推荐人之一保研到北大哲学系求学的学生一起来到我下榻的宾馆热聊，"他乡故知"，老少同学们情绪颇为热烈，话题也不免有些"劲爆"，但也不外江湖传说，师门恩怨之类，这样"泥沙俱下"直至零点以后，待我送诸位才俊出门时，却意外地发现京城已经纷纷扬扬地飘起了雪花，而且看地上积雪的样子，显然已经下了有一阵子了，我们在有暖气的房间里自然是全然不知。于是大家都兴奋了起来，在我的学生，这种"兴奋"自有其无比现实的理由——用我的一位来自大兴安岭地区的学生的话来说："只要北京没有雾霾，天天下冰雹我都愿意！"虽然现在杭州的雾霾天其实并不比北京少，也大概因为记忆中我在帝都似乎从未遇过雪天，我对京城下雪似乎更多了些"诗意"想象，虽然我的"想象力"显然没有达到韩公在《香山雪游记》那篇美文中所展现的那种高度——试看其中有这样的妙句："如在晴雪，远眺西山，虽非千秋之雪，道道银带衬托黛色群山，在冷艳与妩媚之间，也是万古的风光。这样一片琉璃世界，就在既混且乱的繁华世界的近处，真正一时的咫尺天涯。"——而我所谓"诗意"原也是要靠"诗句"来激发的，不过此刻缪斯女神应该也已经被"激发"起来了，证据乃是：在众人散去之后，我还一人在漫天飞雪中沿着一条现已忘记其名的小河徘徊踯躅良久，并独自到一家路边夜宵店喝了一瓶冰镇啤酒，最后还给前面提及的那位更为年长的友人"回复"了一则简讯："'北京一下雪就成了北平'，游子在异乡却感到了一种温暖。"

这次会议的日程安排颇为紧凑，雪夜一过，就只剩半天议程了。哦，对了，此次来与会还有个意外收获，就是见到了 2007 年在纽约别后就再也没有碰面的胡惊雷小友，这是韩公当年的一位博士生，那年我在普林斯顿，适逢惊雷在哥大访问，于是韩公就把他的学生介绍给了我，这样，刚到纽约不久的惊雷小弟就为我做起了"地陪"，我至今还记得那个秋天的午后从纽约让人目眩神迷的地铁换乘站出来时似曾相识地一下子认出他的那一幕！惊雷当时有些令人讶异地租下了背靠赫德逊河的哥大国际学生公寓的一个套间，大可以临时让在异乡的我舒服地容身，于是接下来在纽约的数天，除了有一次和他一起到 NYU 参加德沃金和内格尔主持的那个著名的研讨班，其他时间我就早出晚归都泡在了STRAND。还记得一次书店打烊时分，我提着重重的几袋子书出来，一整天折腾下来，我实在已经是筋疲力竭，而无力再去挤地铁了，于是我就在魔都第一次打了出租车，车子穿过 GRAND STATION，载我于深夜时分回到惊雷的公寓。这么说来，我的访书记中原也是有惊雷的一份功劳的！久别重逢，现已成长为一名成熟学者的惊雷对我仍然是一口一个"应老师"，这让我颇为"受用"。第二天一早，他这位"老北大"又特意来陪我到英杰中心参加最后的议程。加上我的那位现在未名湖畔随韩公研习德国观念论的学生，我们仨还在雪后的未名湖畔拍照留念，虽然我后来并没有收到那些照片，但这本身就已经是一种非常难得而让人珍视的经验了。"变通"一下我的另一位年长朋友康小德盛晓明同志的话来说，我们无法超越德国观念论者，但可以让他们相互超越——我们无法在未名湖畔得天下英才而教之，但可以让天下英才到未名湖畔来受教啊！

最后这半天议程中，让我印象最深的则是"认识"了北大德语系的谷裕教授，当韩公把我介绍给他在北大德国中心的这位女同事时，尤其"忘不了"书名的我当场就说不但买过她译的书——《终末的美德》，而且买过她写的书——《隐匿的神学》。闻听我言，谷教授显示出一种小女生般的惊讶，连连说，"我们并不是一个专业（圈儿）的，你怎么这么了解我？明明是我在明处，你在暗处嘛，这实在太可怕啦！"云云，其反应听上去或许让习惯于大神经的我觉得稍显夸张，然而，有些奇怪的倒是，这番话由谷才女说出来，却又显得倍儿真诚，倍儿发自肺腑，而丝毫未给人以矫情的感觉！

全部议程令人愉快地结束了，韩公为了表示对与会朋友们的感谢，当场慷慨表示中午"罢吃"会议餐，而由他自己出资、贡酒，请我们在海淀体育馆附近的一家有点儿名气的淮扬餐厅聚餐。让我颇为感动的是，韩公还特意申明，他放在车子后备箱里的那两瓶忘记是 20 年还是 30 年陈的汾酒乃是专门为我准备的！这看上去显然是一个颇为 close 的圈子，席间诸位放言高论，尽情谈笑，自然是逸兴遄飞，端的是欲与天公试比高，也让我初步感受了北大哲学系的酒桌文化，虽然酒桌上似乎也并没有太能喝的主儿。许是观察力敏锐的韩公似乎看出我并没有喝得很尽兴——大概因为同桌的谷教授那种斯文女性书卷气过于罩人，当我散场后提出将一人去万圣转转，然后像以往来京那样，从万圣直奔机场时，韩公执意邀请我晚上继续参加他门内的一个活动，而这中间的时光，他提出先陪我在北大校园内转转，然后去他的办公室坐坐，这一系列建议虽然像当年他邀我参加他的撒米娜那样让我有些许意外，但我还是稍作沉吟就很愉快地接受了，盖因由韩公领着游北大，可贵和可羡者恐怕不惟在高度，而且在深度！

于是，有我过去的两位现在是韩公的学生尾随着，我这位"过去"

的"先生"就终于开始他的第"四"次深度北大神游了。一边走，一边还掏出我的老旧诺基亚手机里还保存着的韩公评论我的《三访北大》的精警之语："就是行走自如，想象自如，无拘无束，想看就看，想想就想，想走就走。景为真切，人皆神交。"果然如我的学生后来告诉我的，韩公连北大的一草一木都认识——他选择的路线就不同凡响，从老燕京建筑群旁的一条小径踅入，不消几步路，与刚才"金水桥上"外观和远观之光鲜感觉不同，只见眼前断瓦残砾，杂草丛生，在呈现出某种深度的"荒芜"，而且越往深处越"荒芜"。而对于韩公之匠心，不光是记性好的我自然也是"心领神会"，当即发表"观感"云："正如伟大若无渺小陪衬便无法存在，文明必与荒芜紧邻，才会更让人产生历史之厚重感，并唤起对于文明之脆弱性的醒觉。"我还由此大喇喇推论，任何大学无论新旧，必得有这样一块打死了不回头、大发了也不"开发"的荒芜之地，才能彰显此学府之品位和位格！由此"荒芜英雄路"一路行去，韩公还遥指某"国学大师"之故居给我看，但是大概是考虑到我的"品位"和"位格"，我们此行之重点却是一堆据韩公介绍是当年修游泳池时从旁边的水池中挖出的廊柱和牌坊，果真是断垣残壁，其中一块坊墙上竟然还颇为"应景"地有"断桥残雪"字样，于是我们这两位虽非许仙但却原是从"断桥"旁来的大俗人就毫不犹豫地在此坊前留下了一张看上去难得有些"脱俗"的合影！一路行至我当年"三访"时反向路过的中国经济研究中心时，韩公还领我"登堂入室"，到中心里面去匆匆转了圈，传说中这个蜚声世界的研究中心之"格局"未免会让人产生这样的"遐想"（瞎想？）：在这里研究经国济世之学的人，自然是应该担当起苍生民瘼的！遗憾的是旁边的中古史研究中心却似乎大门紧闭，于是我就再次在韩公的导引下登上了几乎是正对着那个建筑群的一座小土丘，这已经要算是除了无法上塔的博雅塔之外一个最佳的北大观景台了，土丘上还有积雪，我们并立其上，由文史哲兼通的韩公现场为我指点文史哲三楼，旁边还有两位学生恭听之余兼拍照留影，读者诸君，此不谓人生难得之幸事乐事可乎？！

从观景台下来，距离晚餐开始还有些时间，韩公邀我到他的办公室稍坐，就在我们的两位学生一位去另一个书库搬运韩公打算要送给我的书，另一位跑出去为我们冲咖啡之际，我和他简约地讨论了自己即将面临的"出处"问题，这是我第一次与自己的朋友谈及这个问题——如同在学术问题上一样，在生涯问题上，我也颇愿意听取韩公的见解和建议；自然地，由于"判断的负担"，我们在这些事情上的取舍和结论未必会一致，会有"合理的分歧"，可是这世上能够与商此等情事的朋友又能和又会有几个呢？而且，认真说来，"合理的分歧"之重点似乎并不在于"分歧"，而是在于"合理"，这就正如我那另一位年长的友人在比较了罗尔斯和哈贝马斯后所抉发的，"重叠共识"的重点不在于"共识"，而在于"重叠"，想到这里，未免又于心绪有些黯然之际感到了些许安慰和庆幸，并渐渐地从中振拔了出来。

也许是中午没有喝痛快，也许是喝痛快的时刻终于要到来了，晚上在有些"传奇"色彩的邹恒甫笔下同样有些"传奇"色彩的梦桃源，是几乎清一色的韩门弟子聚会，相识的和不相识的年轻人轮番上来敬酒，而我虽然是个"人生走过了一大半"的半老夫，在青年才俊面前，却似乎仍是个"人来疯"，于是一路酒兴高昂，一直喝到了一种已经很久没有过却又异常熟悉和受用的清醒醉态。正是在这种醉态中，在一种一醉不回头的决绝姿态中，我终于还是离开了传奇的未名湖和同样传奇的梦桃源，搭乘韩公一位博士学生的专车直奔首都机场，有些出乎自己意料地在一种警醒的狂奔中麻利迅速地完成了登机手续之后，我在飞机上熟练地给韩公和他那位送我的学生发出一则致谢简讯，然后我就在机舱后排酣然入梦，在一种适意的酣睡中抵达了杭州。再由出租长途奔袭回到紫金港的家，酒意也早已散去了大半，于是下意识地一摸口袋，却恍然发现自己刚才登机时还用过的身份证已然不见踪影，敲了敲"好酒不上"的自己的"头"，我心想，一准儿是把它遗落在飞机上了，就正如我仿佛已经把自己的心遗落在了"他乡"，遗落在那一下雪就成了北平的北京。

2016 年 4 月 28 日，凌晨两时，千岛新城客居

六上长城

——一阕无关乎长城的青春挽歌

"不到长城非好汉","长城内外,惟余莽莽",月球上看长城,当然也还有"孟姜女哭长城",从幼时开始主动或被动接受和产生的关于长城的种种教化和想象,使得它在一个心智未曾成熟的少年心目中呈现为一种既凝固又鲜活,后来则伴随着复杂历史况味和感喟的立体图景。而一旦结合到个体在其生命和生活历程中与它的"亲密接触",那么这种感受就更为丰富多彩了,当然也有可能是更为贫乏和苍白了。

整整30年前,1986年暑假将尽时分,经过父亲的同意,我打算在回长春上学之前先到北京去转一转,我此前从未到过祖国的首都,而北京是父亲上大学时待过5年的地方——我至今仍在使用的书籍中还有他当年求学期间从东单和东安门市场买到的"旧书",这方面的一个最新例子是人民出版社1959年初版《李大钊选集》,我昨天还在念其中那篇100年前发表的名篇《民彝与政治》——他自然是支持他的儿子早日到京城去开开眼界的。刚巧我的一位高中的好哥们那时已经在北方交通大学念完一年级,我可以借住在他的宿舍里,这可是能够省去很大的一笔开支。也记得当年从杭州到北京只有一趟直快列车,火车票还很难买到。在那个年代，学生票都通行半票买到终点，如果无法一趟车直达，那么就将中途签转。根据起点到终点的总里程，铁道部或各铁路局会给出有效签转的时限，例如从杭州到长春，我印象中只要七天内达到终点，就都能连续签转，而且不限次数——现在想想真是很后悔那时没有充分利用这个"善政"多到沿线各地走一走——当然前提必须在最近距的线路上，不得"偏离"。例如从杭州到长春，我可以在上海、常州一直到天津、沈阳等地签转，但是不得到北京签转。想想也是有趣，我到伟大祖国的首都签转怎么就算"偏离"主线了呢？不管怎么样，我父亲帮我弄到了一张从杭州到北京的火车票——准确地说，是一张从杭州到长春的学生票，而首发是从杭州到北京的车次。年深日久，我也已经忘记那次是"乖乖地"在天津下车，然后买票到北京，还是到天津站后在车上补票到北京——按照我的"智商"，当以后一种可能性为大，而按照我的"情商"（至少是那时的"情商"），该是前一种可能性为大。只有一点我记得很清楚，那就是玩完北京，我是坐车到天津签转再上的去东北的列车，因为这是"规则"，是"铁律"，只需要服从和照办，无论哪个"商"作用的"空间"都不大！

初到北京，故宫和长城总是必去的。去的自然也是八达岭，细节的记忆几乎全无了，只记得那时去八达岭长城，须得到西直门坐火车，那算是到长城的"专列"吧。有趣的是，某种程度上，到长城去的火车似乎比长城给我印象还要深，盖因小时候生活在江南乡间，虽然并不算是穷乡僻壤，但毕竟少有机会坐火车，特别是短途火车，记得我第一次"自主"坐火车是在草塔上高中时，其时我父母都已经迁移到杭州生活了，那次大概是因为需要配一副近视镜并"顺便"探亲，我一人坐火车从诸暨县城到杭州去，我至今记得当火车经过小时候经常从乡人口中听说的白门（后来改称红门）车站时，那种有点儿带着青春怅惘的自由自在心情，现在常听有人说起到辽远的乡间小站去重拾坐绿皮火车的记忆，对此我倒真是感同身受的。北方的铁路两边似乎四季都没有南方的那份苍翠，然则一头连着都市一头连着乡野的短途火车上那种自在游荡的体验也许倒是相似的，虽然也可能只是对那个处于特定成长阶段的"少年"才尤其是如此。

我第二次上长城是在淮海中路622弄7号念研究生时，那时候研究生部有一部分经费可以支持外出"调研"，我的女朋友其时刚好在杭州念书，于是1992年暑假，我们决定一起到北京去——因为她此前从未到过北京，所以我可以做她的"向导"。我顺利地完成了"调研"的主要内容，包括持着我的导师范明生先生写给他的老同学和老朋友的信，拜访了最近"火了一把"的梁存秀先生，主要是咨询考博的可能性。但是颇为奇怪的是，那次在北京游历的印象几乎全然没有了，八达岭肯定也是去了的，然而一点细节的记忆也无了，只有一个印象至今挥之不去：北京夏天的自来水实在是太凉了，那种冷冽感和在南方完全不同，甚至并不适合在盛夏冲凉。而那次出行的亮点似乎是在归程中，我再一次作为"向导"带着女朋友登上泰山，因为大学时曾经在返乡途中利用签转的方便和吉大的诸暨老乡结伴初登泰山。二十出头的小伙子精力几乎是无穷的，还记得初次登泰山，我们一行三五人是下午三点左右在泰安下的车，简单收拾了下行装，"装备"是几乎没有的，就立即上山了，一路登攀，直到冲过南天门登顶，我们就开始在天街闲逛了，捱到时候差不多，就径直到观日出点，看完日出，就披着晨光直接下山了，一路还连着观摩上山时无暇欣赏的摩崖石刻。因为有了第一次的经验，我几乎是把整个行程复制到了和女朋友登山的那一次。中间只有一个差异，好像那天我们是遇到了小雨，而一个年轻女孩子的体能和韧劲恐怕是无论如何都很难和小伙子相比拟的，我至今还记得下山时女朋友那种几乎已经难以坚持的如霜打茄子般的疲累模样。

这里，我似乎有必要如实交代自己对于登泰山和逛天街的浪漫冲动和瑰丽想象的主要来源和成因。记得是在上初中时，我有一次到邻村的同学家串门，在那里见到了一部小说，叫作《晚霞消失的时候》，那时乡间的课外读物少得可怜，于是就把它借了回家，当晚的阅读经验一定可以算是我永生难忘的"成年礼"。打从一开始，这部小说就如磁石般地吸引了我，从第一行一直到最后那句"皇冠，命运和宝剑"，我连一刻都没有舍得放下过。小说的最后，男女主人公在泰山重逢，李淮平终于对南珊做出了沉重的表白，而他心目中的"女神"南珊做出了在那时的我看来非常具有"思辨性"的回答，之后就仿佛带走了李淮平的全部青春记忆般地消失在天街远处的闪烁明灭灯火中了，而我的思绪在那一刻也几乎完全凝固了，有一种巨大的空寞，但是同时也有一种莫名的感奋。我已经忘记上大学后有没有到图书馆重新去借阅这部小说，总之我一直无法忘记它对我少年心灵的"启蒙"和"润泽"。而有点儿讶异的是在此后的年代中，似乎再少有人提及这部小说。只有两个"例外"，一是我从后来"收藏"的此书"中青社"新版中得知我们可敬的严搏非同志曾经念叨并促成此书重版；二是一位年轻的朋友有一次转述给我，在谈到自己那个年代最有影响的文学作品时，曾经是一位标准"文青"的倪梁康教授特意提到了这部作品，这个"消息"忽然使得我对本就无上可敬的梁康教授的敬意又增加了若干分！

时光转眼到了十年前，2006年四五月间，我趁到北京参加借座"北师大"举行的"当代实践哲学译丛"发布会之际，在京师苑见到了李景林老师，还有我的大学室友赵嵬学弟。景林先生是我"大毕"论文的指导老师，而赵嵬小弟是我的大学室友，虽然我们并不同届，但却"阴差阳错"地"同居"了两年，并一起度过了我在吉大后两年的最美好时光。自他从母校那座一直排名极高的法学院转到北京工作后，头几年我每次来京都会和他见面。那次是他约景林师和我一起到居庸关登长城。居庸关在京东，据说那一段长城相对比较"荒蛮"，平时少有人去。于是由赵嵬驾车，出城狂奔到了目的地，我们三人一边登居庸关一边聊天，所谈自然多为陈年旧事。记得当年临近毕业时，关于我的出路，除了别的可能性，景林师还为我设想了一种可能性：系里当时匮缺佛教哲学师资，于是景林师和我提到，因为他的硕士导师乌恩溥教授当年在科学院哲学所时和吕秋逸弟子张春波先生相友善，他可以建议系里把我送到张先生那里去念佛学，"条件"是"学成"要回到吉大哲学系任教。此事因为各种因素后来不了了之，但是自己老师的恩泽却让人没齿难忘。对了，说到这里，我想起那年景林师到敝校来参加研讨他的"太老师"马一浮先生的学术会议，我们自然再也没有谈起当年那个未曾兑现的"动议"，但我却问起了乌先生的近况，他说恩溥先生精神良好，但是耳目都已不灵，所以他去看自己的老师时都是通过一种独特的笔谈方式进行交流的：景林师在乌先生的手上写字，凭着对典籍的烂熟于胸，往往景林师一写字，乌先生就心领神会了，说到这里，我们师徒两人不禁相视大笑了起来！那次登长城的细节也已经淡漠，只记得我对着山坡上仍然是深褐色的植被说，怎么到了现在草还没有绿？景林师说，在北京郊外，大概得到"五一"后草木才会葱郁起来。但是交谈中倒还有两件印象颇深的事——哲学家在一起，所谈也无非哲学家和哲学。关于哲学家，我们都知道1949年以后似乎很少有做哲学的——

虽然一度做哲学的也几乎没有了——自称哲学家，但是景林师谈到了一种"例外"：一次他和我们李师母一起在校园里散步，他们谈到了一个话题，谈着谈着，景林师忽然张口来了一句"你和哲学家聊天"云云，景林师笑说他这时实际上就已经把自己当作一名哲学家了；至于哲学，记得那时我还经常在期刊上找念景林师精粹的哲学文字，那次我大概是刚念了他发表在《人文杂志》上的那篇妙作《论"可欲之谓善"》，于是就像当年一样，我又一次在他面前"侃侃而谈"自己的"读后感"，景林师边听边频频点头，最后发出了类如"你小子真行啊"的一声感叹。我尝想，正如我们对于自己学生的反应不必反应过度，我们对自己老师的反应似乎也不必反应过度，或许，景林师的学生中，比我有悟性、比我成就高者所在多有，但像我这般"理解"其哲思者恐怕也不会太多吧。

时光又转过去了三年，2009年暑假，经训练小友推动，应丛日云教授之邀，我到昌平政法大学主办的西方政治思想史讲习班上"授课"，接到这个邀请想来主要还是基于我的译书匠身份，我们得到了"贵宾"般的待遇，主办方还事先告诉我们可以有"个性化"的自由活动要求。于是我就想起当年的译书生涯中，码字半天到中午一边中饭一边休息时，我就会打开电视来换换脑子。记得我经常从屏幕上看到的，除了《大决战》和《铁齿铜牙纪晓岚》，还有一部电视剧叫做《永不瞑目》，断断续续看这个连续剧有两个"收获"：一是它的那个主题曲给我印象颇深：我最早的硕士生孟军那时刚好回浙大跟另一位导师念博士，他重返浙大后还是经常和我过从，有一阵子还特意从西溪过来玉泉陪我打乒乓锻炼，后来他回到山东去任教了，一时我还真不适应没有他陪我打乒乓的日子，记得一次我站在旧居九层的走廊上，面对苍翠的老和山，突然吼出了一句："你快回来，我一人承受不来……"二是我是第一次从该剧中得知万里长城还有一个好去处叫司马台，于是此后就一直期待哪天能够去登那一段长城。"机会"终于来了，既然已经到了昌平，我就壮着胆子给法大的会议主办者提出希望他们安排在我没有课时到司马台转转。主事者痛快地答应了，记得和我同行的是上海师范大学研究马基雅维利的学者周春生教授，车子载着我们，一路从昌平沿密云渠到古北口，据说这是唯一一处保持明代原貌的长城，向以奇秀和险峻而著称。果然，到了入口处，周教授就打起退堂鼓了，说是自己腰腿不好，虽然不愿自承非好汉，但长城确是不能登的了，就在长城脚下的咖啡吧里"到此一游"算了。周教授和我一起坐了两个多小时车，对他的队友的心情和兴致自然颇为理解，慷慨说，反正他在下面坐着也不累，让我尽情地玩，就当他"不存在"！我这人听人话向来"实诚"，有了这颗定心丸，就果真开始司马台"自在游"了。我至今仍必须说，这确是我最难忘也最尽兴的一次长城游。在司马台上望"关外"，确有惟余莽莽的感觉。我想起早年读过徐星《无主题变奏》的一个桥段，一个带点儿青春反叛的理想主义情怀的小人物问他的朋友：山那边是什么？他的朋友很无趣地有点儿让人幻灭地回说：山那边还是山啊！站在司马台上望"关外"，果然山外面还是山，莽莽外面还是莽莽！

山外有山也好，无山也罢，所有的青春迷茫都早已随着岁月化作岁月离我远去了，至少我以为或者不断提醒自己情况就是如此！转眼到了前年暑假，因参加小女所在学校的"班队活动"，平时经常在一起玩儿的一堆老少人物自行组团到冀北的坝上草原"放风"，那次大人小孩都玩得非常开心。每有出行都作为领队的一位女性家长特别善于安排行程，返京转乘途中我们还顺道到金山岭长城住了一晚。我必须说，这一定是我所见过的最秀美的长城，那种内涵和置身其中的感受真会让人产生某种精致的花园般的感觉，但又花园和精致得那么轮廓分明，那么有质感，教人流连不忍去。它让人产生一种奇妙的两重感：一方面它似乎是与外界"隔绝"的，远离了喧嚣，而自成一体；另一方面，它又似乎很"生活"，很"日常"，让人有一种"直把杭州作汴州"的缥缈的质实感或者说质实的缥缈感。而说得堂皇些也无趣些，在我们在与自己的关系中，与他人的关系中，与共同体的关系中，甚至与超越者的关系中，不但要作为一种目标，更要作为一种成就，不但要去实现出来，而且要用来滋养自己的，不正是这样一种"关系"吗？

约一周前，余杭韩公水法教授忽然来信，约我"飞的"北京，盖因他约了几位朋友，一起到昌平去登长城。我接信就想起去年秋天在京郊西山，虽然韩公把我们"忽悠"到场后自己却当晚飞赴欧洲开另一个会去了，那次"雅集"却仍然是我近年见过的最好一次，尤其是一位出身北大哲学系、现任教于东瀛某校的陈姓学者酒后高唱的一曲"凤求凰"几乎让在座的中老年男人们潸然泪下，浩叹青春之易逝和易逝之青春。虽然我深谙"一个人不能两次踏进同一条河流"之"洋古训"，却还是爽快地决定应约赴京。巧合的是，此次韩公来相邀前，正值我那篇以他为"主人公"的"北京一下雪就成了北平"刚刚出炉，于是韩公即兴提出一个邀我再次赴京的"理由"：你写这写那的，总得写一篇关于长城的吧！想想也对，长城倒是一个现成的题目，于是我掰了掰手指，一拍脑袋就给起了个《六上长城》的标题，又为了避免前文那种"滞后性"，我想不妨先把前五次写出，等行完第六次，就可一气呵成，成其全璧。不想前五次倒是写完了就等待"完形填充"，临行前却临时因为家事必须取消行程，于是第六次遂成了"泡影"，而自己行文从来纪实，向无虚构，也不擅虚构，于是就只好保留六次之"虚名"，而预先声明，留待下次坐实之，读者诸君弗以我为欺人，则幸甚也。

2016 年 5 月 8 日，千岛新城客居

平装董桥

　　我其实并不是一直都那么"潮"或者不"潮"的——例如我就既不是最早一拨的、当然也一定不是最末一茬的董桥迷。记得二十年前我在海内"名校"杭州大学做博士生时，一位在系里任教的年轻朋友常把《这一代的事》中关于"中年"的那个名"段子"挂在嘴上，这在那个差不多全民"下海"的年代听上去确实很有"品"和"范"。作为《读书》的"死忠"读者，我那时应该已经见到过后来知道是罗孚的柳苏先生那篇《你不可不看董桥》，但似乎也并没有留下太深的印象，反倒是让我常常"怀疑"后来那句有名的绍兴黄酒广告语"你不可不吃古越龙山"是否"克隆"了罗先生的创意句式。对此的一个证明是我到很晚才算是"勉强"收了三联的那小册白皮书。那大概是董桥先生第一次"登陆"。之所以如此当然也和我购书的一个"不良"习惯有关：一位作者流行了，他的书自然会重版甚至一印再印，而我呢，只要没有赶上第一拨，没有买过初版，我就会一直纠结要不要买重印本，有时甚至宁可在书店里常翻就是不买，有点儿可笑吧，说是"假清高"不就结了，可谓知识分子的通病。反正那时候杭大周围小书店有好几家，名字也都很有"诗意"，"月光"啊"明珠"啊什么的，几乎每一家都有《这一代》，我随便进去就可以翻。另一种"相反"的情形是，一个作者在"红"起来之前我就早就看过了，等社会上都流行开了，我反而有点儿"懈怠"了。一个说出来有点儿小"不敬"的例子就是顾准。1990年代初在淮海中路622弄7号念书时，大概因为自己的老师是做古希腊的，我早早就念过了《希腊城邦制度》一著。那时候社科院门口还有家书店，起了个有点儿古怪也有点儿唬人的店名，叫作"上海—香港三联书店"，其实那也不算是"蒙人"，里面确实常有些三联书店香港分店的书，我就是在那里见到《从理想主义到经验主义》一书的，当然那个书价我是承受不了的。我只记得在那里买过上下卷的《侯外庐史学论文选集》，之所以对此印象这么深，还有个原因是那天刚好在店里碰到我的老师范明生先生。他是个真正的爱书人，那会儿他应该是刚午餐完毕"偷闲"来逛店并换换脑筋的吧。由其胞弟陈敏之先生编集的顾准的这个遗文集我是在社科院的港台阅览室看完的，因此等贵州人民版的《顾准文集》出来时，我就已算是在"重温"了。毫无疑问，我是非常敬重甚至仰慕顾准先生的，特别是他那干净洗练、如手术刀般精准，同时又散发着洋派的书卷气的行文，是我在当代学者中所仅见也最为服膺的——我揣测这一定和他的经济学训练甚或他的会计出身有莫大关系。但是，与我的同事例如高力克教授相比，我对顾准的"热情"似乎就没有那么持久，我的"敬意"则至少在显现于外的这个层面上就更是要"逊色"得多了。

回想起来，董桥的文字没有能够一开始就真正地"吸引"住我，似乎其原因也是很清楚的，年轻时为事业——更早时候是为学位，董桥开始在大陆"流行"时我不是正在念学位嘛——"打拼"，大概无论"阅历"、"心境"甚或"趣味"都还没有到能够从容地"欣赏"董桥的那种所谓"中年""境界"。《这一代》我应当是看完了的，但在我博士毕业前后作为当时辽教社颇为"风靡"的"书趣文丛"第三辑之一种而出版的《书城黄昏即事》，我就只是大致翻翻了，更多时候只是从架上取下"玩赏"一番，一者我书房里并没有线装书更不用说其他雅件可供"清玩"，二者陶雪华女士为那辑书所做的装帧也确实"清雅"。记得那一辑的作者多为书界前辈、名流、"大佬"，例如黄裳、周越然、周劭、罗常培、宋春舫、谢国桢，不过那里面我印象最深的一本书却是其时在其中还算"小字辈"的叶秀山先生那册《愉快的思》——这不，它现在还就在我背后侧身可及的书架上，居然是插架在朱东润的《诗三百篇探故》和上海三联"早年"那册《布莱克诗集》中间，再旁边则依次是绿原的《里尔克诗集》1996 年初版精装，我在上海时淘到的民国版商务汉译世界名著《扎拉图示特拉如是说》（萧赣译，民国二十五年八月初版）以及冯静编的《理性的追求》，后者是余杭韩公法老之本师杨一之先生的"著述选粹"，书名"竟"还是叶先生题写的，可见我的书架虽然号称从不"归类"，其实还是有某种"秩序"的。如果说我大学时是不放过李泽厚的片言只语，那么我念研究生后则是见叶（文）必念，虽然我还不能够非常准确地回顾到这种"热情"是何时开始"消停"下来的。所以《愉快的思》里面的文章我必定也是大部都念过的，特别是在《读书》上见到的那些篇章，例如《英伦三月话读书》一文中还曾经谈及我的博士论文"传主"Peter Strawson 那本关于康德的书，又例如谈钱穆和宗白华的那两篇，特别是那篇《沈有鼎先生和他的大蒲扇》，当年颇为风靡士林，甚至还差点儿引起某段"公案"抑或"私案"，记得其时我还曾在上海社科院社会学所的研究室里听陈克艰先生聊到叶先生笔下那个"风雨如晦""人妖颠倒"的岁月。

在我眼中，叶先生的文字自有一种特别的魅力，只不过与他的"学术"文字相比，他的"小品文"念起来更是别有一番"韵致"。其实叶先生自己对他这些文字也颇为"自得"。用他自己的话来说："我当然'重视'我的学术论文，但我'喜欢'我的学术小品。"之所以如此的一个特别的原因是叶先生觉得小品文写起来"潇洒自如"，而这是因为后者与"性情"有关，"这个'性情'有较大的'个别性'，好歹是'自己的'，'别人'不必去做（也）不能'代替'它"。而"那些研究题目，如果别人有兴趣，也会去做，而且做得肯定比我好，那么我的那些研究成果就会被'淘汰'"。叶先生笔下的小品文之所谓"不可淘汰性"和"不可替代性"诚然与他所谓"性情"有关，但从比较外在的方面，也一定与自己生活的经历和历练有关，例如叶先生同一集子中那篇《我是还要买书的》，其中回忆起50年代在北京书肆购买外文书时碰到周扬、洪谦、齐良骥、石峻等哲学名宿的趣事，特别是陪同贺麟先生去淘书的情形，说是在书店见到文德尔班的两个文集，因为他曾经向贺先生借过这两个文集，所以贺先生要买了给他，他不好意思地拦了，可是"过了两天，贺师母下班送来这两本书，说'贺先生让买给你的'"；又谈到贺先生行动不便不能再去逛书店后，"有一天我去看他，只见他坐在轮椅上让人推着'巡视'，威严得像个将军，深情得又像个恋人"。"默然不说声如雷"，如此行文，那就不但关乎"经历"，更关乎"性情"了。

我尝以为，"但觉似曾相识，每读皆有新意"，这大概要算是好文章给人的一种标志性的阅读经验，叶先生的这些文字就会给人以这种感受。当然文章好不等于文笔好，按我的理解，文章好比较具体，或者说应该是具体的；而文笔好比较抽象，或者说易于被抽象地了解。说到这里，我想起的是我的一位可敬的同事对于我的"文笔"的议论，他是把我和我的另一位同样可敬的同事放在一起议论的。而后面那位同事不但人长得风流倜傥，一表人才，而且确是有才具有性情，写得一手风行海内的华章，其风采几可比肩董桥矣，断不若像我的涂鸦之笔那样只是也只能在几个朋友间传来传去。然而我的前一位同事却言之凿凿地认为我的"文笔""无疑"要比我后面那位同事好，闻听此言，我是既"得意"又"意外"，但我当时实在是不太好意思再请教如此"美言"我的那位同事"此话怎讲"，或者他究竟怎么理解所谓"文笔"，不过我现在却是想起了一个"不伦"的"比拟"，例如可把我的同事的"文笔"和董桥的相比，把我的"文笔"和叶先生的相比！比一比也无伤大雅，反正结论只有三个字："不可比！"

董桥之重新进入我的视野就一直要到2008年由作家出版社"引进"的《今朝风日好》了。那一小册袖珍口袋书就因为是精装，要价竟近40元。难道真如作者开篇题云"最后，迷的是装帧"？不过这句话放在面前这个小册子上，大概算是说对了，此书之装帧确实古雅可人，但其实我还真是读过其中的不少篇什，并留有较深印象的，例如与书名同题的那篇"序言"中谈及他的英国朋友泰伦斯，"一位非常古典的英国人，40刚出头博览的群书比80岁的老头还多，怎么看都不像一个在金融界讨生活的人"，却最喜欢丰子恺的中国画，"一幅立轴《春日双蝶》他看了又看说是平淡朴实的教人'想家'。一把扇子画一家人家在家门前扫地备茶题上'今朝风日好，或恐有人来'，他静静看了好久眼眶里泛起薄薄一层泪影说这位丰先生的画'带着传教士的爱心'"。又如那篇《文人的书信》末了说："中国传统文人少年老成，中年跌宕，老年萧索……茅盾二十封信每一封都会絮叨下自己的不适，也不忘关怀一下人家的微恙；全靠他文笔练达，力疾写来竟也别有一番宿命的淡泊境界。"

忘记是在也给我留下"上佳"印象的《墨影呈祥》（我在"别处"说过，其中关于梁任公那篇特好）在"海豚书馆"出来之前还是之后的一个晚上，我一个人在香港"时代广场"的那家 PAGE ONE 闲逛，与那年在台北的印象不同，这家店里很少西文哲学书，它的最大特色就是牛津中文版的各类散文集，有从诗歌改写散文好多年的北岛最近的集子，有陈之藩的多卷集，当然更是少不了琳琅满架的董桥，虽然那次访港回来后还写了篇香江访书记，但我在 PAGE ONE 却确是空手而返的。返程飞机上看港埠小报，见到一条诚品书店在港开张的消息，于是就把这消息连同我的访书记一起发给了余杭韩公水法教授。也忘记就在那个暑假还是下一个暑假，抑或是到香江度岁，法老到访香港诚品，并"步我后尘"，写了《铜锣湾小住记》一文。记得他在书店时就简讯我，说是诚品的咖啡不错，我说你这是在书店啊，怎么不买书只喝咖啡？他回说"就买了套董桥"，呵呵，法老之喜欢董桥那几乎就是"不证自明"的"公理"了，不过想想也对，在香港除了买董桥还能买什么呢？以法老之"精明"和"品位"，这方面总是不会得错的。

这不，法老刚携着董桥回到圆明园旁的听风阁，就见海豚出版社开始"铺天盖地"地"复制"港版董桥了，有一阵子，我在校内那家晓风书屋中见到整架整架都是董桥；版式（除了繁体转简体）、装帧"复制"倒也罢了，连"价格"也几乎是"复制"港币定价的。我在香港其实并未注意过董桥作品的标价，所以没有调查就没有发言权，但我确实觉得按照大陆书价体系，那些书的标价几乎就已经可以说是在"复制"港版定价了。所以，非常有趣地，从那时开始我竟然要"抵制"董桥了。不过诸君不要笑我，我这个"抵制"其实并不彻底，大概不久之后我还是收了一册中华书局"引进"的董桥——《旧日红》，是从香港"整编"引进的，原编者乃是80年代以评论林斤澜和汪曾祺的作品并与钱理群和陈平原发起"二十世纪文学三人谈"而声名鹊起的黄子平先生。坦率说——也许这样说对董桥先生有点儿"不敬"——我之"收藏"《旧日红》相当程度上又是冲着中华那个不俗的装帧，以及它的编者——但其实也很"正常"，就正如我经常听到一些年轻学生买政治哲学著作就"因为"我是那些书的"编者"——黄子平先生在我心目中的"地位"，而这个说起来就要稍费唇舌了。

　　记得我在自己的大学时代也曾发生过一场短暂的"精神危机"，原因盖在于相互联系的两端：我的本科专业是自然辩证法，苏联哲学界谓之"自然科学的哲学问题"，"一衣带水"的东邻谓之"科学基础论"，现在通名为科学技术哲学，加之我本就是"理科生"，于是"直觉"加"本能"地觉得，不站在自然科学的"最高点"，怎么"指点江山"谈论自然科学的哲学问题呢，所以就很自然地、事后想来确是有点儿"不知天高地厚"地跑去数学系旁听运筹学——吉大的数理化那可是西南联大的学统：江泽坚、余瑞璜、唐敖庆，而我也是巴不得"大跃进"马上就能掌握量子力学和离散数学。结果当然是可想而知的。而现在想来，那种"铩羽而归"可能也是由于自己其时已经"心志他移"：我本"文学青年"，只是因为"父命难违"报考的理科；而到了大学——特别是80年代大学——那种"自由天地"，我自然是"故态复萌"，"开戒"不务正业地大看文学"名著"。大概由于我对于文学的修养和品位实在有限，我看来看去也就是看些"知青文学"，什么卢新华、刘心武、张抗抗、孔捷生、梁晓声、王安忆，最多还加上"重放的鲜花"王蒙和"回炉出土"的张洁。在这样的"水准"上，我自然就"接触"到了文学批评和评论之类的文字，记得当年甘肃兰州有个《当代文学评论》我是经常翻看的，谢冕、孙绍振，稍后的林兴宅，以及更小字辈的吴亮、蔡翔我都是碰触过他们的文字的。不过在黄子平的"新批评"出来之前，我最喜欢的当代文学批评家乃是曾镇南和季红真。前者的《泥土与蒺藜》我曾经从图书馆借来如同"宝典"般学习，这当然是因为之前在各式刊物上我已经充分领略和感受了他的"大义凛然""义正词严"，用现在的话说就是充满"正能量"；至于季红真，我之所以会注意她，除了那时候她客观上的"活跃程度"，还有个因素乃是因为她是吉大中文系出身，和徐敬业和王小妮都是同学，他们的另一位同学我就不在这里点名了。记得是在吉大的文科楼，我还曾听过季批评家的一场演讲，时隔近30年，我还记得她的"机智""急智"：那天的演讲有个同学用递条子的方式写了一个句子给她："我在读《百年孤独》时，经常想起张炜的《古船》。"批评家看完帖子，不假思索就说："你这话应该倒过来说！"我还记得也是在那个楼里，我曾经听过在我的大学时代对我"影响"最大的一个讲座，那是当时还是中文系讲师的杨冬老师做的关于文学批评方法论的一个演讲。之所以说是对我影响最大的，是因为——说出来有点儿让人惊讶——我是在杨老师的讲座上第一次听说李泽厚这个名字，听说他的《美的历程》，更是第一次听说"精神分析教子"卡尔·荣格那句"不是歌德创造了浮士德，而是浮士德创造了歌德"。

也许部分要归之于我的"北大情结"——清华彭刚兄在看完我的《我与伯林》和《三访北大》后发了句"感慨"："虽然以后学政治哲学之前先要学绍兴官话，不过我们北大人还是可以始终保持对你们非北大人的心理优势啊！"——在"领略"了黄子平的批评"风范"后，我竟

"立志"要报考北大的当代文学批评方向的研究生，不过我早听说80年代这个专业超级火爆，甚至胜过哲学系的美学专业。于是某天在北国的春光里，我修书一封给黄子平先生，一方面抒发北大情怀，另一方面也了解下考研"行情"。我得到了子平先生的回复，除了"北大并非圣地，你来了就知道了"这句，别的我都记不得了。记得的是当年我给子平先生写信时还用了个笔名，这可是我这辈子第一次也是唯一一次使用笔名，我至今还记得当时拟的那个笔名，不过"名人"也是有"隐私权"的，诸君就不要"窥探"了，我是不会把这个笔名说出来的，我还等着下次"兴起"时再用哩！

上周日的午前午后，是一个半阴半晴的好天，也可谓"今朝风日好"，我用单车带小女去学校附近的三墩镇闲逛，在逛完镇上那家我曾从中得到丰子恺旧译《源氏物语》三卷本的小书摊之后，我漫无目的地沿振华路往西走，抑或是想去看看高速路口的车来车往吧；在转到南北向的花蒋路时，不想小女"灵光一现"来了一句"我们好像来到了一个陌生的小镇"——我问伊"你这灵感从哪里来的啊！"不想伊当即回复"就因为到了陌生的地方呗！"——虑及刚开通的此路直通文一西路，我正不妨沿此过桥再去枫林晚书店转转。好久没有来这家曾给我留下不少"故事"的书店了，店内货品果然是"寥落"得很，除了一册以第一人称记录哈佛校园生活的《精英的特权》三联新知文库版，我几乎是一无所获，正在失望之际，忽见一个几乎如海豚专柜般的架子上，在一堆袖珍丰子恺旁边插着的平装董桥，计有《清白家风》、《橄榄香》、《景泰蓝之夜》和《董桥七十》四种，最贵的一种也不到30元，况且我还可以用会员卡打折，好吧，那我可就不再"抵制"董桥——董桥先生，不好意思，您原是"无辜"的——了，当即拿下全部四册没商量！

在以无比愉悦同时又不无"感伤"的心情踩单车载小女回家的路上，我忽然想到，我原可以"克隆"下我最"心仪"的叶秀山先生的句式，来上一句："我是还要读董桥的！"

2014 年 9 月 23 日，紫金港

为梁文道荐书

日前，因为本所一位"参与其事"的年轻同事之邀，我"阴差阳错"而又几乎"歪打正着"地和梁文道以及一位本埠甚至全国有名的选秀节目主持人在杭州北郊良渚文化村一个"文化项目"的开张活动上同台。说是"阴差阳错"，就正如我的一位今年刚博士毕业的学生在从我那位同事的微信上得知我将出席该活动时所"惊呼"的："应老师要进军娱乐圈啦！"而我的"淡定"回复则是："你不是一直感叹老师'有价无市'嘛，那么老师就将从'低端'做起，'无价'且无妨，先'有市'要紧！"至于"歪打正着"，则是因为这位长着一张几乎代表了"人类生活之公共面相"（此乃本次活动之"主题"）之脸孔的文道兄原就是我认识的，于是虽然当我的同事前来邀约我时对我之"认识"梁文道似乎有点儿意外，而我却竟是很"自然"地就"欣然"决定前去文化会所会一会文道了。这就正如前些年本校召开过一个人文社会科学高等研究院的"高端"咨询会议，记得我在那次会上唯一一句有"信息量"和"分量"的话就是："由赵鼎新来主持这个研究院，我是可以'接受'的！"当然我并没有在那个会上说出哪些人是我不能"接受"的——之所以不说，乃是"因为"："高研院"也好，"文化项目"也罢，说白了和我这个既堂堂又普通的浙大教授又有几毛钱关系呢！

因为要由同事车子来载我过去，而他又需一早在那边张罗活动，所以我们早了四五十分钟就到了活动地点——据说已有不少本校教师在这边置业安居做起了高端有文化的村民，而我却是第一次来良渚。于是就想到趁活动开始之前在附近转转，旁边有一家像是日式的茶室，虽然还没有开始营业，但临水处却有个安坐的好去处，于是就在那里坐将下来，从包里掏出前天从办公室牵回来却未及取出的《春在堂随笔》信手翻了起来，翻到的一页是曲园老人在杭州北山路的金鼓洞、紫云洞，南山路的在这个丹桂飘香的时节最为应景的石屋洞以及适之先生当年在那里吹不散表妹曹佩声在心头之人影的烟霞洞游历（温馨提醒：游历的主语是曲园老人）的经过。不一会儿同事电话过来说是文道已到，正问我"芳踪"何处，于是就"赶紧"收起书本来到二楼露天吧，只见文道已经与本村的"文化专员"谈开了，于是我过去拍拍他那件似乎永远是白色的衬衣勉强遮住的"香"肩："文道，真想不到会在这场合遇到你，不过除了在这里，我还能在哪里遇见你呢？"文道毕竟是电视节目主持人——"虽然"那是个读书节目——反应快得很："是你老兄深居简出让人家见你不易好不好！"一番"嘘寒问暖"之后大家还是一边喝咖啡，一边赏桂香，还有第三边就是继续探讨"人类与反人类"、"公共性与非公共性"之类的话题。席间文道还提到他已经见到我的《访书记》，我问"怎么样啊？"他答"很好啊！"我说既然你已经买了我就用不着给你啦。不一会儿，本塘主持人驾到，于是大家又是热络地貌似"久别重逢"地暖暄一番。不曾想这位主持人对文道超级热情和尊敬，一口一个"梁先生"，且听他道来：原来是他最近开始在他"当家"的那家卫视主持了一个读书节目，那可真是"同行"哩！于是就只听到三五人进场前还在交流做读书节目的心得，只听那位其实还有丁点儿书卷气的娱乐节目主持人对文道说他的读书节目还有不少群众演员，其中当然包括杭州或来杭州追求"美好生活"的美眉，听得文道目瞪口呆，啧啧称奇，于是我插话说："文道啊，这下知道祖国大陆的'优势'了吧，哪像你那档子节目的'寒碜样'，那布景就像八十年代港金剧《雪山飞狐》和《笑傲江湖》般简陋！"于是众人哈哈大笑，这也算是我为即将开始的活动"暖场"吧。

活动正式开始了，文道照例是侃侃而谈，主题是自媒体（特别是微信）对于人类社群之"再部落化"，使得人类生活之公共面相湮没不彰，公共论述难以呈现；本塘主持人更是舌灿莲花，学着说的台湾国语比文道这个在宝岛生活过十几年的人还要地道，引得围观者阵阵惊呼；轮到我发言了，我是既没有文道那份"现实关怀"，又没有主持人那份"秀场绝技"。于是就嘀嘀咕咕哼哼唧唧磕磕绊绊地讲了几个段子，主要还是围绕文道同时间接地围绕文道的话题而展开。我提到2008年在文道的母校香港中文大学开会与他相识的那一幕，提到他的老师中文政治哲学前辈学者石元康先生那次会议间歇带着一种似信非信的"调侃"劲儿对围在他老人家身边的会议代表说："听说梁文道现在影响很大啊？！"我也提到一对台湾哲学家夫妇对文道的赞叹："台湾可没有这样的媒体人啊！"我说我当时忘记说"大陆也没有啊！"但我说之所以如此的部分原因文道本人在刚才的引介演说中已经提及了。但我还是补充说，像文道这样的公共知识分子石先生门下一口气就出了三个，不过一位是博士，一位是硕士，还有一位是本科生。我话还没有说完，文道就马上"对号入座"了："我就是那位本科生，我研究生没有念完。"于是全场发出了善意的笑声。

当然，作为"准公共"知识分子，我也没有忘记"批评"文道，我说，当权者的颟顸诚然可笑，"群氓"的无知也固然可叹，不过我说你们仨有时候在那个谈话节目里的笑也并非全然必要。于是我"现身说法"提到2008年北京奥运会火炬在巴黎等地不断被抢时，我曾经顶着料峭的春寒在普林斯顿客居前的小广场上与一位已经去国多年的我过去的学生在电话中"辩论"面对火炬被抢我该不该有任何"不适"（uneasy）情绪，我坦然承认我当时有点儿这种"情绪"，我的学生则振振有词地告诉我："应老师，你完全不必要有这种情绪，我就不明白你这种'情绪'从哪儿来的，冲着谁去的？"于是我在全场抛出了一个"问题"："是否我有这种'情绪'就是因为我政治哲学没学到家，抑或简单说就是脑子不清楚所致？"大概不是因为我的"问题"太深就是因为"太浅"，或者就只是因为时间不太够了，文道并没有直接回应我，就只是说："应奇兄毕竟是个哲学家，深明情绪是会有原因的，但它本身并不是一个理由；还会反省这种情绪本身是否正当，是否该出现。"当然文道也没有忘记补充和"正名"：他的在那个谈话节目中的笑乃是"窃笑"。

最后一个环节是嘉宾为听众荐书，有点儿反讽意味的是，文道这时候却"卡壳"了，主持人催问再三他都回说"我这个主持了一千多期读书节目都快要申报吉尼斯纪录的主持人却一时想不起有什么书可以推荐给大家。"于是话筒先转到了我手里，就好像一直在等待这一刻，我张嘴就来："呵呵，这个可是我强项，但虽然我已经写了两本与书有关的书（其实我刚已经把还算新出炉的那本'悄悄地'送给了文道，那里面有些篇章他显然是读过的，于是指着目录上我少见地批评人的那篇，对我耳语：'我们都知道，你其实好厉害的（港台腔十足），只可惜在翻译和与翻译有关的事上用去时间太多！'），而且正在写第三本（虽明知这本书也不可能像我的同事高力克教授善意地指望的那样'大卖'，但我还是要暂时保密书名），但我不会'无耻'到在这里推荐自己的书。我就推荐一本最近刚译出来的新书，是一位比利时汉学家兼评论家和小说家李克曼的小作品《小鱼的幸福》。"当然我也没有忘记简单指出之所以推荐这本书乃和今天讨论的论题有关——我毕竟受人之托"出场"，还是要有点儿"职业精神"的嘛——话说此书开篇就讲了一个故事，引了一句话。这个故事我就不复述了，只是其中有句话让人难忘，非引不可，因为这种状况乃是作者痛心疾首的："有教养的人碰见粗鲁下流的言行，通常都尽量表现得若无其事的样子。"而作者所引的那句话来自阿伦特的一封鲜为外界知晓的信："真理并非思考的结果——而是一个先验条件和思考的起点；没有真理作为先验条件，任何思考都无法进行。"

可以理解，文道的日程很满，不过他这次急着离开倒是为了私事：他约了家人一起坐船。但说时迟那时快，要求在书上签名的听众已经围了上来，看着文道那张挤在人群中的明显带有倦意的有人说是有点儿像罗大佑的脸，我又一次拍了拍他的肩："文道，你慢慢签，我约了朋友在附近宾馆游泳，得先走啦！"文道抬起头来，尽力睁开眼睛，非常"诚恳"地对我说："下次来杭州前我先告诉你！"看他这么"实诚"，"将功补过"的样子，我实在是不好意思"抹不开"对他说："把我的书在节目上介绍介绍呗，我其实真心指着它能大卖的啊！"

2014 年 9 月 30 日，紫金港

重访"豆瓣"

　　2014 年 10 月中旬一个周末的午后，因为第二天要在人民大学参加一个同仁小会，我在"阔别"帝都三年多之后——其实今年暑假就曾到京，但那也是在三年之后——降落在今秋雾霾重重的首都机场。时间正好是下午两点，去人大参加同仁聚会时间还早，茫茫京城，我可去哪里歇歇脚呢？就像 N 年前我来京比较"频密"的那阵子每次都会去"万圣"转转一样，我想照例也只有去成府路那一带逗留些时光吧。不过与以往都是临走前从"万圣"逃离京城不同，因为这次的日程安排，我是打算先去"豆瓣"转转的。从那年离开时还刚投入使用的第三航站楼出来，大概一是为了"体察"首都"舆情"，二是为了"与时俱进"地"节省""科研经费"，我第一次坐上了快轨，却是"娴熟地"到三元桥倒 10 号线从海淀黄庄出来，再坐出租转到蓝旗营。其实我并不是很能够在帝都辨别西北东南的，但当车子转过北大东门时，我还是恍然想起了自己的那位今年秋天刚来北大攻读博士的学生，于是下车后就即刻电话他："我现在蓝旗营，有空的话一会儿到'豆瓣'来见我。"

　　我在"豆瓣"一边选书一边等我的学生，约莫过了一刻钟的样子吧，他就推开书店的玻璃门，脸上带着有点儿意外的惊喜来到了我的面前。我还是很淡定地一边赶着看书，一边关切地问他是否来过这家书店，他说并没有，甚至都没有听说过——功课太忙，这学期选了一门外教的课，还要去德语系旁听黄燎宇教授的翻译课，而第二天的晚上又是一个分析哲学的"撒米娜"，刚出门前还在紧张地阅读课堂资料。听到这里，我自然是慰勉鼓励有加。话说我的学生是要在北大专攻德国古典哲学的，于是我就从架上取下一本十来年前上海人民所出的薛华先生旧译《哲学科学全书纲要》，问这书买过没有。我只听到他说，现在的导师要求他从原文出发，读德文版《精神现象学》！对此我当然是只有汗颜的份儿，于是就连"励志"的话都说不太出口了。

　　"豆瓣"依然没有想象中那么"丰富"，但是除了价廉，偶尔还是能够满足淘书者的那种"捡漏"心态的。这不，韦卓民先生的遗译康德的《自然科学的形而上学初步》此前我还从未在别处见到过——从大学时从图书馆借阅韦译的"第三批判"下卷，康蒲·斯密的《〈纯粹理性批判〉解义》和加拿大教授华特生编的《康德哲学原著选读》和《康德哲学讲解》，一直到几年前先从平时难得一去的学校图书馆看到、再"迫不及待地"从网上购得的帕顿那部《康德的经验形而上学》，卓民先生的康德译品伴随我无比绵长而又无比浅薄的康德哲学学习历程。不过我印象最深的仍然要数"第一批判"。记得卓民先生的全译本出来时，我还在上海读研究生，我非常急切地想要弄到这本书，那时自然还远没有网购这回事，此书所属的译著集虽有王元化先生总序，但印数其实并不大，连在上海的书店都见不到。刚巧我在社科院有一位念计量经济学的同学是从武大考研过来的，于是我就委托他再通过他在武昌的同学最终帮我弄到了这本书。之所以对此有这么深的印象还有个原因是沾了我对这位成姓同学印象特深的"光"，犹记 1993 年毕业那个夏天一起聚会，当他听说我已经好不容易才确定要到杭大来念博士后，就感慨道："别人都是从下往上走，从师专起步，一直念到北大甚至留洋；你老兄倒好，整个是反着来的节奏啊！"对这个"警句"，我自然更是只有汗颜的份儿了；我也已经忘记当时有没有像赫拉克利特那样对他说："上升之路和下降之路乃是同一条路。"如果让我现在说，我会说那确乎是两条路！让人遗憾的是，记得我们在学期间，这位同学就已经显示出他身体上的问题，而毕业后却再无联系，我更不知道他现在的情况怎样了，想来真是让人感慨系之啊。

让我"感慨系之"的还有，卓民先生的译本是我唯一仔细阅读过的"第一批判"全译本。抽象地说，之所以下此"苦功"，大概是因为自己总是觉得一个哲学生连这部书都没有念完似乎总是有些说不过去；具体的原因则是，我的博士论文传主亦以康德研究闻名，我要以他为"研究"对象，而却没有念过康德，这不是很奇怪的事吗？正是本着这种"探骊得珠"的精神，我终于在无数次困倦、疲乏、走神、歧路亡羊和茫然失措后从字面上念完了整部大书。然而此译本给我留下最深印象的两端却都是相对外在的：一是这书的排印和校对错误实在是太多了，多到和这部书太不相称；至于译文质量，请允我从一个十足外行的角度说，我认为还是相当过得去的。特别是卓民先生把 appearance 一词译为"出现"，我至今以为是传神之笔。

由我曾经念完"第一批判"这一"壮举"，我还想起那年也是在人大开会，一位刚刚海归或者就要海归的复旦教授在席间闲聊中突然自曝从未念完《正义论》！正在满座的政治哲学家们面面相觑不知所谓时，我只听到永祥先生慢条斯理但却仍然尖锐明晰地说："这很正常吧，就好比说现在还有谁会把《纯粹理性批判》从头念到尾！"我至今还记得永祥先生当时为此提出的"理由"，但我确实已经忘记有没有说自己是真是把那部书念完过的！

"辽教"当年的那套"书趣文丛"，特别是第一辑中的某几种，例如谷林先生的《书边杂写》和赵丽雅女史的《脂麻通鉴》，听说现在坊间已经很难得了，果然，"豆瓣"的书架上也没有，不过我倒是见到了同一辑中唐振常先生的《饕餮集》。唐先生的文字我记得就收过三联"读书文丛"中的一种，说起来——这当然是一种没谱的"高攀"——我与他老还有同"院"之"缘"，他是我的老师罗义俊先生在社科院历史所的同事；虽然印象中他应当没有金性尧先生年长，但这两位都无疑均属于沪上老文人之俦。巧合的是，眼看我在"豆瓣"的穿梭搜寻就要完毕的当儿，我忽然在书架上见到开本颇巨的《金性尧全集》，其实我早就听说过这套书，但因为金先生的各式集子我长年搜罗，手头大概不下十数种，因此一直并没有刻意求"全"——这就如同我这个"资深""黄（裳）迷"，以往基本是见黄著必收，但却一直没有去找寻过上海书店的那套六卷本文集——这也是我第一次见到这套全集，不过仔细一看，却是全集不全，少了《唐诗三百首新注》那一卷，于是询问店员，告以确实如此，那卷已经被买走！呵呵，说起来我还真是通过《新注》才初次得识金先生大名的——那是我将上初中时父亲买给我的"启蒙"读物，那本装帧素雅的浅蓝色封面的初版书之所以给我留下这么深的印象，一个原因也是那个书的开本，除了马恩列斯毛文集，那个年代——当然尤其因为在乡下——那种大32开的图书还真是颇为罕见的。既然有这份"家藏"，这全集自然也算是"全"了，于是就"痛快地"让店员把这

"套"书抱到了付款台上。

如同我前次来时的经验，"豆瓣"也还是有些"新书"的，例如平原君主持多年的"学术史丛书"又有新品：彭春凌女史的《儒学转型与文化新命：以康有为、章太炎为中心（1898—1927）》，翻着这本"厚重的"、征引资料和文献颇为繁富的新著，我对一直耐心地陪伴在我旁边的学生"谆谆教导"：发掘出或者率先使用别人未曾寓目的材料，这也是搞学问的一种方式，而且是比我们做"思辨哲学"更"安全"的一种方式。虽然大学上的是中文系，但却一向钟情思辨哲学的我的学生似信非信地看着他刚刚"空降"到蓝旗营的老师，只是喃喃曰："北大的资料确实很丰富！"出乎我意料的是，我的学生竟坚持要为我挑的那堆书付账，他给出的理由，一是"我已经挣'工资'了，而且比在浙大念博士要高"；二是"我本来是要请老师您吃饭的，这样我就不请啦！"我知道他的意思是因为要准备"撒米娜"，就没有时间再陪我。更出乎我意料的是，我竟是答应了他的请求，而且有点儿坦然地接受了他的善意！

又例如这册《我生命中的街道：佛朗克的巴黎记忆》，这无疑是一本"可人"的书。我并没有到过巴黎，做个大胆的设问，如果现在要我套用这个句式，我会说哪里是我"生命中的街道"呢？我在眼前的帝都只是一个过客，但是如果要我说京城哪条街道是让我留下记忆最深的，那么估计我还是会说是成府路——再次用一个俗语，这很可能是中国大陆最有文化品位的一条街道了。正是在这样有些飘忽的思绪中，我步出了"豆瓣"。夜色早已经降临了，雾霾也更浊重了，至少比我刚刚落地时翻了两倍以上，几乎是快要爆表的节奏了。站在"万圣"门口的天桥边上，我一边等着出租，指手画脚，手舞足蹈，一边和学生大声聊着他将要回去继续准备的分析哲学的"撒米娜"，还不时发出几声"狂笑"。

分别的时刻终于到来了，我坐在副驾驶上对学生挥着隐约可见的五指：
"可别忘了回去自己找点儿吃的！"

一个整天、两个晚上之后的那个晚上，我坐在杭州家里的书桌前给我的学生写了封"致谢"信："我今天一早迫不及待地逃离帝都了，那晚在成府路的重霾中分别的感觉还是很特别。"我的学生回说："老师您总是这样来去匆匆，不过那天真的有种回到杭州的感觉，记得有一次，我们也是在雾霾中分别的。"

2014 年 11 月 7 日，紫金港

后中年的心情
——重到台湾纪行

　　利用春节放假，组了一个"亲友团"到台湾"自由行"了一周，虽然这要算是我在时隔九年后第一次重游宝岛，但就如同我在《香江一夜书情》和《姑苏访书一日半》所载那两次出游，都因为是"集体行动"，自然也就无法"随性"地访书，事后想来，这确是稍稍引以为憾的，然则一路行来，也颇有广益见闻甚或触动"情怀"之处，不妨流水记之，以志鸿爪，并聊以自赏而已。

一

　　正月初七日，一大早从杭州火车东站坐高铁到上海虹桥枢纽，再转地铁两号线赴浦东机场。本来，作为此次出行"主角"的小朋友们颇想去体验下在大人早已不觉新鲜的"磁悬浮"，不想临时遇到线路故障，于是只好继续"接驳"两号线至机场。事先就接获航空公司简讯，告以春节高峰，出行须提早，所幸手续还算顺利，唯航班延误两小时多，抵达高雄时差不多就只能欣赏晚霞了，差别只在于上次是坐在"打狗领

71

事馆"所在山巅上，这次是在机舱里俯瞰高雄港。落地后照例是一系列手续——主要与私人事务有关，例如兑换台币，女同胞们换手机卡，呵呵，现在的人离了手机、网络和微信，简直是要"七仙女嫁出去一位"——"六神无主"了；我的手机是老旧的诺基亚，也还并没有"玩"微信，所以预先就做好了干脆"失踪"一周的打算——事实上，除了我所"主编"的丛书"们"的编辑"们"，在大陆原也是并没有几个人找我的；虽然我马上就要尝到通信技术手段落后之不便和"苦楚"了，这且听后面分解。

等到一队人办完手续和"装备"，夜幕早已降临了，在高雄二月酷似杭州五六月的"桑拿天"中，我们分乘两辆事先预约好的商务车直奔垦丁——从高雄向南这一路都是我前次来台时所没有到过访的，此种经验即使在黯淡夜色中也觉颇为"鲜活"，经过两个多小时的车程，终于抵达垦丁民宿，房东非常 nice；安顿好后，尚未正式晚餐的一干人就来到"五月天"歌中所"咏唱"的垦丁大街夜市，吹风逛街，以吹散一天的旅尘，接下来呢，用国清小友在 *Take Your Time* 中的话，就是"一夜无话"了，唯有冷气团到来之前的大风狂作一夜。

二

初八日，作垦丁一日游，重点是鹅銮鼻和台湾最南点。说来惭愧，鹅銮鼻那座著名的白色灯塔乃是通过齐邦媛先生的《巨流河》才给我留下深刻而挥之不去烙印的；而在台湾最南点面对巴士海峡，左傍台海，右观大洋，确实有一种海天寥廓、独立苍茫的感觉。夸张点儿说，我这次台湾行的主要目的就是要看到那座白塔！但是，如果说在邦媛先生那里，台湾最南点所唤起的是一种历史的感喟，那么在我这里，它所产生的则主要是一种地理上的"失位"感了。从最南点折返，在某处著名的景点海鲜餐，毕竟是在正月里，渔民都回家过年了，加以陆客扫台，海鲜架上几乎空空荡荡，好在有酒精度数近5——我想起那年李明辉教授在杭四处寻找"高度"啤酒的一幕，敢情不但"德啤"醇正，"台啤"也颇为浓郁啊——的台湾啤酒佐餐，这午餐也算是尽欢了。下午按照常规路线游完猫鼻头，小朋友和女眷们当晚要留驻在"海生馆"体验祖国荧屏上"广而告之"过的醒来就与游鱼为伴的感觉，而我和另一位男性家长则随车返回垦丁民宿，于是两个老男人晚上就在垦丁大街上的一家原住民餐厅小酌米酒，并于出馆后从垦丁夜市捎上一种绝妙下酒小食——钉状辣螺，回到民宿继续喝啤酒，虽未至"伊于胡底"之境，也端的是"一夜无话"了。

<h2 style="text-align:center">三</h2>

初九日，睡到"自然醒"，一人行到小湾海滩看海。十点随包车到"海生馆"接上"家小"，就直奔屏东枋寮车站，在此坐台铁赴台东，下午近四时在知本站下，民宿来车相迎，到住处安顿后，民宿老板好心建议要"泡汤"就马上出发，因为这个时段正好，于是一群人随房东来到一家名为"东游记"的温泉池（没有广告的意思哦）。果然来得正点，池内人少——我"泡汤"经验无多，除了当年离开佛光前一人下山到礁溪乡告别"试汤"，印象较深者乃前年在毛兴贵小友的陪同下于山城重庆某处"串

泡"——因为其地有二十几口池，故谓之"串泡"，不过那次给我印象最深的却是从那个山坡上可以俯瞰青绿色的嘉陵江！眼前这家温泉池泡法繁多，一群人玩得颇为开心，然未完全尽兴就离开了——盖因晚饭前后一下子来了两个大陆团，来者皆人高马大，池内"生态"立马"恶化"，于是一众人披衣振装跑路——还好晚饭时间也到了，一起来到知本街市上的一家羊锅，三位家长"合力"喝掉了一瓶刚下车时就从超市寻来的"战酒"——宝岛电视上有此酒广告，还动用了"国父"中山先生的形象来"代言"："年轻人，别放弃，我也是战斗了十一次才成功！"——大意如此，男人们喝完酒，女家长们大啖释迦，照例"一夜无话"。

四

初十，早赴地处卑南山上的初鹿牧场，说是牧场，其实范围并不算大，但确是像我当年在宜兰逛过的那些主题园区——例如宜兰酒厂——那样打理得颇为"精致"，适可供小朋友游乐，有吃的，有喝的，有玩的，而对我来说，其地最佳处除了可远眺太平洋的观景平台，就是牧场后山的一条极为幽静的步道了，漫步闲坐其间，确有置身桃源、今夕何夕之感。如果说最南点在我主要是一个地理概念，那么在这"世外"反倒更容易催生"人文忧思"，不过我没有时间"抒情"了——快到午饭时间了，一群人下山直奔小野柳牛肉面。午后继续北上，作台东东海岸游，直抵三仙台观海——伸展在太平洋中的三仙台其实最适合年轻恋人野游，而我们传说中的神仙也是有其"世俗生活"，甚或常常"打情骂俏"的。从三仙台折返，承司机好心，顺道带我们参观海边露天的阿美族"创意园",据说张惠妹就是阿美族歌手;终于抵达台东,街市上已经在布置元宵灯展了。在夜市晚餐后,房东老板来接我们回民宿,女眷们再次去找释迦,余者继续"一夜无话"。

五

从我们所住知本民宿往前步行几百米就是太平洋,于是十一一早就去看海,道旁遇水稻机器插秧,这似乎是我在故乡都未曾见过的,于是颇觉新鲜,"观摩"了一阵子,算是见证了台岛农业现代化之"成就",其间颇欲与一老农交谈,可惜他老人家的方言我实在听着吃力。

从海边返回后,即从知本站坐台铁赴台北。也许是被大陆大修高铁的节奏所带动,台铁也大大提速了,一路疾行,待过了当年在佛光课上一位学生陪同下到过的两澳(苏澳和南方澳)之后,我屏住呼吸,等待着宜兰站的出现,在"紧张"的期待中,我终于看清了站台上的"宜兰"两字。然则过站后我的心绪还是有些恍然,一直要等我抬头看到林美山上佛光建筑群的清晰轮廓时,心情才"笃定"下来,我还辨认出了位于坡道下方的那座体育馆的样貌,因为当年那块地上还在打地基!

火车路过可以远眺我九年前一人去逛过的龟山岛之后约一二十分钟,台北终于到了——我们这个"亲友团"每次出行都有一位女家长打理一切行程,这次她把我们"安置"在台北车站旁一家老旧的小旅店,刚安顿好,大概因为受了刚才来路上那个宜兰站牌的"刺激",我忽然有一种强烈的冲动,颇想在台北见到我前次在佛光的访问邀请人张培伦兄,去年在丽娃河畔会议,偶遇东吴的沈享民博士,我和他聊到培伦的近况，沈兄告诉我，培伦"学以致用"，已到台北某行政部门高就。原本此次来台前，我就想先与他联系，但一则大队人马，行动不便，二则行政主管一定忙碌，或难分身，想想还是罢了。待回过神来，恍然醒悟只剩电子邮件这个通道了，悲催的是在旅店电脑上折腾半天却始终无法异地登陆自己的邮箱！好在内人所在学院聘请的一位台大退休的郭教授刚巧来旅店探望，于是情急之中询问他能否问到培伦的联络方式——果然台大排名高，教授"神通"也广大，只打了一通电话，郭教授就问来了培伦的行动号码，并替我要通了，于是九年后，我和他老兄第一次通话，让人"忍俊不禁"的是，他老兄第一句话就是："你老兄怎么又跑来了？！"从电话里听得出，那边不是在开会就是在处理事务，果然，聊了两句，培伦就问我何时离开台北，等他空下来会给我打电话。

在我们和郭教授聊天时，一干人已经迫不及待地赶往101大厦去了，待结束和培伦的通话，送走郭教授，我们也赶去和大部队会合。到了目的地，发现大厦里为上楼而排的队伍颇长，我们两个都上去过观光顶楼，于是就决定不上楼了，而直接在一楼的鼎泰丰领号排队，等团队中其他成员下楼后用完晚餐，游兴颇高的几位家长还建议到诚品敦南不夜店一游，对我来说可谓"正中下怀"，于是倒了两次捷运来到了肯定已经成为台北文化地标的这家书店，站在书店一楼外看招牌，我才知是敦南店而非信义店才是诚品总店。

回到这家当年在台北的最后一晚曾来过的不夜店，我来不及感慨，就匆匆地走向二楼的哲学和政治学、社会学书架。也许是我的记忆问题，也许就是情况属实，我觉得诚品的外文书似乎是稍稍有些寥落。转了一个多小时，有如下几本书印象比较深，一是一本《赫希曼精要》，应该是在作者过世后出版的，这书让我想起那年在普林斯顿的二手书店见到的那本《跨越边界》，奇怪是我回国后一直没有找到这本书；二是利科的《柏拉图和亚里士多德论存在、本质与实体》，应该是在作者去世后整理出来的他的讲稿；三是泰勒的一本晚近的论文集，*Dilemmas and Connections*。比较意外和稀见的是书架上竟有斯特劳森的两本书，《自由与愤懑及其他》和《逻辑理论导引》，后一本书的重刊不禁让我想起最近看到的威廉姆森在《近四十年来分析哲学的转变》中对于斯特劳森哲学的评论："对 1973 年的年轻哲学家而言，艾耶尔在哲学上显得相当过时。斯特劳森也一样，虽然程度更轻。根本原因很大程度上在于他们与现代形式逻辑的关系。艾耶尔支持而斯特劳森反对，但他们都对其知之不多。在他们接受哲学教育的年代，这种逻辑在牛津并不受尊重。那一代哲学家有时把形式逻辑叫作'加法'，小学的初等算术用语。艾耶尔和斯特劳森缺乏现代形式逻辑工具的后果是他们无法应对席卷整个大西洋的语言哲学新浪潮。该浪潮的引导者为克里普克和刘易斯……新语言哲学涉及现代逻辑基础上的形式语义学对自然语言的应用。"还有："斯特劳森比艾耶尔更关注语言哲学，但是他对新语言哲学的知觉也被过时的透镜所扭曲，事实上夸大了日常语言哲学和理想语言哲学的差别，前者关注说话者对自然语言的实际使用中的复杂性，后者试图将形式语言的简单逻辑结构投射到自然语言。他未曾意识到，新浪潮将两种方案看成是互补的而非竞争的，所以用相对简单的形式化真值条件语义学来解释自然语言最能体现说话者实际使用语言的复杂性。斯特劳森对新语言哲学的批评不得要领，这也使他看起来像是来自过去的人物。"这两个评论听上去都颇为"高深"，更容易听懂的是威廉姆森所讲的这样一个"段子"：艾、斯两氏竞争牛津的威克汉姆逻辑学讲座教授，"当艾耶尔因委员会中非哲学家的投票而当选时，奥斯汀和赖尔以辞职来抗议。那天傍晚，有同事问斯特劳森没有当选是否感到失望，他回答说'没有失望，只是未被任命'。"

这次我并未在不夜店一直"不夜"下去——同行人中有人问我"是否感到失望"，我回答"并未失望，只是未'不夜'下去"——和大伙儿一起离开敦南店时，我只带走了五本书，一是萧高彦教授所编的《政治价值的系谱》，是昆丁·史金纳在"中央研究院"的讲座；二是杨儒宾和陈昭瑛教授所编的"身体与自然丛书"中的一种《身体感的转向》，余舜德编，台大出版中心；三是英年早逝的林端教授翻译的他的老师施路赫特的《现代理性主义的兴起：韦伯西方发展史之分析》；四是台大杜保瑞教授的《北宋儒学》，我前两年已经在本校图书馆主办的台版书展上淘到了《南宋儒学》；五是哈贝马斯的《交往行动理论》上卷英文版，说来让人汗颜，我虽事政治哲学，却一直没有这套书。那年唯一一次出国，在普林斯顿 NASSAU 街上的迷宫书店见到，品相装帧都极为一般，要价却每册也要三十多美元，于是犹豫了下来，到后来下定决心还是来一套时，却发现架子上已不见这套书了。去年偶然撞见中文亚马逊网站上外文书打折，见有此书英文版，却只有下卷，但虑及打折价廉，就暂且先收之，不想今夜在此补齐上卷，诚"幸事"也——只有一个"遗憾"：回到杭州家里一核对，果然，我那个下卷还是 BEACON 出版社的，这个新版的上卷则已转移到 ROUTLEDGE 了。

六

一队人早起坐捷运到剑潭，换红五线，上阳明山，路过台湾"最高学府"文化大学；因山上有雾，完全看不清山下，于是纯粹做"园中游"。阳明山可谓台北最大的花海公园，虽然对于赏花而言，我们到临的时节偏早，但我们一群人还是在山上转悠了半天，并参观了阳明书屋——虽然用一位同游者的话说，阳明书屋却和阳明没什么关系。因为预约了四点到"故宫"参观，我们三点多就下山往回赶。刚一进院门，就看到有董其昌书画特展——询问一位工作人员，我才清楚，此院内并无固定的书画展出，盖因藏品太多，而场地太小，二楼西侧的书画馆一直是以特展方式组织展出的，这一点在我后来匆忙浏览博物院的出版品时得到了印证。我于书画是外行，于是更需时间，整个展品中，我仔细看过的一画一书分别是《纪游画册》和《书辋川诗》。虽然适值周五，博物院延长闭馆时间，却仍然未能看完，为了弥补这个缺憾，当时颇想收一册《妙合神离：董其昌书画特展精品》，却嫌"精品"印得不够精致。不想回杭后在杭州一家民营书店得人民美术出版社《董其昌书画编年图目》三巨册，还是 2007 年的版本，可以无憾矣。

出"故宫"，逛完当年在佛光任教的林炫向侊俪陪我来逛过的士林夜市，回到旅店已近午夜，却接获培伦来电，约我次日中午在台北车站见面，心中大石至此方落下矣。

七

已是台湾行之前倒数第二天，这是我"真正""自由行"的一天，因为女眷和小朋友们今天拟去猫空缆车和木栅动物园，而由我独自会友访书。许是因为头天逛山看画较累，早上起来用完早餐收拾好出门时已经是十点多了。我记起当年也曾在旁边的重庆南路书店一条街流连，于是想到该去三民书局和台北商务印书馆逛逛。不想"商务"已经搬迁了，只有"三民"如故。古典文学和国学书架上琳琅满目——在这样的书架前，有时真会让人产生如斯"冲动"：这些书其实都值得搬回家去！当然我的时间和"经费"都很有限，有限到完全无法看完这些架子，更不要说买完了，于是就怀着到此一游的心情匆匆选了两本书：《却顾所来径》，这是单德兴教授所编的当代名家访谈录，除了王文兴、余光中、刘绍铭、李欧梵等名家，里面还有齐邦媛教授的两篇访问；《殷海光夏君璐书信集》，这是台大出版中心重编新印的海光先生全集的一种，我记不得上海三联的《殷海光书信集》中有没有收入这部分书信了——海光先生于我乃是偶像级的人物，正好，这部书里有他和君璐女士的不少影像！

　　和培伦见面的时间快要到了，正在我在书店内彷徨欲去之际，忽听旁边一对年轻情侣中的女孩子以林志玲般的台（式国）语"呢喃"：好老旧的书啊，和我的岁数都要差不多了！我循声抬头望去，见其人面善，于是笑说："你不小心暴露了你的年龄哦！"而近前一瞅，那堆横放在一个类似超市购物车上的口袋书原来是大名鼎鼎的三民文库，旧书特价，每册四十台币。所惜品种并不多，于是我匆匆地挑出了十余册，除了吴相湘的《三生有幸》（其实我已有简体字版）和各式杂文小集（其中一册的作者还是早年从浙大外文系毕业的），还有三种是哲学教授的作品，作者分别是成中英、林正弘和何秀煌，这可是当年华人分析哲学领域之三位健者！

　　出了书局，十二时准在台北车站见到培伦，九年不见，人过中年，我看他也是有些发福了，他告知现已是三个孩子的爹，且目前这份工作应酬式多，也经常需要喝酒，说到这里，他拿出一瓶两斤装的金门高粱送给我，是53度的"端酒"，大概是端午节时酿就而且"限供"的，我没有细问，只知道53度的金门酒似乎便利店里不太容易找得到。我们回忆起当年在佛光的一些旧事，虽然我也早知，佛光的哲学系所已经解散了，师资中有的退休了，有的转去东海任教，有的就地转入别的系所；培伦感慨：总之，学校已与当年大不相同了。而他自己虽然早已转去东华任教，现在又在台北上班，但仍然安家在宜兰，因为宜兰刚好处于台北和花莲的中点。我们也约略谈起当年他载我从宜兰往南沿苏花公路到花莲之行的一幕幕。又说到现在台铁大大提速，与当年不可同日而语了。我于是问起当年从头城和礁溪进（台北）城的列车还有没有，他说大概还有吧，但肯定是很少班次了。提起这个话题是因为当年坐那种"绿皮火车"到台北在我实在是一种非常难得的经验，当然我没好意思说自己一坐上那慢行列车就会想起《桃色蛋白质》节目中升哥献给奶茶的那首《纯情青春梦》，原因无他，盖因青春早已离我远去，而"纯情"于我更是一个过于遥远的、也太不合乎时宜的字眼了。而且事实上，我也是在结束那次台岛行回到杭州后才知道那期《蛋白质》中那些著名"桥段"的！

　　培伦还说，因为后来在东华教学的需要，也因为他现在这份工作，他现在已经很少念政治哲学书籍了；他还"爆料"给我，上任前曾在他当时的"大主管"江教授的办公室接受"训示"，江教授告诫他："培伦，我们要把政治哲学的理念灌注到现实中去，尤其不要在行政官员面前空谈政治哲学，因为他们不爱听！""听"到这里，我就想起当年在台大旁听《政治与社会哲学评论》的编务会议间歇，江教授还特意带我到台大的福利社，买了两盒冻顶乌龙作为"伴手礼"送给我的那一幕。

也许同样是"实践出真知"吧，培伦告诉我，就他目前的领域而言，他也已经放弃 Will Kymlicka 的论点，因为 Kymlicka 试图在分配正义的框架内解决少数族群（台湾谓之"原住民"）的文化成员身份问题，但事实上后一个问题已经逸出了分配正义范畴，而具有难以平面化约的历史正义的维度。在台北车站一家熙攘的广式餐厅中，两位人过中年的政治哲学家并未就此展开仔细的论辩，但无疑的是，其实比我年轻数岁但历事却比我多多的培伦老兄那种把历史感和现实感结合在一起的"实践智慧"，确实给了我从其他同行和同道中难以得到的警示和启迪。

八

今天是返程的日子，中午就要从台北车站坐国光大巴赴桃园机场了。亲友团的大小朋友都对于台北印象颇佳，纷纷表示还要用上午这小段时间再看一眼台北。那么去哪里呢？本来拟去当年邓丽君经常开演唱会的"国父纪念馆"转转，最后虑及时间还是决定就近到中正纪念堂去逛逛。这是那年培伦在载我第一次从宜兰来台北时就和我一起来"瞻仰"过，可是当年的印象已经有些模糊了。在"例行公事"般地看完刚巧碰上的正点换岗仪式后，一众大小人等就在纪念堂前的"自由广场"上开始"如释重负"之后的互拍和自拍了，一边拍一边还在自言自语、互言互语："下次还想来台北吗？""当然想来的哦！"我的手机既不能拍别人，也不能拍自己，做完"模特"，我就有点"落单"似地站在不知谁人所题写的"自由广场"场铭下。台北的"冷气团"也还没有散去，广场上空并没有蓝天，只有与这早春的天候不太相称的风在劲吹，在一种虽觉微寒但仍然颇为舒适的体感中，我"若有所思"："自由广场"是"匿名"的，这一定不是一种无意的疏忽，而也许正契合自由之存在"样态"，就好比我现在这份后中年的心情：它是有某种"余裕"的，但却分明又有某种"空漠""荡漾"其间，这就正如"自由"本身并没有什么力量，然则它却是一切力量的"源泉"，作为一个"自由"的行动者，谁又能够"有力量"地否认这一点呢？

2016 年 3 月 7 日正午，千岛新城客居

从徐复观到史华慈

——在杭州淘旧书

古籍书店在杭州的消失大概已有 20 多年了！犹记大学时节一次寒假回杭，和父母一起在延安路逛闹市，在当时位于"采芝斋"总店旁的杭州古籍书店驻足，因为没有时间多停留，只顺手要了一份那时还无比红火的《读书》就重新随大流汇入人海了，但是年深日久，我确实已经不记得这一幕是在古籍书店堂内还是在旁边的一家报刊门市里面发生的了。

至少已是四五年前，一位在本所攻读博士学位但其专业实为书法的年轻朋友告诉我，杭州有家专营古籍的民营书店值得去看看，或许是为了增强"推荐"之"说服力"，他还好意地送了我一份这家店的书目。从此之后数年，虽然该店屡有迁徙，但无论时隔长短，我总是会时不时地去这家书店转转。说起来，店中也并没有什么孤本秘籍，印象较深的是，从这家店开始，我还"破天荒"地买了几回线装书，但我所收的也并不是新时代大陆印制的——甚至有可能是在杭州近郊富阳的那些古籍印刷社里印装的——新线装，而是台湾的艺文印书馆在五六十年代发行的、祖国大陆那些"与时俱进""先富后雅"的大人先生们未必看得上的其貌不扬的"旧"线装，记得有些小开本的诗文别集，如《倪文贞公诗集》，有一册大开的《昭代经师手简》，不过我最"珍视"的仍然要数那一函四帙的《侯官严氏评点王荆公诗》了。

今年暑假前的某天，我又一次得闲来到这家书店，与以往不同的是，我发现在一楼柜台旁有几堆摞得很高还未上架的"旧"书，于是就很有兴趣地翻了起来，一边翻还一边问店员这些书是怎么回事，答曰是本埠某校老师放在这里寄卖的；再问是什么原因要出让这些书，只含糊地回说是书的主人改变了研究方向，他要用寄卖这些书得到的款项在这家店里继续买书，当然是买合乎他现在专业所需要的书。我迅速地翻检了这些书，从中选了三种：一是台大出版中心所出的杨儒宾等编撰的《朱舜水先生及其时代》，因里面不少图片在大陆不易见到；二是学生书局增订新版徐复观先生的《学术与政治之间》，说是新版，其实也是 30 年前的版本了；三是台大中文系陈昭瑛教授的《台湾文学与本土化运动》，黄俊杰教授主持的这套书在大陆已经有不少简体翻印本，但由于题材的特殊性和"敏感性"，我怀疑要"引进"它的话可能一时还有些难度；而之所以选最后这种书，相当程度上也还是与徐复观先生有关，因为我依稀记得曾在复观先生的某个集子中见到他老人家给那时大概还在台大上学的昭瑛女史的一封信。

说起徐复观先生，我不禁就会想起 20 多年前在淮海中路 622 弄 7 号求学时节，在上海社科院的港台阅览室第一次读到的《春蚕吐丝》和《无惭尺布裹头归》，前者其实是殷海光先生在病榻上的最后话语，但却是在与殷先生"亦敌亦友"（殷先生去世后，复观先生的悼念文字题为《痛悼吾敌，痛悼吾友》）的复观先生的建议下由当时还只有 30 出头的陈鼓应先生记录下来的，后者则是实录徐先生水平的文集。但是实话说，复观先生的书中，在那时还"血气方刚"的我心目中印象最深的却仍然要数他晚期的那些议论时政的杂文，那些文字真可谓"以自由主义论政、以传统主义卫道"之不二典范，而那种阅读的感受用"醍醐灌顶"来形容也确实是毫不过分。因此，当我看到复观先生的家乡后来所出的那个四卷本文集上满篇皆是的"天窗"时，我的感觉又完全可以用"出乎意料之外、合乎'情理'之中"来形容。

去年暑假前后，九州出版社推出了由王晓波、郭齐勇、薛顺雄和复观先生的哲嗣徐武军教授编纂的26册的《徐复观全集》。这是一套迟来的大书。记得今年5月在杨顺利君的陪同下同游青城山和都江堰时，我还请教过台湾政治大学的詹康教授，并于詹兄处准确获知港台都没有出过复观先生的全集，由此更可知这个本子的价值了。而由于九州出版社此前在刊行钱宾四先生全集时"一字不删一字不易"的范例（当然这只是九州社接受了"素书楼基金会"之约定的结果），我们就满有理由对徐集抱有同样的期待。去年11月在上海开会时偶与此集编者之一郭齐勇先生同席，我还特意向他请教过这个问题，齐勇先生的回答是"有极少的技术性改动"。但我后来自行"发现"的一个"细节"却给了我别样的况味，也留下了个人寻书史上一个颇为难忘的情节。

记得我最先是在校园内的一家书店见到拆全售零的徐集的，一开始我也并未打定主意要收全集，主要原因一是复观先生的著作大部分我已经有单行本了，二是那些不便于在大陆"流通"的内容我20多年前就已经拜读过了。更何况这个全集本就是"可以"一本一本地收全的，那又何必着急呢？！但是逐渐地，我就发现编为全集第二十一至二十三册的《学术与政治之间续编》始终没有"露面"，数次问书店店员也基本是茫然以对。于是有一天我就颇为好奇地在网上搜索起这三册书来，结果所有主流网店都显示为有价"无货"，当时对此深感纳闷：难道因为全集各册所出时间不一，还未上市？可是出版时间明明标着是2014年7月！转念一想，忽有所悟：并非尚未上市，大概是有不宜上市处？但箱装的全集又明摆着是可以买到的，所以准确的表述应为"有限上市"！终于"悟"到这一点后，不禁让人产生了时光倒流之感，我于是想起了最近郑异凡先生回忆的"灰皮书"的历史，但是无论如何，"历史"还是有"发展"甚至"进步"的：当年要凭身份和等级得到的东西，现在用货币就可以！

尽管如此，也尽管在眼下这家书店的网店上就有徐集出售，但我还是一直犹豫着，没有用现金去兑现货。直到上个月所谓"光棍节"——"双十一节"——全世界疯狂购物模式开启的那天，已是深夜两点左右了吧，平素这时我早就休息了；虽然我并未在网购，但偏巧那天没有关机，于是就即时收到了一位平素帮我买书的年轻朋友的一则简讯："应老师，某某网站上徐复观全集640元一套，要不要啊？"我得信当然是立即回复："立即下单！"过了两分钟又发出"指令"："下两套！"其中的原因是我想起那次与詹康兄聊天，说道自己发现的徐集发行中的那个"秘辛"，同时纠结于徐集内容我基本都已经有了，要不要再收全集本，收了全集本后那些单行本留着作甚之类的话题，听着我的絮叨，在都江堰上"江碧鸟逾白，山青花欲燃"的佳境中，詹兄不假思索就说："可以把它们送给学生啊！"

这次深夜"TB"的结果也许是有些经常在狂欢节购物的朋友可以逆料的，那两个单子后来都被卖家想着法子编着理由给取消掉了。这且按下不表，有了这次"诱购"，倒还真"坚定"了我拿下徐集的决心，于是后来又让这位朋友在网上找，最后瞄准了一套，不料过了几天又收到这位朋友的一则简讯："应老师，为得到徐集里那三本书正可谓一波三折啊，还好目前正往好的方向发展。发生的故事都可以写本书了，各种乌龙，和卖家都互称兄弟了。不过这也说明那三本书的价值所在啊，卖家对我说：'你就坐等升值吧，绝版了！'"其中的"曲折"在此不细数，故事的"精华"在于，我的朋友最初收到的全集"照样"不全，而且就缺了那三册，最后经过反复交涉，这卖家还算地道，说是从一个"神秘"的"上线"那里为我们补上了那三册书！

徐集是全部拿到手了，但这并不意味着我就再不用去这家当初网店上也挂有这套全集的杭州唯一的古籍书店了，虽然我也再无兴致去验证它那套全集是否真"全"。不管怎样，我最近一次去这家店确实是和上次隔了颇久，可能都有半年了吧。大概是在上月底这月初（因为我只有写段子的习惯，没有记日记的习惯），我终于又来到了此前数次听说已经再次搬家的这家店。有些意外地，这次我竟然在比上次那堆规模要大得多的估计同样是寄卖的书堆中发现了几本英文书，是夹在大量各式开本不同的日文书中的，其中有摩根索的 *Politics among Nations*，此书的另外一个我手里有的中译本译为《国际纵横策论》。还有种是典型牛津LOGO 的专题选集，*Rousseau on International Relations*，其中领头的编者是不久前刚过世的 Stanley Hoffmann 教授，说起来，我还曾和这位年高德昭的霍教授通过邮件，是为了一本我最初为"当代实践哲学译丛"编选的已故 Judith Shklar 教授——在这个"道术为天下裂"的时代，据说她比较稀罕地同时得到施特劳斯派和罗尔斯派的尊重——的文集寻求中文翻译授权，那些文章是我从 Shklar 教授去世后的两个文集中再选编的，而那两个文集的编者都有霍教授。在霍教授的建议下，我又和芝大出版社商讨那些散篇文章中文翻译的"打包"授权，因为对方的报价过于离谱等因素，这个选集中途"夭折"了，这是我至今引以为遗憾的事情。想不到今天在这里又遇到霍教授的编著，看来这位霍教授和我一样也是以编书见长的啊，这大概也是正朝世界"一流大学"迅跑的国内大学教授和哈佛名教授之间最大的共同点了！鉴于这两种书都是颇为考究的精装本，我当时还颇为忧心于它们的价格。其实这些书基本都还没有入库标价，和上次那三本中文书一样，都是我选好再让店员交给书店老板去临时估价的。还好，有当年在纽约的 STRAND 那种被人宰的"经验""垫底"，这两本书的价格都是我可以接受的！

因了这次"捡漏"的机缘，我在几天后也还总是惦记着那堆书中会不会还有我"漏捡"的"宝物"？是上上个周末吧，我陪送小女到那家书店附近的一个考场参加为时一小时的一项测试，等伊一进场，我就飞奔似地借了一辆公共自行车飞踩到那家店，再次在上次那几架子书前徘徊"寻宝"，踯躅间忽然发现那几个书架上的书原来分为好几层，我果然是怀着探宝的兴奋和期待移开上次检索过的外层，于黑暗中（因为书架最底下那几排间距很短，几乎与书高相等）伸出手去摸索，"奇迹"出现了：我先是看到了自己抓到的一本灰黑布面上的"富强"两字，待定睛一看，原来是江湖上人称"大炮"的史华慈教授的严复书 *In Search of Wealth and Power*，而且还是哈佛 1964 年的初版本！当时那种感受几乎可以用"目瞪口呆"来形容！虽然有了上次的经验，感觉老板索价不会太离谱，但我还是勉强抑制住一种内心被攫住的巨大激动，故作镇定地请店员去为此书定价，再次"还好"，书价岂止是"我可以接受的"，现在我可以交个底：我对此书之心理价位的"上限"大概是报价的 10 倍！

回想起来，在那套颇负盛名的"海外汉学研究丛书"中，《严复与西方》大概是除余英时先生的《中国思想传统的现代诠释》和贾祖麟教授的《胡适和中国的文艺复兴》之外我念得最为仔细的一种了，念余英时先生的书大概无须太特别的"理由"，而读格里德（中译本没有翻出作者的中文名字，就正如当年一次我"偶然"把"魏特夫"译成了"威特福格尔"）的那部书则主要是为了写那篇后来被自己的老师否掉的关于张君劢的硕士论文。Anyway，史华慈的严复书给了我磨灭不去的印象，多年以后，"枫林晚"的朱升华兄请我为他的"书天堂"推荐几种在我的阅读生涯中给我难忘记忆的书，在我没有做任何翻检而信手写出的十本书中，就有《严复与西方》。这里可以聊记一笔的是，当年在看到我的书单后，我和升华共同的书友罗卫东教授还把它放到了他当年颇为红火的部落格上。这些旧事就如同当年念那些"旧"书的体验，如今都已经成为遥远的记忆了。然则，如今的我们却正是被我们对于以往的记忆所塑造的。随着年华老去，我那不断被人"夸赞"的记忆力——童世骏教授曾笑谓常人的"毛病"是"记不住"，我的"毛病"是"忘不掉"——也一定会衰退，为了让将来回忆时有据可查，有迹可循，且让我记下在那一小时大概堪称我"性价比"最高的淘书经历中淘到的另外八本书：

有五本是我勉强识得的英文书：谢和耐的《中国和基督教》，剑桥大学出版社 1986 年平装一版；两本关于章太炎和晚清民族主义的书，一种是汪荣祖教授的《寻求现代民族主义》，属于王赓武教授主编的一套中国研究丛书，牛津大学出版社 1989 年精装初版，另一种封面上有"排满主义"字样，是芬兰汉学家高歌（Kauko Laitinen）教授的《晚晴中国的民族主义》，属于斯堪的纳维亚亚洲研究专刊系列；还有一本"西学"著作，出身哈佛的康奈尔大学哲学教授 Richard Miller 的《事实与方法》；最后一本是 James Cole 的《绍兴：十九世纪中国的合作与竞争》，属于亚利桑那大学出版社的亚洲研究丛书的一种。

还有三本是我从未学过也没有打算要学的日文译著（请允许我同样只写下中文书名）：彼得·温奇（Peter Winch）的《社会科学的观念》、哈特的《法的概念》和胡塞尔的《现象学的理念》！

2015 年 12 月 24 日平安夜，於临城客居，昨重霾后今空气转优

"来时不似人间世"
——台北书展印象

回想起来，虽然大半辈子都在和书打交道，甚至有近二十年时间陷身于译书、编书和访书——包括写访书记——的循环中至今难以自拔，我参加正儿八经的书展却是少之又少：大学时有长春书市，那多半只是卖特价书的集市，还记得我从那里对折得到了任铭善先生的《礼记目录后按》、郭绍虞先生的《沧浪诗话校释》和女诗人陈敬容翻译的里尔克和波德莱尔合集《图像与花朵》，等等；一晃二十好几年过去了，犹记在淮海中路 622 弄 7 号念研究生时，碰到过几次上海书市，一次独自一人逛到书市打烊，灯火阑珊中步出夜市，却发现只买了一本书：新出炉的何兆武先生译本《历史理性批判文集》；也是好多年之前了，一次出差到京城，一位在大学时代就一起逛过书店和书市的老同学告诉我，适巧在举行的地坛书市很不错，他愿意陪我去逛逛，忘记那是个什么季节了，只记得那时帝都也还没有什么雾霾，可谓天清气朗，我们就像游园一样逛书市，最后却只要了两本书：一本是"文革"后期上海人民出版社组织译出的英国保守主义作者阿尔杰农·塞西尔的《梅特涅》——当时"如获至宝"，后来才知此书在旧书网上货多价廉，另一本则是商务缩印《英华大辞典》，这是我作为译书匠之案头必备书，取代旧的那部用到今天，书脊也早已脱落，然则我也已经无心再去修补打理了。

正月里和一个亲友团到台湾"自由行"了一周，虽然这要算是九年后我第一次重游宝岛，但因为是"集体行动"，"纪律"一向颇"严明"，本来是并不作尽兴访书之"企划"的，不想行程后半段从台东行至台北，当晚就从路边招贴上得悉有台北书展在 101 大厦旁的世贸中心进行，闻讯后心头为之痒痒不已。好不容易"捱到"返杭前的一天，是一个周末，女眷们要陪小朋友们去"猫空缆车"，我则预约了也有九年未见的朋友在台北车站见面。九年的时光都融化在三个多小时的倾谈中了，不觉已是下午三点多，因为头一天的辛苦应酬，我的朋友看上去颇为疲累，而我，也打算好了要此生头一回去体验下台北书展的，于是两人就在车站西门挥手道别。大概我的朋友看出我虽然"应酬"无多，精神却颇为"颓靡"，临别时还做了一个有力的手势："老兄加油哦！"

坐捷运从台北车站到 101 已经快傍晚了，直接找到世贸的书展入口，用一百台币买了一张"单场票"，我就开始弥补从未参加过超大型书展的空白了。开逛前先瞄了一眼导览图，密密麻麻的参展单位和大小柜台还是让我小吃了一惊。正在边看图边有些茫然地挪步之时，忽然瞥见"故宫博物院"几个大字，原来是该院出版品的专架——我头天晚上才刚去过"故宫"，唯见一楼的珍宝馆摩肩接踵，而二楼西侧的书画馆则门可罗雀，这就正好让我饱览了从一月开始推出的"妙合神离：董其昌书画特展"中之《纪游画册》和《书辋川诗》，以致最后不但没有时间全部细看完该特展，更无法闲逛颇有"雅趣"的出版品部了。想不到前晚错过的今晚书展再次遇上，我岂能放过？然则在颇为琳琅的图文世界中摩挲翻阅甚久（后来我才意识到在此柜台停留时间过长了），从我的审美趣味、"欣赏"水平、性价比和便于携带等因素考虑，我只要了《晋唐法书名迹》一种书，与那些简陋的大陆影印本不同，这个本子对每幅作品都提供了看上去颇为精详信靠的文字说明，内容涉及作品流传、摹本情况等诸多要素，值得收藏。同时，也为了更有在地感些，我还要了当期的《故宫文物》月刊，上面有"故宫南院"开幕的详细报道，还有一位学者讨论《纪游画册》的文字，不过，要等到回程的飞机上，我才发现这篇文字的作者乃是我在敝学院的一位同事，唯并不相识而已！

出了"故宫"展台往前走，该先逛哪家呢？低头看到导览上有"联经"字样，"如电击然"，我就直奔这家几乎可以说是集"三联"、"商务"甚至"中华"于一身的名社展场了。刚步到其推展柜台前，就见余英时先生的《历史与思想》增订版赫然在目，余先生在新序中谓此著对于他在学术生涯中把重心转向中文写作具有特别的意义。其实此书在我读余经历中也具有"特别的意义"：除了"海外汉学丛书"中的《中国思想传统的现代诠释》，90年代初在上海社科院港台阅览室"邂逅"红棕色封面的《历史与思想》精装初版本，那大概要算是我读余之正式开端。既然是在个人阅读生涯中如此重要的一部书，而且是在可以打折的书展上遇到，我毫不犹豫就把将之收于囊中了——想来奇怪的倒是九年前的那次访书，我印象中竟然并没有遇到这部书！虽然谈不上是"近墨者黑"，一位几年来平素帮我从网上买书的许姓小友近来也颇爱读余，有一次还告诉我《士与中国文化》无论哪个网店价格都不低。我约莫知道，在余先生的繁体著作并无与此同名的一部书，不管当年"上海人民"的这个"创意"是来自出版社还是余先生本人，此书基本内容都是本于"联经"早年所出的《中国知识阶层史论：古代篇》，然后连缀述论古代以下的篇什而成，但这个 idea 无疑极为成功，因为我们可以断定，迄今为止，《士与中国文化》一定是余先生在简体字世界最为著名也最有影响力的著作了——某种程度上，后来如阎步克和赵园关于"士"的广受赞誉的论著其实都是在余著之大"范式"影响之下浮现出来的。在繁体世界，虽然《中国知识阶层史论：古代篇》有点儿像"胡半部"，却仍然与胡著一样续有重印，我在"联经"的展架上就看到了其第三次印行本，本想买一部送给许小友——我自己已经有了陈俊民教授送给我的初版本了——正在为此书是否足够有"代表性"犹豫之际，忽然从架子里层翻出《中国思想传统的现代诠释》初版精装，而且有三册，呵呵，这可是"联经"的家底货色啊，就是它了！于是毫不含糊地挑出了其中品相较好的两册，一册给许小友，另一册送自己！

熟悉"联经"出版物的读者想必了解，晚近势头强劲的"联经经典"和早年声誉卓著的"现代名著译丛"堪称其西学译介之双璧。在这两个系列近年的出版品中，李明辉教授译注的《道德底形上学》和张旺山教授译注的《韦伯方法论文集》可谓其中之"翘楚"，"可惜"这两部著作我都已经收藏了，其中前者还有一个复本，那是因为在我托学生从网上买到此书后，明辉教授"又"在没有"预告"的情况下就直接寄送给我一册，而我到现在都还没有想好把自己买的那册送给哪位"高人"！眼前，我只为自己增添了"联经经典"中的两种书，一是19世纪德国法学家史特恩（Lorenz von Stein）的《国家学体系：社会理论》，我曾在本校图书馆的台版书展上见到过此书，当时却因故错过了；二是单德兴教授译注的《格理弗游记》，经过中文世界新一轮"古今之争"的"渲染"，斯威夫特（单译为绥夫特）这部大书之"地位"似乎愈发"崇高"了，此时收这部半新不旧（无论原著还是译注本）之书，可谓正其时也。

或许，大部分人参加书展主要是为了买新书，在我，则可谓"兼容并包"，80年代的"旧书"、世纪初的准旧书而外，也并不排斥"新书"：萧阿勤的《重构台湾：当代民族主义的文化政治》2012出版，15年重印，姑且算是新书吧，甚至可作了解"新台湾"之"指南"；这些年大陆也"引进"不少的舒国治的新书，我见到了两种:《台北游艺》和《宜兰一瞥》。前者可作我当下的导游，但其实却是台北历史的导游，因为这主要是本怀旧之作，散漫地聚焦于50年代、60年代和70年代的台北。至于说到宜兰，毕竟我在那里住过两个多月，对它是颇有些"感情"的——前天从台东坐台铁赴台北，路过宜兰，当看到站台上曾经很熟悉的站台名，特别是那个"蘭"字时，我竟然差一点儿就"热泪盈眶"了——诸君莫要笑我"滥情"，其时我大概是想起了当年从头城礁溪坐"绿皮火车"沿东北角海岸到台北的那种难以忘怀的经验，还有在林美山上度过的那些既"热闹"又"寂寞"的时光。

　　"联经"的展柜在整个书展中打折力度可能是最大的，但这也给我留下了某些"遗憾"：萧高彦教授编纂的昆丁·斯金纳在"中央研究院"的演讲《政治价值的系谱》，是与我曾经的专业兴趣关联最为紧密的，不过在我到台北当晚陪小朋友们去逛诚品敦南店时就已经"斩获"此书；蔡英文教授的新著《从王权、专制到民主》敦南店的书架上赫然在列，这里却了无影踪，难道如此厚实的学术著作也被卖空了？杨儒宾教授的最新作品《孔门内的庄子》在手里拿捏半晌，但最后还是放弃了，还"临时"为此举找了一个"理由"：上次听了李明辉教授在敝校一场报告后"慕名"淘来的《1949礼赞》，至今却也并未读竟；还有我念过其翻译谈的思果先生翻译的《大卫·考勃菲尔》，精装两巨册，如果算上折扣，简直比简体字馆里的那些书还要便宜不少，可是其"分量"实在是太重了，而且文学名著，我一向是只收不看的！

告别了"联经"展台，旁边就是香港馆，看上去布置得倒是不俗，但是花绿丛中似乎也并没有太厚重的货色，于是很快就出来，找到了应该是更有成色的中文大学出版社专柜。还记得那年在重庆南路现已搬迁的台湾商务印书馆"饱览"它所代理的中大出版品，而现在中大出版社无疑已经"攀升"到华文出版业界"风向标"的层次。匆匆地转了一圈，很快选定了三本书：一是夏济安的《黑暗的闸门》，这是原书出版半个世纪后的第一个中文全译本，其意义自然无须我在这里赘述，还是把这个话题留给京沪两地的现代文学专家们吧。二是一本闲旧书，日本学者小川环树的《论中国诗》，原系中大 1981 年度钱宾四讲座，1986年初版，我得到的是 1997 年二次印刷本。近年"上海古籍"等社出过不止一套日本学者的中国文学研究论著，但颇为可怪的是似乎一直未见小川先生的著述。三是刘述先教授的《论儒家哲学的三个大时代》，同样是新亚的钱穆讲座系列。我听闻述先教授大名甚早，但对其论著确立真正的印象却始于"中华学术丛书"中的《儒家哲学研究：问题、方法及未来开展》。几年前在一次本校图书馆的台版书展，我很运气地得到了他的大著《朱子哲学思想的发展与完成》1995 年增订三版精装本，呵呵，这书现在台北恐怕也是并不容易找到了吧！犹记牟宗三先生在《中国文化之省察》谈到汉宋知识分子的规模和格局时，曾经回忆到抗战期间他流徙在成都，一次听到姚从吾先生分别用"体史用经"、"体文用轻"和"体文用经"来形容司马光、苏氏父子和王安石，并深赏其说。我也尝想，在某种程度上，这种品鉴似乎同样适合包括述先教授所自陈的第三代在内的新儒家人物，但我们就不在这里搞"对号入座"了，以免留下"掌故"和"口实"。只谈一个细节：寒假在诸暨老家闲坐无事，取出随身带着的述先教授的得意小作《黄宗羲心学的定位》来念，颇有兴味之余，还注意到全书最后引用牟先生在《道德的理想主义》中化用任公先生《自励诗》末联第一句"世界有穷愿无尽"为"世界有穷愿无穷"，想来这应该是一个很有权威的表述，我高兴的是，它似乎印证了我当年对于任公此联的感受；但我也略感汗颜，因为当时没有细检牟著，竟有意无意地忽视了牟先生的"点化之功"！

在中大专柜还有个难得的阅读经验，在此前没有见过的《史家高华》一书中，我看到有钱永祥先生的《家国心事与新价值》一文，虽然距离当晚闭展的时间已经很近了，但我却并没有急着去赶下一家，而是杵在那里站读了钱老这篇"宝刀未老"的精粹文字，而三复斯文，在一种理智和情感的交错冲撞中，永祥先生那种不能"安然接受"已有"选项"的坚韧，那种"盼望失败者和胜利者携手继续前进的心情"，特别是那种对于"铺陈、经营"所"祈盼"之"新价值"的"道德资源"之"匮乏"的深重忧患，都在在地攫住和笼罩住了我的内心世界。而此时环视和回望整个展馆，只听音乐响起，宣告大幕即将落下，正是在这种有些萧索而凝重的意绪中，我步出了此生第一次遭遇的台北书展。

回到旅店已经是深夜了，我所住的这家老旧旅店离台北车站近在咫尺，店名是皖省的旧省会，也是永祥先生文中引用的亡友高华先生所服膺的"民主、自由、独立、社会正义和人道主义"这些"五四新价值"之最有声色的倡导者陈仲甫先生的故乡。虽然第二天一早还要赶路，我此时却是睡意全无，于是重新振衣桌前，翻出前天晚上从诚品得到的《现代理性主义的兴起：韦伯西方发展史之分析》，这是英年早逝的台大林端教授所翻译的其尊师施路赫特教授的大著，翻到其"译者跋"，这几乎可以说是林教授的"绝笔"，也是其心路历程的一次大剖白："西方几百年的巨大的社会变迁，用韦伯的话来说，西方现代理性主义的兴起，是在几百年的长期过程里面逐步完成，而台湾却压缩在四五十年内完成，而这种情形在今天中国大陆，更被压缩在三十年之内要加以完成。"在这样的问题框架和历史疑难中，林端认韦伯为"暗夜里的明灯"，把自己的导师施路赫特称作"通往韦伯的捷径"，而自谓"海德堡古道边的翻译者"——用书后所附林端之妻吕爱华女士的话来说："少有人翻译一本书，是为了翻译一种价值理念，甚至想要见证除了西方之外，其实还有另外也同样优越的一种价值理念，而林端就是这样的一个人。"

一口气读完这篇"译者跋"，自己有些沉重的心绪似乎也感到需要某种"平复"，于是就站起身来，微微拉开窗帘，白天熙熙攘攘的台北车站此时笼罩在一片昏黄的静谧中，偶尔路过的大小机车的轰鸣声才会把一个几乎"灵魂出窍"的旅人之思绪拉回到具体的时空脉络中。不知怎的，也许只是这家旅店名的暗示，我此刻忽然想起了早年读过的台静农先生1990年去世前那篇回忆抗战期间在江津与仲甫先生交往的名文《酒旗风暖少年狂》——1946年以后，静农先生在离此不远的台大任教40余年并终老于此，"故国山川皆梦寐，昔年亲友半凋零"；的确，在静农先生笔下的仲甫先生，如果说其早年所集"坐起忽惊诗在眼，醉归每见月沉楼"犹见"诗酒豪情"之少年意气，那么，从"俯仰无愧怍，何用违咎悔"到"垂老文章气益卑，百艺穷通偕世变"，则适足以见出"此老襟怀，真不可测"的仲甫先生从"磊落倔强"到郁勃苍凉的心境转换，而这份"壮暮之心"也同样最好地被刻画在静农先生的女弟子林文月教授为乃师所塑造的那一幅幅不朽的文字肖像之中。而至于就要告别的台北给予我的印象，且让我还是引用《台北游艺》中的这一席话：

"但台北最教我个人满意的，是它的某种很难言传的、有点破落户似的却又南北杂陈中西合璧的民国感那股草草成军、半乡不城又土又不土的人文情质……也觉得这个城市仍旧有些可爱的穷相，虽然早已铺陈了很多鄙陋的富裕假门面又增多了很多的势利鬼，但终究是一块不错的小家小田园。"

2016 年 3 月 7 日凌晨，千岛新城客居

"理智并非'干燥的光'"
——读《罗素传》

　　在中文世界"通识教育"层次之读者的心目中，罗素是以蜚声世界的"通俗作品"《西方哲学史》一书之作者著称于世的：这类读者对于"洛克是罗斯福的先祖，卢梭则是希特勒的渊薮"之类的"俏皮话"耳熟能详；至于把笛卡儿的自我或休谟的实体比作史密斯先生的衣帽架，有关莱布尼茨的那个晦涩的笑话，以及对康德和叔本华哲学的那些语带讥刺甚至挖苦的话头，就更是让人"过目不忘"的了。在较为"专业化"的层次上，哲学界一般都公认罗素哲学之最有创造性的时期是在20世纪一二十年代之前——在马尔康姆的《回忆维特根斯坦》一书中，有这样一个记录：马尔康姆告诉维特根斯坦，后者的"恩公"罗素又出了一本书:《人类的知识: 其范围与限度》;维特根斯坦闻听，即"毒舌"曰:"罗素还在搞哲学? 这不会毁了他（它?）吧!"在同一本书中，马尔康姆还记录，维特根斯坦曾"酷评":"罗素哲学的最大问题就是没有问题。"当然，我们也还能在这位维氏的晚期弟子笔下读到这样的场景：一次维特根斯坦和罗素一起参加一个活动，对于这场活动的观感，这位维特根斯坦晚年的"爱克曼先生"如此写道:"我从来没有看到维特根斯坦对于另一个人表现出那种尊敬!""仆人眼中无巨人"，罗素的自传自然不能与卢梭或奥古斯丁的《忏悔录》相提并论，这就正如马尔康姆之于维特根斯坦的关系当然不是爱克曼之于歌德的关系所能够比拟的，那么在一个相当程度上超脱甚至超越了近距离限制的传记作家笔下，差不多活了整整一个世纪的罗素又会是怎样一副形象呢？浙大启真馆最近推出的英国哲学教授瑞·蒙克的《罗素传：孤独的精神（1872—1921）》，难得地提供了这位哲人的一幅"全息"肖像。

或许是因为我们的主人公罗素先生的世纪人生实在是过于"多姿多彩"了，或许是我们这位以《维特根斯坦传》而声誉鹊起的英国作家"下笔如有神"，实际情况显然是两者皆是，一部翻译成中文有90万字的传记却只写到了传主的前半生，而且是"不折不扣"的半生：罗素活了98岁，而这部传记写到1921年，还仅写了49年！不知道这是作者的一种刻意设计，还是1921年对于罗素的漫长生涯有着什么特别的意义，但是对于《罗素传》的中国读者来说，选择这个年度确实具有特别的意义，因为罗素正是在这一年结束在中国的跨年访问，经由横滨和温哥华返回大不列颠的。

一部充斥着几乎密不透风的行程、日志和书信的90万字传记（重复一下，这还只是半部）当然会具有各种殊异的解读空间，而笔者时断时续地通读下来，却觉得不妨用五大"关系"来"贯穿"罗素的前半生：他与奥托琳的关系，他与维特根斯坦的关系，他与战争的"关系"，以及他与俄国和中国的"关系"。

奥托琳是罗素的第一次婚姻关系"名存实亡"期间的"女性朋友"，他们之间的"友谊"和交往持续有六七年之久，也许我们未必需要使用"红颜知己"这样本来是个"褒义词"而现在却近乎"贬义词"的字眼来形容这种关系。准确些说，也仿佛像罗素自己意识到并曾经提及的那样，奥托琳在某种程度上是罗素的理智和性格特征的一面"镜子"："我们怀疑，他真正想要的是这样的人：她具有洞察所有这一切的能力，然而依然爱他"，事实上，罗素也经常用这面"镜子"反省自己的人格特质和人性需要——蒙克的另外一部传记有载，维特根斯坦曾经把他与帕蒂森的关系形容为"废话朋友"：他甚至语带调侃但多半还是严肃地把跟某个人"大说废话"看作"一种根深蒂固的需求"，然则奥托琳之于罗素显然不只是"废话朋友"："选择自己的幸福需要勇气；在某些罕见的情况下，这样做是正确的"；"你觉得，我十分自私——但是，当理性思考时，我很容易变得无私。只有在与你相关的问题上，我才常常觉得，理性站在自私的一面"；"我傲慢自负，态度僵硬时，这样的表态往往是为了掩饰羞愧感。"虽然在与奥托琳长期的通信中，罗素仍然"充分显示出了有效掩饰真实感情的努力"，但是任何不抱偏见的人都能看出，罗素与奥托琳的交往，无疑同样是罗素漫长的"心智人生"中一种极为重要的自我澄清和提炼的过程，如果我们考虑一种异质的道德文化传统的角度，罗素在奥托琳面前那种自我剖白的真诚性和犀利度，即使在中西文化融合之"后现代"阶段，依然能够给予我们以极强的震撼力（"他从超然之巅俯瞰世界，剖析世人，分析原因"），虽然我们未必需要像邓晓芒教授在《灵之舞》一书中那样得出中西人格结构之结构性差异的结论——自欺大概是道德人格的一种构成性的要素，却未必是一种构成性的缺陷。

　　对于一般热衷于学术"八卦"的读者来说，罗素与维特根斯坦的关系是他们"耳熟能详"而且津津乐道的。无疑，不论是这种关系在智性层面勘察的"深度"，还是在人性内部引发的张力之"强度"，应该都是罗素和奥托琳的关系所难以比拟的，但是，就我们了解罗素之智性世界及其人格特质之"整全性"而言，蒙克对于这两种关系在罗素那里具有的隐喻性含义的说明却仍然是颇有启发的："罗素越来越倾向于认为，奥托琳和维特根斯坦是他自己身上的两种水火不容的侧面的化身：一方面是神秘的灵视论者，另一方面是思想严肃的数理逻辑学家。"当然，对于罗素这样"象征着'持久的自然激情'"的人物来说，任何"镜子"都不免是对镜中人的扭曲，而且会是对"镜子"本身的扭曲。而如果像蒙克所揭示的那样，在罗素的道德真理世界中，"表现最佳的人与好人并不是一回事。实际上，表现最佳或者做正确的事情，这常常需要破坏和牺牲人的本性中最善良的品质"，是以，"应该提倡的是真理，即便真理会带来悲剧和忧郁也在所不惜"，那么在罗素和维特根斯坦关于《大卫·科波菲尔》的讨论中所凸显的他们在世界观上的深刻差异就更有意味了："罗素以非个人的关注取代个人的关注，以便保住灵魂，这个方式最终取决于保护灵魂不受痛苦的愿望；维特根斯坦是更彻底的坚忍克己者，甚至排斥罗素的'无限'给人的慰藉。"

虽然"书斋学者"这个名称对罗素和维特根斯坦同样都不适用，但是罗素头脑中的所谓"维多利亚式"侧面确实经常"压倒了沉思性更强的'文明'侧面"，而"产生了屡遭挫折的参与世事的渴望"，作为"以非个人的关注取代个人的关注"的一种最著名方式，罗素曾经两次因为反战而入狱。然而蒙克却指出，罗素从来就不是一个和平主义者。一方面，罗素服膺斯宾诺莎所云"自由的人考虑的只有生死大事"，他的确撰写了许多反战文章，但对实际上参与战斗和杀戮的人却并无批评之词；另一方面，罗素把战争问题关联到他对于文明的思考中："如果战争有利于文明，它就是正义；否则，它就不是。"从这个角度，英国的内战和美国南北战争是正义之战，但是并不能由此就否认文明国家之间的战争既是邪恶的又是愚蠢的，"最终有利于和平和其他美好事物的力量是大写的理性，是对抗本能的力量"。

罗素"参与世事的渴望"最早表现在1895年他和艾丽丝在柏林对当时欧洲最有影响的社会主义运动的两次考察中，其时，罗素刚刚获得剑桥的院士职位，但是，"为了实现他希望综合理论与实践的黑格尔式计划……他在随后的六个月时间里主要关注政治问题"。他与费边社的韦伯夫妇过从甚密，但是与后者的一般倾向不同，作为考察德国社会主义运动之结果的他的第一本著作《德国的社会民主》所"集中讨论的，不是英国可能向德国社会主义者学什么东西，而是德国人，包括德国政府和社会主义者，可能从英国的自由主义学习什么东西。"从哲学上而言，罗素从一个新黑格尔主义者起步，在度过了他一生中哲学上最有创造性的十几年之后，到1920年他开始访问俄国时，他在哲学立场上发生的转变，可谓"不知凡几"，但是，颇有意味的是，他的政治观点实质上却似乎并没有发生多大的变化，虽然罗素对社会主义俄国并未完全丧失信心，因为"他相信第一次世界大战标志着欧洲的传统自由主义的终结，明确显示了需要用某种形式的国际社会主义，取代带有内在竞争和冲突的资本主义"。但是对俄国革命的实际考察，却让他回到了他继承而来的辉格主义，"强化了英国人1688年以来视为基础的信念——仁慈和宽容不亚于这个世界上的其他所有信念"。以至于得出了这样的结论："某些形式的社会主义大大优于资本主义，其他形式的社会主义甚至比资本主义还要糟糕。"当然，罗素的真实观点比这种"警句"表面上所能呈现的要复杂一些，他在另一处一方面指出"每一个富有思想的人必须意识到，资本主义制度的延续与人类文明的延续格格不入"，另一方面又认为"资本主义和共产主义不是对立的东西；更确切些说，它们是那种深度疾病的两种孪生表现"。无疑，罗素对资本主义和社会主义、共产主义的思考已经远远逸出了一般政治制度甚至意识形态的层次，而与人类文明之存续的思考关联在一起，"罗素在俄国陷入对西方文化失去幻想的心境之中，在东方度过一年这个想法很有吸引力"，在从俄国回到英国之后，罗素很快就接受了到中国访问的邀请，而罗素对中国的观感和期望也必须放到这样一种心境和视野中才能得到恰当的把握。

罗素对中国的访问，无论在当时的场景下，还是今天回顾起来，都是一个"大事件"。一方面，罗素肯定，"受过教化的中国人是世界上最文明的人"，如他的演讲的翻译者赵元任"那样的睿智让人想起18世纪的英国绅士，正是罗素最欣赏的类型"。这正与中国社会的特质相称："中国处于前工业化阶段，保留着田园诗的韵味，在某种程度上类似于18世纪的英格兰，恰如辉格主义者向往的某种天堂。"另一方面，中国的问题又与产业主义问题密切相关："作为两人在俄国经历的结果，他们的头脑中的问题是，是否可以'驯服'工业化发展，使其与我们珍视的文明匹配？"这个问题又可以被置换为："在调整自身、面对现代世界这一不可避免的过程中，中国人是否可以保留让自己如此愉快的品质呢？"正如蒙克观察到的，罗素对"中国问题"的回答实际上是重新阐释了他此前在《社会改造原理》中提出的基本原则：社会制度必须具有的最重要品质之一是，"它必须是人们可以相信的东西"；对于不再相信原来的制度，即带来战争的资本主义制度的人们来说，"他们需要新的观念。社会主义是'唯一可以让世人重获幸福的观念'，但是它必须与自由结合起来"。

罗素的中国之行在蒙克的宏大传记中虽然处于"压舱"的位置，但其实只占很小的篇幅。如蒙克所注意到的，"（中国）公众的主要兴奋点看来不是在罗素对逻辑学和数学哲学的贡献上，而是在他的社会和政治思想上"。也正是在这一点上，我们可以对这部传记做出适当的"补白"。

罗素对逻辑学和数学哲学的贡献其实一早就引起了中国学院哲学家的注意。维特根斯坦的《逻辑哲学论》的第一个中译者张申府（他把此书古雅而准确地翻译为《名理论》）同时也是罗素哲学在中国最早的传播者和研究者。这一点也得到了同样采用《名理论》这个译名的牟宗三先生的确认："张先生那时在北大哲学系授罗素哲学与数理逻辑，他是中国第一个开始教授数理逻辑课的人，我是他的首班学生。"张申府直到垂暮之年还写了一篇《我对罗素的敬仰与了解》，回顾他漫长一生中与罗素哲学的因缘，在他的题为《所忆》的回忆录中，他显然把罗素放在了与陶行知、李大钊、蔡元培一样对他的人生具有塑造作用的人物的层次上加以纪念和追忆。

现代逻辑在现代中国的另一位奠基式人物金岳霖也对罗素哲学"情有独钟"，据金岳霖的学生冯契回忆："六十年代初，我每次到北京去看望金龙荪（岳霖）时，他总是告诉而我：在写《罗素哲学》一书。"在另一篇回忆金岳霖的文字谈到《论道》一书时，冯契又提出了一个著名的说法："'《论道·绪论》中区分'知识论的态度'和'元学的态度'，以为知识论的裁判者是理智，而元学的裁判者是整个的人。这个提法可以商榷。'我认为，理智并非'干燥的光'，认识论也不能离开'整个的人'。"在《罗素哲学》的跋语中，冯契断定，虽然金岳霖在哲学上"也曾表示赞赏罗素的新实在论"，但是，"从《论道》到《知识论》，金先生已把罗素哲学远远抛在后面了"。不无巧合的是，罗素哲学是从反对布拉德莱的新黑格尔主义起步的，而金岳霖的博士论文恰好是研究英国的另一位新黑格尔主义者格林的政治思想的。这中间还有什么可以进一步探究的关联空间，我们不敢轻易断言。比较有趣的倒是，对罗素哲学及其与"中国问题"之关联的颇富哲学趣味的阐发却是由通常被归类为新儒家的梁漱溟在他晚年的《中国：理性之国》中做出的，而并非全然巧合的则是，这一点是由冯契的学生、《罗素哲学》的整理者之一童世骏揭橥出来并作出同样富有理趣之发挥的。

根据童世骏，虽然梁漱溟后来把他1972年国庆前夕写的一篇题为《旁观者清——记英国哲人罗素50年前预见到我国的光明前途》作为他本不打算发表的《中国：理性之国》的"代序"，但是在《中国：理性之国》一书中并没有提到罗素，倒是在此前的《中国文化要义》和此后的《人心与人生》中"详细讨论了罗素的思想对他的理性观的影响"。梁漱溟认为"理智"和"本能"之二分法的问题在于这两者之外还有"理性"。梁漱溟明确把他所谓理性等同于罗素在访华前夕所写的《社会改造原理》中所说的"灵性"（spirit，或译为"精神"），其特点是一种无私的情感。但梁漱溟又并"不赞同罗素把本能、理智和灵性当作并列的三项，而强调人心原为一个整体，并认为理性和理智的关系是一种'体用'关系……这种意义上的'理性'，这种超越主观好恶的人类感情，这种连着自愿之情的自觉之心，倒与罗素在《中国问题》中似乎并不经意地用来赞扬中国人的一个词，颇为接近。这个词就是reasonableness，或 being reasonable"。如果我们真要像童世骏"讲理"地要求的那样以"讲理"的态度来对待一种"讲理"的"传统"，那么，我们在这里就首先必须要像童世骏一样问："reasonableness，或 being reasonable 是什么意思呢？"不错，如童世骏所言，罗素考察中国的视角是一种外部视角，正如他讨论中国问题视角为了解决西方问题，但是，就其初衷和要旨而言，reasonableness，或 being reasonable 之意义和作用恰恰就在于要把"外部视角"和"内部视角"融合起来，统一起来，并将这种视野和视野下的理解"融合"到我们对于人生、生活和我们生活于其中的文化和共同体的理解中去，"化理论为方法、化理论为德性"，而罗素对于这一点无疑也是有高度自觉的，这最好地体现于他给奥托琳信中的这番话："但是，我真的无法忍受仅仅局限于这个星球的观点。我觉得，如果人生不是通向其他世界的窗口，人生简直没有什么意义可言。"

蒙克的《罗素传》第四章中记载，1898 年下半年大部分时间，罗素都在研究莱布尼茨，为次年春季学期开设的讲座备课，"经过短短数月的研读，他已经成为这方面的权威，对莱布尼茨的著作形成了具有说服力的新观点"。有了这份"童子功"，当罗素 40 年后在纽约开讲西方哲学史时，才能颇有底气地宣称，在他的哲学史所讨论的所有哲学家中，只有对于莱布尼茨哲学，他具有专家水准的智识储备。记得在那部被认为是他的著作中"经济收入最好的，并从此摆脱了经济上的困境"的"通俗读物"中，罗素称道莱布尼茨为"千古绝伦的大智者"，而罗素本人距离我们的时代还太近，也许我们未便于把他也称为这种时段和位阶意义上的"大智者"，但是如果我们说，不管如何理解"智者"之"智"，这种"智"都一定并非一束"干燥的光"，那倒必定是可以确凿无疑地断言的。

2016 年 4 月 8 日凌晨一时半，千岛新城客居，时窗外春雨淅沥

中西实践学视域融合下的规则论
——读《论规则》

在人们的日常生活中，规则和遵循规则的问题首先是一个实践的问题，其次才是一个理论的问题。只有在对世界采取一种与"自然态度"、甚至"实践态度"不同的"理论态度"之后，规则问题才首先是一个理论哲学问题，其次才是一个实践哲学问题。准确些说，它既是一个从理论哲学向实践哲学过渡中出现的问题，更是一个从理论向实践转化中出现的问题。相应地，对规则问题的研究，就不但要动用理论哲学的资源，而且需要动用实践哲学的资源；不但需要与广义上的理论传统结合起来，而且需要与一般意义上的实践传统结合起来。如果这个具有重大实践意涵的理论问题的研究者不但是一个狭义上的理论工作者，而且是一个广义上的实践工作者，那么这个工作就能够从一个采取"理论态度"的实践者的视角，为把规则问题的研究提升到中西实践学的视域融合之中提供一种比较可靠的示例。

在最近问世的《论规则》一书的"前言"中，童世骏结合对"规则"的探索简要回顾了自己从"问题"开始的哲学之旅："我的导师冯契先生以'化理论为方法、化理论为德性'概括其思想和学说，我希望能在老师工作的基础上有所前进。一方面从'理论'回溯到'问题'，

110

因为理论不仅反映现实，而且解决问题，不仅寻找真理，而且寻找答案；另一方面从'方法'和'德性'延展到'规则'，因为规则很大程度上包括了方法或德性，常常是把它们融为一体。"由此"夫子自道"可以见出，"从问题论经真理论到规则论"乃是以认识论学者为底色的童世骏的哲学探索历程的主线，而这里的认识论同样应取他的老师冯契的广义认识论之义。

童世骏的哲学生涯的起点是两篇关于"问题"的哲学论文:《应把"问题"范畴引入马克思主义认识论》和《作为认识论范畴的"问题"》。"问题"二论作为一个初试啼声的哲学青年所展示的敏锐问题意识在当今的哲学训练和教学建制中似乎是颇难想象的，就连它的稚嫩性也闪耀着那个早期启蒙时代独特的光芒，例如作者文中所援引的所有例子和个案都来自在那个时代被奉作冲破教条主义之利器的自然科学。难能可贵的是，以冯契在《逻辑思维的辩证法》中对于"疑问"的辨析为起点，作者进一步从新康德主义和实用主义那里取用问题论的理论资源:在本身就可以看作一种沟通认识和价值、自然科学和精神科学的"广义认识论"学说的新康德主义那里，"问题"既是物自体投下的深长不去的余影，又是现实思维活动的必要甚至必然的设定;而实用主义对于认识目的性的强调又在某种程度上暗合对于人之认识的能动性的承认和张扬。如果考虑到新康德主义和实用主义在那个已经逝去的年代的意识形态和智识氛围中所得到的"政治上"颇为尴尬的评价，我们就不能不对作者当年的理论勇气和探求真理的热忱给予高度的评价。

在从问题论到规则论的演进中，真理论是至关重要的、牵一发而动全身的环节。这一方面是因为，如果说问题论还只是在线性的和平面的意义上试图突破独断的实在论和朴素的反映论的非此即彼和殊途同归，那么就只有进展到以金岳霖和哈贝马斯为重要"抓手"的真理论阶段，广义认识论的艰辛探究才走在了以能动性和理想性为两翼的一条康庄立体的道路上。在这里，最为关键的理论环节是对于真理的认可问题的阐发和建树。一方面，童世骏在其哲学生涯早期对于实用主义的重视通过以哈贝马斯为代表的新法兰克福学派对实用主义的"兴趣"得到了深化和升华，另一方面，援引金岳霖对于"真的意义"问题和"真的标准"问题的区分，发挥后者关于"不同的真理观是用来回答有关真理的不同问题"之睿见，就在一定程度上用真理的符合论构成了对真理的共识论的某种限制。

虽然如此，主要是在哈贝马斯那里得到集中发挥的真理的共识论及其奠基于其上的主体间性概念仍然是童世骏处理规则问题的最重要的概念手段。一方面，在哈贝马斯所重构的理想的商谈论辩过程的三个有效性主张中，如果说真理问题主要与真实有关，那么规则问题则主要与正当有关："规则的正当性问题与主体间性之间的关系，可以说是哈贝马斯之所以大力倡导从'主体性'范式向'主体间性'范式过渡的最重要原因"。另一方面，通过阐发哈贝马斯从主体间性原则出发对规则正当性的辩护，童世骏不但梳理和澄清了从康德、维特根斯坦到哈贝马斯那里的一种基于主体间性的理性概念的具有历史维度的形态学和建筑术，从而为"化理论为方法"提供了一种哲学史的支撑；而且通过揭示出一种从"规则意识"向"原则意识"发展，从"规则意识"分化出"价值意识"的理性动力学，从而翻新了"化理论为德性"的哲学基石。

童世骏把规则论理解为作为一种社会理论的哈贝马斯的批判理论的"规范基础"和"核心内容"。在堪称中文世界西学研究的典范、援引西学资源的思想者的典范和把这两者合为一体的典范的《批判与实践》一书中，真理论和规则论同样居于承上启下的理论要津的地位。在《论规则》的"前言"中，童世骏谈到了由他的另一位导师希尔贝克及其挪威哲学同道所开出的一个名为"实践学"（praxeology）的哲学传统。在一次重要的哲学访谈中，作者也曾经用"阅读《交往行动理论》第一卷，给了我一种难忘的享受"回忆到1988年9月在希尔贝克建议下与哈贝马斯的思想世界的最初遭遇。从一种由将来出发来"回溯"的视角，这一幕一定会是中国当代学术思想史上的一个重要时刻。的确，"哈贝马斯研究"和"规则研究"的结合提供了一个难得的学术机缘，也打开了一方宝贵的理论空间。但是，同样如作者本人所强调的，在指出"哈贝马斯研究"之于从问题论走向真理论和规则论的"接引"之功后，无论从童世骏哲学工作的理论资源和概念手段，还是从这种工作的存在感受和现实关切方面，我们同样甚至更应该强调把"规则研究"和"罗尔斯研究"结合起来所进一步开显出的重大的学理增量。

正是通过对罗尔斯的规则观的研究，以及与这种规则观相互比照对勘，"希望通过交往过程最后实现一个基于理由的共识"的哈贝马斯的"不足之处"就浮现出来了，那就是"他在接受多元的东西方面还是显得有点吃力"，"不太容易接受基于不同理由的共识"。而罗尔斯在哲学上的一个主要工作就是强调并着重论证"基于不同理由的共识"，这个贡献和洞见有助于与哈贝马斯的"基于理由的共识"产生具有重要效能的理论攻错，从而不但在西方实践学"内部"实现"小规模"的"视域融合"，而且由于"基于不同理由的共识"本身的理论潜能，又有可能为更大规模上的中西实践学的视域融合提供理论上的契机。

与"哈贝马斯研究"的体大思精形成某种"对照"，"罗尔斯研究"在童世骏那里的"体量"要小得多，但也正是因为后者出现在作者的学术生涯中问题意识更为清晰锐利、理论思考更为成熟透彻的阶段，"罗尔斯研究"在童世骏那里似乎更具有了"用来做重要的哲学工作"的意味；无论是对两种规则概念的分梳，还是对"虚拟对话的普遍主义"的辨析，更不用说对重叠共识的"判教"，都可以说是写下了作者的哲学文字中最为精微而又有力的篇章。在某种程度上，也正是经过"罗尔斯研究"的"洗礼"，童世骏重新发现了哈贝马斯在共识问题上的理论"优点"，并用自己的表述再次肯定了区分"作为社会事件的共识"和"作为认知成就的共识"的重要性，这种区分的最具解释上的、规范上的和批判上的哲学效能最为集中地体现在这番话中："如果我们只是对overlapping consensus做一种几乎是因果性的解释，也就是去寻找一个现实的背景，去理解为什么在这种背景下会出现这样一种overlapping consensus，就会出现一个问题：会对客观的趋势过于消极地顺从。但我觉得之所以要强调 overlapping consensus 观念，恰恰是因为在这样一个全球化、同质化趋势十分强烈的时代，实际上是要强调'多样性'，这样 overlapping consensus 的要点不在于 consensus，而在于 overlapping——也就是基于不同理由的共识"。

在最近于丽娃河畔召开的一次围绕《论规则》的小型学术活动中，童世骏在回应讨论阶段结合对冯契的广义认识论的理解和对哈贝马斯的克鲁格演讲的援引，郑重谈到了在哲学研究中把惊讶意识和忧患意识结合起来的重要性和必要性。不管是否加上"西方的"这样的限定词，哲学起源于惊讶意识。在被从雅斯贝尔斯到艾森斯塔德和余英时所提出和阐发的轴心文明的哲学突破中，"忧患意识"被牟宗三和徐复观这样的儒家思想者用来刻画开显出"内在超越"传统的中国哲学的特质。自觉地置身于中国近代以来的古今中西之争的传统和学脉中，童世骏通过对多元现代性概念所理当蕴含的文化现代性观念和规范现代性观念的阐发，一方面着重指出，在经过这种重新诠释之后，中西体用之争中所谓"体"不再"仅仅是一种特殊的价值，而成了有普遍意义、甚至超越意义的东西"，而这样理解的体用关系也就"把价值与工具之间的外在关系变成了内在关系"。按照这样理解的体用关系，在中西体用这个架构中的"中西"乃成为从属的关系，换句话说，只要处理好了体用关系，中西问题也就迎刃而解了。另一方面，如果我们考虑到即使在西方哲学的语境中，惊讶意识和忧患意识其实也是从源头上一并给出的一"体"之两"用"，而借用哈贝马斯的理论资源对中国文化的认知潜能的发掘，以及秉承广义认识论传统对"体用不二"这个中国的辩证思维传统的重建，都指向了对中西古今之争的一种把普遍性和特殊性融为一体的向未来开放的可能路径，在这个意义上，中西实践学视域融合下的规则论就不但是一种理论上的成就，而且是一个实践上的起点。

读书何妨为己
——王志毅的《为己之读》

寒窗苦读二十载，接下来又是近二十年的教书生涯——读书、教书、访书、写书、译书，还有编书，总之是离不开一个"书"字。因了后面那三桩与书有关的事项，近二十年来我所认识和交道的大大小小男男女女的编辑朋友大概不下几十位。比较起来，我和王志毅编辑的相识算是相对晚近的，除了有事发发伊妹儿，无事通通简讯，以及待志毅来杭"述职"时偶尔一起喝点儿小酒聊点儿大天，我和他其实并不算很熟，我们这就算是标准的工作关系吧——虽则有一阵子偶然也会思忖这志毅到底是怎样一个人呢，然则答案总是一如既往地有些模糊不清甚至暧昧不明的。所以真是要感谢他的新著《为己之读》，正是因了这本书，我对他的"感性认识"之网上才算是有了些许"理性认识"的确凿之点抑或"网上纽结"，甚至发现除了书，我们也不无同好之处，例如我刚拿到书随手翻翻时，就见他在《走向黄金时代的电视剧》一文中大事表彰《铁齿铜牙纪晓岚》，这可算是说到我的心坎里去了，虽则我做出这个判断并没有甚至都不需要他那样的"理论基础"。

志毅这本书是他在编书之余忙里偷闲地从事笔墨生涯的局部记录。作为一个出版人，他自律甚严，颇有"敬惜字纸"之古风，并未把自己以往的文字一股脑儿地打包收集进去。从已有的文章看，志毅关注的领域其实颇为广泛，有史学，有文学，有电影，有当前社会一般的文化现象，当然更有他所出身其中的经济学。这些文字的一个共同的特点，如他在序言中自陈的，主要与阅读有关。读书有得，形诸笔端，这本是正常不过的事。而形成的文字要有比较一贯的想法和旨趣，则与这个作者的学养、阅历和眼光有关。在这一点上，志毅的经济学素养对他是一个宝贵的资源。我于经济学是十足的外行，不过我总是觉得，贯穿这本书的那种清明的理性精神甚或要言不烦的说理风格都一定与这种素养有莫大的关系。

难能可贵的是，志毅自有他的文化关切，只不过凭借他通达的现实感和常识感，这种关切并没有衍生为理论家的虚套和文人的絮叨，而是呈现为一种虽然具体务实却仍然灌注着理想情怀的真切洞见，其间甚或表达出虽不以"做学问"为职业的他对于"做学问"的某些颇为职业和专业的见解。例如在评论到《商业文化的礼赞》的作者考恩教授在大众文化问题上面对左翼批评家和保守主义的两面夹击时，志毅引申道："割裂文明与外界的关系，一味坚守所谓的'伟大传统'，最终只能伤害文明自身。当然，在文化间的交流当中，相对弱势的文化可能需要面临更多的调整和转化。"又如在评论到国内某位作者对黄仁宇"大历史观"的批评时，一方面引经据典地呈现问题的更复杂面相，展现了自己良好的史学素养；另一方面从书评"伦理"的角度，对如何"知人论世"作了较为切实的尝试。再如在谈到汪丁丁教授的"宽带写作"时，严肃地讨论了所谓"重建学科意义上的判断力"，指出，如果这种"判断力"依赖于学科分工条件下"预先承认了（的）既有学科的评价"，那么这种"在既有框架下寻找可为我所用的知识"的"企图"就会错失"如何运用现有学科训练来培养关于'权威性'的判断力"。而"在问题缺位的情况下，知识的铺陈除了炫耀之外，到底还有什么作用？"考虑到所评论的作者乃是做出评论的这位作者的老师，也许我们与其肯定这位作者的"勇气"，还不如赞赏他的"判断力"吧！

志毅的书有相当篇幅是关于香港电影的评论，他在序言中交代了这些文字的背景，从时间上和他的表述上推测，它们大概是作者"北漂"初期的自我排遣之作。序言中还特别强调了香港电影与他的成长经历颇深的影响和关联，因此这些文字"有真实的感情在里面"。除了李连杰的黄飞鸿，我几乎都没有看过志毅所评论的其他香港电影，不过我对他的这番陈词倒是颇能理解甚或共鸣和同感的。每个人的成长经验中都会有他独特的内容，至少传递和养成这种内容的载体和媒介会是多种多样甚至千姿百态的。拿我自己来说，小时候我所生活的家乡越剧还是很流行，乡间经常会有些大大小小的演出，我周围的不少人，包括我的母亲有时也会哼上几句，于是我的那一段成长经验就自然地与现在的某些"智识人"眼中"难登大雅之堂"的地方戏有着难分难解的联系。这种联系是深藏在内心深处甚或平时难以觉察的。记得"十一"假期回乡，晚上散步时路过离我所在的乡镇不远的一个小村庄，远远地就听到"曼妙"的丝竹之乐，近前才知原来是一群越剧爱好者在"雅集"。于是我忍不住就在旁边听众席——其实就是一户人家的檐下堂前——驻足了两个多小时，直到曲终人散才离开。新月在天，乡音在耳，在那个小小的山村，听着那些熟悉的旋律和唱段，我眼前浮现出了小时候的种种生活场景，包括和母亲在一起一边"劳作"，一边"评论"越剧《红楼梦》的那一幕幕。而现在想来，自己的那种怀旧之感所指向的就一定不只是那些载体和媒介之于我的成长经验的抽象的重要性，而且还有它们本身所折射出来的我们的先辈的具体的生活世界，一定是后者能够真正给我以冲击，传递给我"能量"，或者因为生活在我们这个时代的自己的"贫瘠"而感到被"剥夺"了"能量"。从这样的感受，我似乎就更能理解志毅对于香港电影的那份有点儿特殊的"感情"了。

不错，也正是在那种已经消逝的生活世界中，"古人"把"为己读书"和"为人作想"并置，又有"古之学者为己，今之学者为人"之说。居今而言，如果我们不想让自己身上的"能量"被完全地"剥夺"和"耗尽"，也许我们正不必也不应再把"为人"与"为己"对立起来。而我所谓"读书何妨为己"，其实与"读书为己何妨"并不"矛盾"，前者是一种"消极的"采取"守势"的表述，后者是一种与之相对的"积极的""进取"姿态的表述。从前一方面说，只要现代性的多元性尚称健全，那么它本身其实并没有完全彻底地排除掉"为己"的读书空间，是谓之"读书何妨为己"——对此的一个"类比"就正如志毅在香港影评中所说，"香港电影是高度商业化的产物，但高度商业化的结果却并非是高度的类同化，而是在类型化的基础上不断求变。"从后一方面说，只要读书人"能量"尚存，站定脚跟，就还能自做主宰，是之为"读书为己何妨"。

志毅的这本书某种程度上恰恰是我的前述两种说法同时成立的一个有力佐证。志毅的专业——用经济学出身的人喜欢使用的说法：在分工体系中的位置——是编辑，如俗语所云，这个职业乃是"为人作嫁"，然而这无论在主观上还是客观上都并没有使得或者逼迫他不能践履"读书为己"。从这个角度，志毅是具象地把"为己"与"为人"结合在一起了。而当我看到他在序言中谈到自己写作书评的初衷时所说的这句话："如能引介一本品质上乘、文字可读，但却由于主题或学科所限，较少为读者所知的好书，那这份书评工作，便又有了更多一层意义。"

我对于"为己读书"与"为人作想"在他身上的这种结合，就不但是感慨，而且是感动了。

幸运而难得的是，志毅对自己的这种角色担当是有高度自觉的，谓予不信，请看他这书的压卷也是自我剖白之作《每个人都有自己的乌托邦》；不幸地但又似乎"宿命"地，我的包括本篇在内的文字却每每与志毅在开卷第一篇中所说"表达清楚的作品和易理解的作品在市场上会更受欢迎"这句"箴言"背其道而行之，这倒是要请包括志毅在内的我的读者朋友们原谅的。

2014 年 10 月 21 日，紫金港

不古不今之学与人
——序《走出非政治的文化》

　　李哲罕的博士学位论文《走出非政治的文化：对近现代德国政治思想的一种政治哲学考察》在经过近两年修改之后，即将由国内颇富声誉的社会科学文献出版社刊行问世，他再三恳请我为他的首部作品撰写一篇序言，作为见证他学术之路上每一步成长的硕博两任导师，我似乎并无推却其盛情之特别有效的理由。

　　大约七年前，当李哲罕作为烟台大学法学院的一名应届本科生写信给我，咨询报考我所在的浙江大学外国哲学专业硕士研究生的相关信息时，一方面，作为政治哲学和政治思想的业余爱好者，他提供给我一篇关于以赛亚·伯林的读书笔记；另一方面，作为非哲学专业的学生，他请求我为他开列一张学习西方哲学史的书单。时隔多年，他的读书笔记的内容我已经全然忘却了，大概总不外乎价值多元主义和相对主义之类永远似曾相识但也永远似是而非的话题——这大概就是陈嘉映在去年宣布"封笔"时最后所说那句"我烦政治（哲学）理论，翻来倒去的，我觉得一点意思也没有"之所指——而我的"书单"却"流传"了下来：多年前有位朋友告诉我，老兄你学问并不大，怎么突然为年轻人开起书单来了？我这才知道，有"好事者"已经把我的书单晒到了网上，而且至今还没有取下来。我一直并未追问这事儿到底是谁干的——回想起来，这大概是因为那样做至少有一个好处，以后每当课堂上有同学要求我提供书单时，我可以很便捷地让他们到网上去找。这样看来，向来以道义论者自居的我看起来是而且越来越像是一个后果论者了。例如拿眼前这个案例来说，比较坚持原则的当事人（行动者）会说，没有经过我的同意，这种事情是绝不允许发生的；而比较通人情的说法和做法则是，既然这事儿并未造成什么有害的后果（甚或可能会有一定的好处），就似乎不必以更为峻急的道义论原则来苛责之，更用不着上升到德性论的高度来作"诛心之论"了。可以说，无论作为个体伦理还是政治伦理原则，我依然信奉自由派"教父"小密尔的"伤害原则"，而伤害原则总是运用在后果上才会比较有效和恰当，这是就其与更为抽象的道义论原则比较而言。而当它与更为具体的德性论原则相比较时，后果论的抽象性就似乎又显示出来了。从这个角度，与其说后果论是继德性论和道义论而起的第三种伦理学形态，不如说它本身就是介于两者之间的——如果说德性论是"古"，道义论是"今"，那么后果论就正如陈寅恪先生所治之学及其治学之"心境"，乃正是"不古不今"的。

现在看来，作为其政治哲学和政治思想之兴趣和探索的出发点，对于伯林的阅读依然构成了这篇博士论文的某种问题背景，作者意识到伯林从德国政治思想的反启蒙—浪漫主义中发掘出多元论从而用来克服西方政治思想传统中根深蒂固的一元论的努力，其实与他所致力于探讨的围绕魏玛前后的变革所展开的政治法学、政治思想、政治哲学和政治文化的论辩具有某种"同构性"。伯林在辨析自由概念时指陈，如果有谁声称，就奴隶面对主人的拷打时可以在死亡和服从之间进行"选择"而言，奴隶也是自由的——伯林严词申斥这些人是在滥用"自由"和"选择"这样的"政治"术语。而弗里德里希·瑙曼曾经呼吁从德语中删除"文化"一词，那么谁又能说伯林的"振聋发聩"之语与瑙曼的"愤激之语"之间没有历史内涵的高度叠合和同构呢？——而更为重要的是，构成这种叠合和同构的并不是政治概念的辩证，而是千万万生命的血泪和记忆。人们经常喜欢转用伯林所引用的熊彼特那句名言："文明人之所以不同于野蛮人，即在于文明人既了解他的信念之有效性是相对的，而又能果敢地捍卫那些信念。"听说"思接千古"的政治哲学家已经"义正辞严"地斥责这种信念本身就是"野蛮人"的信念。的确，千古有遗教："人心唯危，道心唯微"；"亚圣"又有云，"人之异于禽兽者几希"。我们当然无法完全脱离历史的脉络来抽象地判定一种政治哲学和一位政治哲学家的"教养"程度，而人禽之别或者文明人与野蛮人之别也许确实并不在用一种实指定义抽象地指认那个"几希"，而更在于"指认"那种"几希"的方式。如此或可为本雅明致友人信中的这番话进一解："对我来说，对不同民族、不同语言和不同思想的热爱，是同一件事情最重要的组成部分。但这并不能阻止我，有时候，为了保持这种热爱，反倒有必要与之保持一定的距离。就德国而言，我对它的爱当然是根深蒂固的，因为我在那里经历了生命中所有最重要的体验，因而，这种爱是无法磨灭的。但是，我不想成为这种爱的牺牲品。"

作为"好读书不求甚解"之"好为人师"者，我对指导李哲罕博士的学业应当说是付出了不少心力的。在国内学界和舆论界各种"文化政治论""甚嚣尘上"之时，我在《北美访书记》题为"'政治科学'之'家园'"的"核心"论述中，曾经"反其道而行之"，从学理根基和规范取向两个层面勾勒出"从文化政治到政治文化"的线索和趋向。为此，我鼓励和支持李哲罕在这个方向上开拓出一片有特色的学术领域，首先是通过大量阅读文献，进入到有效讨论的语境中，然后逐渐形成和选取自己的视角，作出有质量的相应论述。更为重要之点在于，虽然中国人研究西学无疑应当有自己的问题意识和现实关怀，但学术活动乃具有自身的法则和纪律，它不是荷尔蒙的冲动和宣泄，也不是意缔牢结的竞技和斗炫，而是要像童世骏笔下的薛华老前辈那样："数十年如一日乐此不疲"，"学无分中西，唯真理以求"，而其典范形式则常常会"使我们在青灯黄卷、谈学论道时不仅有知其不可而为之的悲壮感，也不仅有知其不足而学之的紧迫感，而且有知其不富不贵而喜之乐之的自豪感和喜悦感"。

无论是已经从青涩华年成长到几乎要重新立志的而立之年的李哲罕，还是年近半百而又似乎要开始"二次创业"的我自己，距离这样的境界一定都还远之又远，但现代教学心理学已经证明，学习和成长的过程中尤其需要来自鼓励和肯定的动力补给，从这个角度，我们无论如何应当看到李哲罕博士从满嘴跑没谱儿的大字眼到整天介埋头有形的文献这一变化中所体现的"逐渐"进步和"缓慢"成熟。而且看得出来，他的这篇博士论文是花了很大功夫的，在国内同类研究中也是具有鲜明的自身特色的。例如它不是"从原理出发"，而是在"践履"陈嘉映在前面那个访谈中所"号召"的去"研究一段政治史，看看它有哪些让人困惑的问题"；它的架构也颇见用心，从历史、文学、法学和哲学中各选取了一位人物展开论述，虽然所论未必够专精，但这种俭省的写法至少比较诚实，而且事实上也不乏内在的丰富性，并可以为下一步"体大思精"的工作（例如这一进路上休斯的《意识与社会》那样的杰构）树立某些路标。我最近高兴地获知，作者还将把自己的探究进一步扩展和深化到对德国法治国观念的梳理和研究中去。我相信，到那个研究完成之后，目前论述中有待进一步完善的方面，以及其研究的深度，将会被赋予新的面貌。那么，就让我引用自己颇为喜欢的一部传纪，德国学者毛姆·布罗德森的《本雅明传》——这位传主毫无疑问应当是作者一直属意而且将在未来继续心力所系的这个历史大脉络中最为闪耀之星——中的最后一段话，以与哲罕共勉：

1994 年 5 月，布港为纪念本雅明而建的"通道"（Passages）举行了落成典礼。它的主体部分就是一段狭长的阶梯，共有 70 个台阶，镶嵌在墓园靠海一边的崖壁上。形成 30 度角的倾斜度。沿着锈迹斑斑的铁壁，一路走下去，直到尽头，令人有一种晕眩的感觉。通道尽头竖着一块玻璃屏风，从那里可以俯瞰下面的岩石和大海。游者到此不得不停下脚步。面对墓场，从隧道里走出来之前，还会面对一面未经任何修饰的粗头砌成的墙，站在通道的中轴线上，向上观望，可以一直看到围绕墓园四周的岩石的纵面。从大海到墓园：没有出路。通道尽头的玻璃屏风上刻着引自本雅明在《论历史的概念》的一句话："纪念无名之辈要比纪念名人艰难得多。但是，历史的建构就是要致力于对那些无名之辈的铭记。"

2016 年 6 月 6 日
於千岛新城客居

继续我的文字生涯

一、《爱之理由》

忘记是 2006 年还是 2007 年了，因为有了"拟议"中的普林斯顿之行，我忽然兴起，"拍脑袋"形成了一个小型出版计划，题为"普林斯顿人文价值系列"，并"信笔"刻画其题旨云：

> 遴选现于普大人文研究领域任教的著名学者的代表性著作，组织国内相应领域的优秀译者共举译事。一方面意在见微知著，从知识社会学的层面展示一个第一流的智识共同体的学术风貌；另一方面旨在尝试一种新颖的译丛组织形式（"辽教"曾经出版"牛津精选"和"剑桥集萃"，但那只是同一出版社的出版物而非同一大学的学者的著作）。而其更重要的关切则在于通过包括本译丛在内的持续努力，为后现代犬儒主义和前现代蒙昧主义双重夹击下的中文学术界切近、平实了解 20 世纪晚期英语哲学提供可靠的范本和媒介。

"蓝图"已然绘就，"博览书名"且似乎对书名之中译颇具某种特别的"敏感性"的这位总序先生就同样凭着"拍脑袋""拍"出了他曾在"别处""晾晒过"的拟纳入这个系列的十种书目，这其中就包括读者目前见到的普林斯顿老牌哲学家 Harry Frankfurt 的这个小册子。

我的普林斯顿之行经过一番波折后算是敲定落实了，但这个出版计划却可谓出师不利，严搏非先生在把我的访问邀请人 Philip Pettit 的著作"巧取豪夺"列入我同时提出的"共和译丛"后，对其他的书可就"不管不顾"了——系列中的其他书目似乎由此就处于"无家可归"的境地了。所幸的是，经过其时在浙大启真馆"支援"工作的王长刚编辑的努力，得到王志毅先生的支持，以我为"选题顾问"，在该社先后翻译出版了 Harry Frankfurt 的《事关己者》和 Michael Smith 的《道德问题》，并"照例"产生了良好的反响；遗憾的是，同时列入出版计划并说好由我承担译事的《爱之理由》一书却因为我个人的原因一直未能交稿，并且已经给出版社造成了某种损失，这是我深感不安并要特别表示歉意的。

所以我要特别感谢贺敏年君，如果不是他放下手中的工作慷慨地施以援手，这个小书的中译本恐怕真是要与我们"缘悭一面"了。译文的具体分工是，我翻译第一章以及第二章的前四节，贺君翻译其余部分以及第一章的注释，并通读校阅了全部译文。尤其值得指出的是，贺君理解力超卓不凡，做事细致认真，文笔清通畅达——不无"夸张"地说，我简直仿佛从他身上看到了自己年轻时的影子，只是他看上去似乎要比我那时候还更"成熟"！另外亦可在此"昭告天下"的是，从今秋开始，贺君将来到启真湖畔，在我名下攻读博士学位；长远来说，我当然是希望他"青出于蓝"，即就眼下而言，我也对于能够以这种方式提前"开启"我们的"师生缘"而深感欣慰。

虽然似水流年，遑论"木已成舟"，而"能由我来改善它的时光也已经逝去了"，我此刻还是想起了当年坐在能够"俯瞰"普大出版社那幢小楼的普大工学院图书馆的那个窗口时心中所涌起的"遐思"：要是能在这样的情景下翻译完一部眼前这个出版社出版的眼下这所大学的某位哲学家的著作，那不也是一件挺"美妙"的事吗？时隔多年，等我就要进入"老大徒悲伤"的行列时，我才明白过来，与我的那些"少怀大志"、"目标明确"而又意志坚强到如"钢铁战士"的可敬的同事和朋友们相比，我的"志向"的确不可谓"高远"，我的"意志力"更是"低下"至少是"退化"得可以，然则与我们的生命体验紧密相关的那些记忆确实永远只是与我们生命中那些重要的场景紧密相关的，于是此刻我眼前也还是浮现出了当年准备普林斯顿之行时的场景：我在玉泉旧居斗室那逼仄的空间中一边在电脑上处理各式出国文件，一边用在朋友建议下"配置"的清华同方那款名为"真爱"的小音响播放着许巍的《蓝莲花》（记得那时有一位学生曾感叹："应老师您还听许巍？！"我"淡定"回说："我当年还听张楚哩！"）。的确，无论是生命之诞生的源头，还是生命之赓续的动力，都无一不与本书之主题"爱"有关。不过，既然我已经在这里说出了歌手和歌名，大概已足可"消除"可能会在读者诸君中产生的"误会"了——Anyway，所有我提及的这些场景中的"爱"都只关乎"自由"，凡此种种，或可为 Charles Taylor 所谓"为自由找到场景"进"别一解"吧，谁知道呢。

2014 年 4 月底于紫金港

二、《政治哲学》

仔细回溯起来，我最初大概是通过许多年前《哲学译丛》上刊发的一篇题为《道德哲学与现代性》的当代法国哲学研究综述得知卢克·费雷和阿兰·雷诺这两位哲学家之大名的。从那以后一直到"邂逅"马克·里拉编辑的《法国新政治思想》以及那套丛书中的其他书目之前，我应该基本上没有接触过这两位作者的文字。虽然如此，2007—2008年间，当我在刚搬到普林斯顿 NASSAU 街上的迷宫书店见到由芝加哥大学出版社英译的三卷本《政治哲学》时，却还是毫不犹豫地用近150美元的"高价"把这套精装书收于囊中了。

转年8月间，我在中国政法大学位于北京郊外蝉声沸腾的昌平校区有一个关于雷蒙·阿隆的脱稿演讲，面对国内政治思想史研究的青年才俊，也许是有感于当时的讲题以及国内的政治哲学"生态"，我似乎是有些随性地提出有必要把《政治哲学》一书译成中文出版；然则，"惊起却回头，有恨无人省"，我怎么也没有料到此书最后仍然是在这些年几乎已经"淡出江湖"的本人"亲自""主持"下翻译出来的，更未想到此项译事的完成竟然是在我提出那项"动议"整整六年之后！

的确，人生会有多少个六年啊！可是，在红尘中做事却总还是需要些机缘的。而可坦承者，当年我之所以有勇气承当这项译事，主要盖由于本书的第一译者其时正好来我名下做博士后研究，虽然这位译者此前几乎没有做过任何"正经"的学术翻译，但我却"慧眼识珠"地断定其乃堪当大任之人——此后的工作完全证实了我的"识人之明"。我现在只需带着一种感念的心情补充一句：与表面看来不太相称，并非哲学出身的这位译者不但有一双"著文"的"妙手"，更有一副"侠义"的

"铁肩"——不但高质量地完成了本书分量最重的第二卷的翻译，而且替我分担了说好由我承担的第一卷第二部分的译文。对此我只有一个"担心"：一位译者，不管其原来的背景为何，译完这些章节差不多都可以成为一名费希特专家了吧！呵呵，说起来，我们还真是为这书的翻译做过些"预备功课"的，记得那年在西溪田家炳，在有这位译者参加的课堂上，我们曾经一边以《政治哲学》英译本第一卷为"教材"，一边一起"研读"费希特的《自然法权基础》！也记得在这件译事"酝酿"阶段，我们其时还颇为"兴旺"的"团队"曾有一次之江行，缘由是我应邀到那里的法学院主持一次学生读书活动，尽欢而散后一干人踏着月色从月轮山归途，一路行过虎跑泉和满觉陇，中间还经过了如"历史主义"之流变一般幽长的五老峰隧道。其时我们当然不会想到接下来会是如此漫长曲折的一段旅程。而今往事如烟霞洞上的烟霞散去，所幸我们有始有终，而聊可慰藉者，乃是我深信所有当事人为此的付出和此项工作的质量均足以与我们最初所发之愿力相垺相爵。

本书第二译者之加入我们的翻译"阵容"则更是有些"传奇"色彩的了：正当本书的译事由于某些原因陷入"顿足不前"状态时，远在法国求学的这位年轻学生通过我的工作邮箱给我来信，这位年轻人显然是把我当作"老前辈"了，信的内容大致是关于他进一步深造的方向以及国内的政治哲学生态，一向"好为人师"的我当然是倾其所有地对他作了一番慰勉鼓励。而更让我眼前一亮的是，这位从复旦国政专业出去的博士候选人的导师正是《政治哲学》的第二作者雷诺教授！正所谓"踏破铁鞋无觅处"，更何况是遇到像我这样的"老猎人"——说到这里我忍不住又要讲个笑话：很多年前一位朋友邀我参观其书房，我一边巡视书架，双目之余光却觉察在一旁的我的朋友注视我的神色似乎有点儿异样（"忍俊不禁"？），就问："有什么不一样吗？"朋友回说："看上去就像个老猎人在逡视自己的猎物！"——接下来的事情诸位可以预料：这位年轻人愉快地接受了我的邀请，他不但承担了第三卷的翻译，居间联络作者的中文版序言并将其译成中文，而且极为细致认真地审校了本书其余部分的译文，他对第二卷的译文评价很高；对于我的根据英文本翻译的文字（第一卷第一部分），他对照法文加以校对，帮助翻译脚注内容并统一了注释体例和格式。我庆幸多亏他的把关，我的转译才有了某种"正当性"，我更感谢他对于本书翻译的热忱的近乎无私的贡献——不，是奉献！我也祝愿这位谦逊有礼、独立有见的年轻学人拥有美好的人生和学术前程！

如同往常一样，和我合作多年的严搏非先生多年前慷慨地接受了我的"选题"，高效地购买了本书的版权，接下来又大度地忍受了我的"拖延"；"三辉"的前后三位联络人谢品巍、王嫣婷和张祝馨均为此书付出心力，特别是嫣婷，还代表出版方与作者联络中文版序言事宜，这是一份她"额外"的工作，但请接受我"分内"的谢意！

末了，就在这篇近于怀旧致谢词的译后记即将告竣之际，我忽然想起那年夏天在昌平"聆听"我发出翻译此书之"倡议"的"沉默的大多数"中，除了主持我的讲演的胡传胜研究员，还有就是要在那个单元接着我演讲的清华彭刚教授——出身北大，师从何、叶诸名师，在读了我的《三访北大》后一直对我保持着"心理优势"的彭兄听完我的话一言不发，保持着一贯的"深藏不露"，但我在此还是要公正地说，他对本书的翻译依然是做出了"贡献"的——在我翻译的部分，凡是涉及《自然权利与历史》的引文，我几乎都是照抄他的译文。无论各方面都处于"劣势"的我之所以有这个"胆量"甚至"见识"，除了当年这个译本出来时，我就"迫不及待"地差一点一口气念完，还因为我不久前在网上搜到了我的老师陈克艰先生的内容丰富精深的博客，义理、辞章、考据三端皆让人信靠服膺的、其时正在翻译《城与人》的克艰先生"'衰'年变法"，在其部落格中"言之凿凿"：在施特劳斯的所有中译本中，《自然权利与历史》是最好的！

2015 年 8 月，千岛新城客居

昨日遗书

自去年暑假开始，因了个人生活中的某种变化，我把日常起居的重心从杭州转移到了千岛之城舟山。这是我近 30 年前大学毕业后曾经工作和生活过的地方，差不多可以说是我的"第二故乡"了。重新回到这里，风景旧谙，草木关情，在我就自然地有一种分外的亲切感。从其山顶可以远眺山海一色的海山公园，当年我所工作的单位借用其办公场地的祖印禅寺，我离开舟山后也几乎每年夏天都会过来"纵浪"的朱家尖海滩，还有分布海岛上的各式（当年）能够自在下水游泳的大小水库，无不可以变幻出过往岁月中的斑驳光影；当然，最重要的，也还有书之忆——自从我大学时第一次到舟山就在定海的新华书店"邂逅"林庚先生的《唐诗综论》，岁月倏忽，千岛之城也曾在我的访书生涯中留下虽则是断片式的，却也是难以抹去的记忆。

此番重回舟山，这里已经成立新区，市行政中心也早已从当年的定海旧城搬到了临城新区，当地人简称为新城。新城靠山面海，虽然看上去完全是一个平地起土堆式的"开发区"，但拜舟山独特的地理环境之所赐，其实倒是颇为宜居。而对我来说几乎同样重要的是，这里还有一家新华书店的门市部，名为新城书城。在这虽然"宜居"、但却少有去处的所在，这家小小的书店可能是除了网络，我与外在世界之间最有意义的一个媒介和通道了——甚至，它有时居然还能发挥小小"图书馆"的作用。

记得是去年九十月间，我正为自己发起和组织的法国哲学家吕克·费里和阿兰·雷诺的《政治哲学》一书之译事做最后"冲刺"，我自己承译的文本中经常引用海德格尔的《同一与差异》一著，并不熟悉海氏著述的我自然就颇需要参考相应的中译，但我的书籍都不在手边，于是就"灵机一动"，跑到那家书店找来了此书的海德格尔文集商务版。固然，我对购书的态度远不都是那么"功利"的，例如年前在那里见到人民出版社所出张世英老先生主持的黑格尔著作集中的《宗教哲学讲演录》，虽然只有第一册，而且也不能打折，但我还是在稍作犹豫之后就收于囊中了。除非从分类中去"排查"或者从网站"推荐"中"筛选"，网络购书的最大特点就是"按图索骥"，相形之下，逛实体书店的一个好处是每每能有"意外之喜"：去年十一月，我就在没有看到任何预告的情况下在那里见了三联书店所出汪子嵩老先生的回忆录《往事旧友欲说还休》，买回家后一气翻完不说，还连夜写了篇《太老师》，此文在发给我一位多年的同事之后，还得到他老人家"此篇感人至深啊"的评价！

新城虽然高楼不少，新建楼盘更多，但其实也就是一个小镇的规模，可想而知这个书城的规模也是小而又小的，只不过仰仗着新华书店强劲的配送渠道，以及海岛人不俗的阅读品味，才不致让书店彻底沦落于各类教辅读物和装帧恶俗的国学"鸡汤"。想来这一点在定海旧城就体现得更为明显了。

近30年前舟山新华书店的轮廓和位置仍然清晰地留在我的大脑皮

层中，我还记得罗蒂那部当年风靡一时的《哲学与自然之镜》就是我大学后期来定海时买下的。到我在杭大念博士期间，更是经常来回杭州和舟山之间，那时候无事就会去那家书店逛逛，如果我没有记错，《斯宾诺莎书信集》最初的单行本就是在那里见到的。不知从哪年开始，新华书店搬到了现在的位置，从那以后，一直到我这次重回舟山，那家书店就淡出了我的记忆，就正如曾经在定海的大街小巷出现过的几家民营书店也再无法寻回它们的踪影了。

新城书城有位小伙计是个颇有意思的人，他见我买的每每都是黑格尔、海德格尔之类的，有一次就忍不住对我说："（看不出）你还读这些'高大上'的书啊，这类书在高中时可是最让我头疼的！"见我在翻学苑出版社所出《熊廷弼集》和《孙承宗集》，他就不无自得地告诉我这两套书可都是他进来的——我猜想这大概是因为于普及明史"功莫大焉"的《明朝那些事儿》的影响吧。半熟了之后，我就问他定海有什么书店可逛，他半嘟囔着告诉我说，他并不太喜欢芙蓉洲路边上那家应该是岛城最大的新华书店，因为里面的书柜实在是挨得过于紧密了。说到一家其实"总部"是在杭州的特价书店，他似乎有些不屑，因为他认为那里面貌似有盗版书。最后他向我推荐了一家民营连锁书店，他一方面肯定这家店值得去逛，另一方面也不忘"批评"他们的书品不全！

从我借住的公寓下楼，坐 25 路公交线就可以到朱家尖海滩和普陀山机场，坐 35 路就可以到定海文化广场，这是"旧城"的中心，从那里后退几十米就是定海书城。往前几十米，沿人民北路往北两三百米就是那家连锁店和特价书店。话说已经过去的这个学期我其实颇为忙碌，一直在杭州和舟山之间奔波，即使如此，每当我在舟山时，"忙里偷闲"地去定海旧城访旧似乎在我是一种最好的休闲和放松。

那家特价书店的格局和书品几乎与杭州一模一样，不过毕竟舟山和杭州还是有些不同，我在那里见到了在杭州稍一犹豫即错过、此后一阵子在网上搜索也未获（最近却是"供货"颇多了）的《吴湖帆画集》，受此"鼓舞"，还一气拿下了《任伯年画集》、《林风眠画集》、《傅抱石画集》、《潘天寿画集》和《李可染画集》，我于书画本是"叶公好龙"，直到最近翻阅何怀硕先生的《大师的心灵》，才知道在他"编排"的近代画家八大家谱系中，任、林、傅、李占了"半壁江山"（另四家为吴（昌硕）、齐、黄、徐）。在那里的另一斩获是《马一浮遗墨集》，其实我某年在杭州某地摊已得此书，然品相颇为一般，貌似有水渍潮痕，而眼前这册旧椠如新，就忍不住再次收于囊中了。由此还想起年前和同事陪一位京中友人造访花港蒋庄马先生故居，于入口处墙上见到蠲戏老人那首高古的咏梅诗，为之心驰、为之神往的那一幕。

定海书城确实要比新城高出一格，平素的印象还只在于外国文学一架比新城品种要齐全得多，例如普拉斯诗歌全集《精灵》，不久前过世的俄罗斯女诗人丽斯年斯卡娅的《孤独的馈赠》，还有西班牙作家塞尔努达的散文诗集《奥克诺斯》，捷克作家恰佩克的《园丁的十二个月》，这些我都是在新城未曾见过的。当然新城的文学书架上偶尔还是会有些对我而言是"半生半熟"的"新品"，例如王家新的译诗集和西川的《小主意》之类——既有些刻意又有些随意地"收集"装帧精巧雅致的中外诗人的小集子，这似乎是我此番来舟山淘书所形成的一个小习惯，但我于诗歌确是百分百的外行，这个"文人雅士"的话题还是在此按下不表为好吧。

说起来并没有错，文学作品应当是这一层次书店的主打，相形之下，哲学和社会科学类的书籍则是它们的"软肋"了。无论新城还是定海，这类图书占的位置和比重少得可怜，而书品之良莠不齐更是让人"唏嘘"。不过也正因为如此，那种"沙里拣金"的经验才会格外让人有意外的惊喜。例如上周二下午是我本年度最后一次在定海逛书店，由于此前在特价书店驻留良久而且收获颇丰，加之我不久前刚刚来过新华书店，我本来是对之不抱什么期望的。就在小女在漫画书架流连的同时，我漫无目的地走到社科书架下，除了纪念版的《共产党宣言》，里面收集和影印了中央编译局一统马列译文之前此《宣言》所有的中译文，和念起来比《宣言》还要铿锵有力的北大某中文教授的《马克思的事业》，我竟然在那里连续发现了三种德国人的著作：图宾根学派斯勒扎克教授的《欧洲人为什么要感谢希腊人》，社会学家内格特的《政治的人》，以及去年过世的德国前总理施密特的《未来强国》。还有另三本书，一是亲历纳粹灾难的弗里德兰德尔的《灭绝的年代：纳粹德国与犹太人》，二是我在京城某民营书店的新到货品栏目中曾经见到过但因为不明了内容而终于没有下单的《文艺复兴的阴暗面》，以及我不久前刚刚念过他的另一本书的三联书店前总经理李昕的《清华园里的人生咏叹调》。说起来有点儿"愧对"实体书店的是，因为第二天我就将返杭过春节，而一般来说，买到新书后我总是要快速地翻一翻的，于是为了免去搬运之劳，我就在书店里抄起书单来了。我把这六本书的书名通过简讯发给在杭州经常帮我网上买书的我的忘年小友许钢祥君，呵呵，此举确实不但省了钱，而且省了力，实实在在是"一举两得"之"举"了！

在定海书城淘书还有个难得的经验，一次我忽然在中国近现代史这个书架上发现了一本号称已经下架的书，而且和我在此书下架前已经买过的那本不同，这本还是精装的，于是我就带着狐疑给许君发了一则简讯："某某的某书真的下架了吗？"因为我的旧式手机容量有限，常常会因此一时收不到简讯，而我当时忙于翻架，也就没有再去注意手机。等回家后删去一些简讯，许君的简讯才进来，他告诉我刚那本书确实已经下架了，连孔网上都没有。他还托我能否帮他弄一本。这下我可是后悔当时没有立即买下那本书了。可巧的是我第二天又要回杭州上课。但我倒是一直记着这桩事儿，几天后回到舟山，次日一早我就立即去了那家书店，并直奔主题到那个书架前，恍然间发现那本精装书还在架上时，我这几天一直悬着的心才算是放了下来——之所以"紧张"，还在于我其实有个"私心"：我打算把精装本自己留下，而把平装本送给许君！与国外一般先印精装、后印平装的次序相反，按这两本书版权页上的时间，是平装本还要比精装本早印三个月。更为有趣的是，等我把这本书连同后来挑出的几本书一起横放在书架上不久，就有一个伙计领着一位经理模样的先生走到我那堆书前，先是窃窃私语了几句，然后那位年长的指着那本精装书对我说："这本书是你挑的吗？"得到确定的答复后，两人似乎有些悻悻然地走开了，一边走，那位经理模样的还一边回过头来对我说："这是本好书，你挑了一本好书，这本书现在进不到啦！"

最好玩的还在最后，当我提着刚刚淘到的几本书来到此前来过一两次的那家连锁书店后，书店的那位女经理一见到我就带着夸张的神色对我说："老师你选书的眼光很厉害啊！"我问她何以见得，她就告诉我：上次你来买书，一共就选了三种书，一种就是不久后就下架了的，而她之所以知道是我买去了那种书，是因为当天晚上就有一位本地某大学的老师来寻此书，于是她出于好奇查了一下销售记录；另一种是中国书店版简体横排十二册的《曾文正公全集》，我买走这套其实已经在她的店里尘封了好几年的书后，她在微信上放了这套书的信息，几分钟内就有六七个人要这套书，于是她想到出版社去进货，却被告知此书已经绝版了——所以说老师你确实很厉害，选了三种书，一种是绝版书，另一种你买完就下架了，还有一种书名如题，那书已经出了十多年了，而那个年代与知识产权有关的版权意识和学术规范都还很不完备，所以老师你买去的完全可能是本盗版书！

2016 年 1 月 31 日，晚 11 时，紫金港，窗外依然飘雪

"放任自流的时光"
——姑苏访书一日半

　　暑假随一个亲友团到苏州去转了两天，其实也就是一天半的时光。说起来也许难以让人相信，这还是我第一次到访姑苏——不过这也算"正常"（用余杭韩公法老的话说，凡事放在我身上就不"奇"了）吧，到一个"天堂"本就不易，更何况我是从一个"天堂"到另一个"天堂"！多年来一直为华文政治哲学事业，也自命"间接地"为中国的"美好未来"（就不说"中国梦"了）而"打拼"，以至于都忽略了周边的和当下的许多"美好事物"，例如直到去年忘记"五一"还是"国庆"在摩肩接踵的咸亨酒店几乎是站着喝了两碗太雕酒，我这个诸暨人之前居然从未到过绍兴城里！说起来较易"取信于人"的是，苏州之于我的"吸引力"，主要还是来自于我年轻时就耽读的黄裳先生早年的那几篇访书记，记得至少有一两篇是"解放"甚至"思想解放"后写的，苏州的旧书业其时早已"风流云散"至少是远不如往昔例如郑振铎先生笔下那么繁盛了，不过黄裳先生还是颇为"与时俱进"地发表了对此的"正面"观感，这或许并没有错，只有"冷摊负手对残书"那点儿"能耐"的一介书生，不"积极地""正面地"看待大时代的"新生事物"，又还能怎么样呢？难道要像不久前刚刚寂寞过世的太炎弟子朱季海先生那样连"公职"都不要，"大隐隐于市"吗？

从古越地出发一路直奔古吴地，中午前后还在周庄转了转，到达苏州就已是快傍晚了，中巴车直接把我们放到七里山塘的石桥上。大概这里算是个"经典"的旅游景点了，其"开发"和"装点"的感觉会有点儿让人想起杭州的南宋御街之类，不过印象似乎要更好些，我猜想"原因"也许在于河道、水道"造假"的程度和可能性总比街面、街景要低得多吧，就像我经常对学生说，杭州再怎么"改造"，西湖、钱塘江和运河是"他们"改造不了的，而眼前这个"山塘"的"含金量"——文化含量——当然并不在于任何成色尚新的仿古建筑，而正在于那绕城七里的一脉塘河。正是她养息了一方苏州人，也是她见证了姑苏之兴衰繁华。

按"旅游"计划我们是要在山塘坐船观光的，但老少一行人却在码头上开始讨论起是否要等华灯初上后坐船观夜景"性价比"会更高些。而在此类"旅行"中一贯秉承"跟着走"三字真经的我对此倒是无可无不可的，于是就在"队伍"中开始"东张西望"起来，这一"张望"可不要紧，竟发现码头旁边就是一家名为琴川的旧书店。心想这苏州人确实"有文化"啊，把旧书店开到这样的"旅游胜地"来了——是后来重温黄裳先生的访书记时才明白过来，"没文化"的可是我啊，原来这家店的店名和她的夏姓主人就都曾出现在黄老的笔下。于是二话不说就暂时"脱队""掉"进了"琴川"之中。才刚进门，还未定下神来细看，就听到一口如假包换的吴侬软语，是颇有书卷气但眉宇间仍透出一种精明感觉——我不想说就是一种商人气，因为那两者确实还是不同的，而且也不能完全脱离语境来褒贬"商人气"，所谓"在商言商"者是也——的店主在和他的一位应该算是半熟的朋友在攀谈，听了他们的聊天，你才会真正相信坊间那句俚语"宁和苏州人吵架，不和宁波人说话"有多么"生动""贴切",我也想起钱永祥先生——永祥先生,不好意思啊,我听说您已经退休了,可您还是得"中"我的"枪"哈——有次在一个"严肃"的学术会议上"振振有词"地说:"大陆人常说台湾男人'娘',可是我要问男人'娘'一点有什么不好呢?"那时永祥先生大概正在念平克的书,这是我最近念了他在《读书》上发表的为那书中文版所作序言而"推断"出来的,而其实永祥先生在那次会上就已在谈平克了。而我之所以"推断"店主和他那位朋友是"半熟",盖因为我看到他在热情地向他朋友推荐朱光潜先生的《谈美书简》,甚至走过去拿起了封面颜色我颇熟悉的那个小册子说了句,大意是这书值得让他朋友的小孩去看,而他"朋友"却是一副"却之不恭"的神色。

《谈美书简》我是不要的了,但是匆匆地扫了一遍——我想起很多年前一位学生带我参观一个朋友的书房,后来这位学生"调侃"我刚才在那个书架前"逡巡"的神色就好像一位其实有点儿"怜香惜玉"的老猎手在瞄着一群雏鹰;也是这位学生"恭维"我:"应老师您虽然平素行事颇有些'迂阔',但内里却透出一种自然的精明。"呵呵,世上还有这样的学生的啊,就正如我最近刚毕业的一个学生有次同样"真诚"地不知"恭维"还是"调侃"我:"老师您常以古君子风'自诩''自励',可您别忘了现如今您是'有价无市'的啊!"——这个规模不大、但却收拾得整洁雅致的所在,也算是小有"斩获"吧:有一套方重先生旧译《乔叟文集》,1979 年新一版,1980 年安徽一印 5 万册,既如此价格就不会太高——有了孔网之后,旧书价格之"非理性"因素得以"凸显",但那也是"市场"给"凸"和"定"出来的,定价的因素不外乎年代、初印数,后来有否重印,以及有几个卖家之类的吧,一个不错的例子是,有次我在电脑前抬头看到自己架前一册上海古籍九零年代初的《郑思肖集》，那还是我沪上求学时节从社科院后面长乐路上的新文化服务社里淘来的，"直觉"告诉我此书在孔网上一定所值不"菲"，于是在聊赖中大概也只是为了验证下自己对书"价"的感觉，竟然在孔网上搜索了一把：恭喜你，这么多年书没有白"淘"，翻了一百倍！我那个平装版的郑集现在"值"近四张大毛！不过我的"喜悦"马上就"降"下来了，我这个可是"非卖品"啊！呵呵，还是"回到"《乔叟文集》上来，有一种"自然的精明"的我马上就"明白"我其实是用一套书的价格买了半套书，因为文集的下卷《坎特伯雷故事集》我已经有了方重先生旧译本，那个版本是更旧的，还是1950年代的精装本，那也是我在社科院图书馆清仓处理时以半价得来的。遗憾的是，无论印象中那个"旧"版本，还是眼前的这个文集版，书前书后都没有方老先生留下的片言只语！

当然也还是有些"零散"的书，常任侠先生选注的《佛经文学故事选》，我记得以前是收过一册的，但我记不得是否是初版了，也忘记放在书架的哪个角落了，于是就再来一本吧。我不是从"天堂"来的嘛，陆俨少的《山水画刍议》（上海人民美术出版社，1980）就让我这个书画至少是书画图书爱好者有一种"他乡遇故知"的感觉，可惜书不是初版，而是1987年第4次印刷版；也是"巧"了，回到杭州，我就在晓风紫金港店见到了陆先生的《杜甫诗意画册》，待我取下这书要付账，店员竟然告诉我："我就猜应老师会要这本书！"

我可以从"内容"上来稍作"讨论"的是上海书店1986年作为"中国现代文学史参考资料"之一种而影印出版的《边鼓集》，原书由文汇有限公司1938年11月初版。这套书我见过并收过若干种，但目前这一种应是第一次见到。算是个杂文集吧，其中作品均作于上海"孤岛"时期，原发表在《文汇报》副刊《世纪风》上，后结集出版，作者包括文载道、周木斋、周黎庵、屈轶、柯灵和风子。书的影印质量并不甚佳，许是原件底本的缘故？其中某些名字如出土文物般的这些作者我也并不很熟悉，于是看目录标题，顺手就翻到了文载道先生的《哀日本水灾》一文，原文作于 1938 年 7 月 4 日："正当日本军阀炸毁黄河的堤防，许多中国平民无辜遭受灾难的时候，我们同时也看到他们国内的'狂风暴雨，山崩地裂，现有十五万户，或为洪水淹溺，或为崩山压掩，数千难民，流浪在外'的消息。"然后作者笔锋一转问道："看了这样的消息，我们是不是下意识地认为这是日本军阀侵略的'报应'，而引为'大快人心'因而喜形于色呢？"作者的回答是："当然不是的。"接着作者还同情地分析了日本人民的命运，甚至提到日本国内或有从本国之地理环境和气候条件例如"如战争一般的凄惨"的飓风来为"日本军阀向外侵略的辩护"。作者一方面严词驳斥这种谬论："在科学文明成熟到了高峰的二十世纪，大自然的征服，原是人类所不能旁贷的光荣的义务。北极可以开发，月球可以测验，飓风地震的灾患，难道永远是一个'束手'？如果把这些无限的精力，'膨胀'的军费，各种惊人的消耗，用之于消弭一切天灾的力量上面，日本人民的幸福，安全，又何至于这样悲惨的，随时随地遭着大自然的摧残与迫害呢？"另一方面又理性到令人动容地申论："对于这一次的艰苦的抗战，我们绝对没有幸灾乐祸的灰色的心理。像有些不自振作的人们，天天巴望他们国内爆发地震，军队里发生什么'黑死病'。停滞在这种侥幸，幻想的氛围中的人，正是'民族失败主义'的一种变态！"

古人云"文以载道"，读者诸君，看了文载道先生这样的名字，是不是真有"文以载道"的感觉和感叹！当然"文载道"是个笔名，我之最早得知金性尧先生这个名字则是因为我在故乡上初中时家里有一册他的《唐诗三百首新注》，之所以对此印象这么深的一个原因是我父亲买来给我"发蒙"的那册书的初版封面愣是比别的书开本都要大些，这在那个年代大概还算是蛮"另类"的，而我之知道文载道就是金性尧（或者倒过来）那就要晚得多了，但是"闻道不分先后！"对照之下，当代某些动辄给人戴"左"帽的、而自己的某些行为方式却颇有"左"之遗风的先生们真是得多多重温"文以载道"的古训，也要多多向文载道先生学着点儿了。例如这些作者一方面痛恨"左倾"，另一方面自己却颇喜欢站在道德的"制高点"上随便怀疑别人的诚实，挑拣别人的道德"瑕疵"，而且经常打着"民族道义"的"旗号"。"敌伪"时期，"孤岛"时期就是他们下"道德"之"利刃"的"最好""时机"。说到这里，扪心自问，我是不是也有些"义正词严"呢？那就让我返回到朋友之"伦"上。我想起的是同为苦雨斋弟子的俞平伯先生那篇题为《诤友》的怀念亡友朱自清先生的文字：

> 记北平沦陷期间，颇有款门拉稿者，我本无意写作，情面难却，酬以短篇，后来不知怎的，被在昆明的他知道了，他来信劝我不要在此间的刊物上发表文字……我复他的信有些含糊，大致说并不想多做偶尔敷衍而已。他阅后很不满意……又驳回了……他说："前函述兄为杂志作稿事，弟意仍以搁笔为佳。率直之言，千乞谅鉴。"标点中虽无叹号，看这口气，他是急了！非见爱之深，相知之切，能如此乎？当时曾如何的感动我，现在重检遗翰，使我如何的难过，均不待言。我想后来的人，读到这里，也总会感动的。然则所谓"愧君多"者，原是句不折不扣的老实话。

既说到俞平伯先生，兴许是"应"访书之"景"特别是访书地之"景"吧，我在琴川所得的最"应景"的一本书就是《俞平伯日记选》，也是上海书店出版的，我不知道平伯先生的全集（有全集吗？）和文集里有没有收这些日记。我对他老的了解其实很有限，例如眼前这本书，眼下对我主要的"功用"抑或就是在于可以充作苏州"导游"（我这样说没有丝毫"不敬"之意）。例如日记中多次提到"至朱鸿兴吃肉面、汤包"、"至观前松鹤楼饭"，如果访书得暇，我也是颇欲光顾一二的，例如可与杭州的奎元馆和知味观做一对比，虽然我并不是（汪）丁丁那样的美食家。不过我当下想起的还是平伯先生的曾祖春在堂主曲园先生俞樾。我没有像黄裳先生那样去寻访春在堂和曲园，不过第二天上午当我从苏州的常规景点拙政园逗留半天出来时，还确是想起了《苏州的旧书》一文在引用了一则《春在堂随笔》后所发的那段议论。那则笔记是：

> 曩在京师，许文恪招饮于其养园，花木翳然，屋宇幽雅，颇擅园林胜事。文恪云："冉地山侍郎尚病吾以杨木为屋，恐不耐久。"吾曰："君视此屋，可支几年？"冉曰："不过三十年耳。"吾曰："然则君视许慎生尚可几年耶？"冉亦大笑。余谓公此论，真达人之见也。未及数年，公归道山，屋固未圮而已易主矣。余在吴下筑春在堂，旁有隙地，治一小圃，名曰曲园。率用卫公子荆法，以一苟字为之。或虑其不固，余辄举语以解嘲也。

而黄裳先生那番议论则是：

> 这一节笔记写得很好，不但显示了主人的胸襟怀抱，也说明了

曲园之不与拙政园、怡园等相提并论的作意。这正是一座学人的家园，其文化气息远胜于金碧辉煌的楼阁亭台，虽然在一般游人来说怕要失望，觉得没有说明什么好玩的地方，但在护龙街畔有这样一座小园，正是十分合适的，比起怡园来似乎还更有趣些。

按照设定好的游程，从拙政园出来就是苏州博物馆，大概其近年之"声名鹊起"主要是拜贝聿铭大师独特设计之所赐，我完全不懂建筑设计，而且对那种黛瓦白墙的江南民居也算是见怪不怪，倒是一个吴地文物展中潘祖荫那幅扇页给我留下了极深的印象，另外就是博物馆内正在展出的苏博藏明清书画让我颇有兴味，不过由于展馆太小，我所看到的只是当下正在展出的其中的第二十几期，这未免让人有些颓丧而觉得未能尽兴，不过只要想到我们在这世间会错过的"美好事物"一定远远多过我们所能遭逢的，也就"释然"得多了，而且我于书画确实是十足的外行，转悠几圈，也就是记下了解说词中所引王翚的那句"以元人笔墨、运宋人丘壑，而泽以唐人气韵乃为达成"，呵呵，说出来也许有点儿"故作惊人之语"的感觉，这句话对于"自觉地"置身于"古今中西之争"语境中的政治哲学从业者确实是有某种启发意义的！对了，为了证明"到此一游"，也为了"弥补"不能看全镇馆之宝的遗憾，我还在博物馆的客服中心收了一册文物出版社所出《苏州博物馆藏明清书画》，还要了册记不清是否已收的谢国桢先生的《江浙访书记》以为纪念。

从博物馆出来，用完午餐，亲友团中的老人们要回宾馆休息，另外的人要陪同回去等晚上再出来去逛观前街，忽然间就"剩下"我一个人啦，"放任自流的时光"就要开始了？是在拙政园东侧一个小卖部边上和大伙儿分的手，按照琴川书店主人回答我的咨询，在临顿路钮家巷还有家名为苏州文学山房的旧书店，于是我马上就问小卖部人该怎么过去，她反问我是否开车，我说步行，她回说那就从旁边的平江路步行街过去。

诸位不要笑我无知或者不做任何"攻略"，反正这一定是我的全部问路史得到的一个最有价值的回答和指引。其实我当时已经在刚得到的一张市区图上"攻略"了一番：我惊讶地"发现"苏州城图的一个最大特色就是标出了"大小"各类名人故居，比如我竟然在这张图上瞄到了"范烟桥故居"，说来令人惭愧，我还是最近才通过海豚书馆的《鸥夷室文钞》得知这位苏州大名士之大名的——这位与我曾经引用过的周瘦鹃齐名的鸳鸯蝴蝶派作家确实是多才多艺，据说蔡琴常常翻唱的周璇的《夜上海》还有《月圆花好》、《花样的年华》等一代"名曲"都是由他作词的——当然让这派作家写写流行曲歌词那确实是小 CASE 了。而等看到平江路口更为详细的导游标志，向来有"名人癖"的我的"福利"就更大了，只见标牌上面标出了沿平江路各小巷的名人故居，有所谓洪状元府洪钧故居，有潘祖荫故宅，让我更感"亲切"是还有顾颉刚和郭绍虞故居。按照从北向南的次第，我先是很快就找到了郭绍虞故居——记忆中我收过绍虞先生的批评史著作，他做主编的那套历代文学批评理论著作我也收了好多种，当然包括他亲自校释的《沧浪诗话》，我对于（购）书的记忆力确是"惊人"，我还记得那本书是我三十年前在长春的一个特价书市上以对折拿下的，似乎同时拿下的还有陈敬容翻译的里尔克和波德莱尔合集《图像与花朵》以及任铭善先生的《礼记目录后按》；后来我又看到似乎是董桥先生在某处称绍虞先生的字为典型的馆阁体，及至我看了他老的字，才算真正明白了什么是馆阁体！——和我预想的名人故居有些"出入"，我印象中一般的名人故居都是对外开放有陈列有展览的，但这里的故居就只是在依然由后人或旁人居住的老宅外墙上挂上一个"故居"的铭牌，这似乎是显得"寥落"了些，不过有了前文引述过的黄裳先生的"议论"和他老所引述过的春在堂主那则笔记之"熏陶"，我至少没有像"一般游人"那样对此感到"失望"！是啊，我确实不是"一般游人"，不一会儿，这一点就在我寻访顾颉刚故居的"艰辛"过程中得到了生动具体的说明。

从地图上看，从郭绍虞故居到顾颉刚故居最多也就两三百米距离，可是等我从绍虞先生故居"出来"转到平江路再往南走，大概前后总共问了不下十人——我的"样本"很完备，这些人中包括当地管理人员（像是地勤）、路旁各式小店的服务生，看似本地的过路人，以及像我这样颇有"文化"的外地游客，当我或者用尽量标准的国语，或者"利用"我在沪上霞飞路住过三年的"优势"而习得的听上去很接近苏州话的沪语询问顾颉刚故居怎么走时，他们无一例外地茫然以对。只有一位问我是不是就是"顾家大院"，其实我有点儿记得颉刚先生似乎家境不错——呵呵，我是史学外行，不过某种程度上我们是不是可以从顾先生做学问的"方式"来试着"揣测"他的出身和所谓"家境"？——但我确实也不清楚他家住的到底是大院还是小院？此后再试着问了 N 人，仍然没有结果，我就"只好"过桥"逆行"，沿着刚才那位中年女士说的大致方向往只容一辆人力车通过的小巷深处走去，小巷中一开始空无一人，我有些狐疑地边走边回头，这时一位快步行走的显然是本地的女子从我身旁过去，我如逢"救兵"地马上问："顾颉刚故居"是不是在里面？这位女士以一种我半个多小时来最渴望而不得的无比确定的语气告诉我："是的，一直往里走！"和那位女士"同行"了一两百米，当我终于找到颉刚先生故居时，听着高跟鞋在这雨后的悠长小巷（我刚路过丁香巷，只是不知道是不是就是望舒诗人笔下的那条）中"萧瑟"的

"嘚嘚"声，目送她飘然远去的背影，我才恍然醒悟：原来她每天要路过我寻寻觅觅的颉刚先生故居不知凡几！

虽然故居中显然有人，好像顾先生的后人正在里面玩 IPAD，可是大门是掩着的，"非请勿入"，有"诚"也别"扰"对吧，我的手机又不能拍照，而且至少在此时此刻，我寻访"故居"的热情似乎也消耗得差不多了，我想起刚才在小巷口的一家貌似文人清玩长物店中看到的一副对联："林下自成麋鹿友，世间相去马牛风"。是的，"访旧半为鬼，惊呼热中肠"，可不要忘记我可是出来访书的啊！刚巧见到一辆刚好送完客路过的人力车，我一步就跨了上去。可是"思维惯性"还没转过来："请问您潘祖荫故居怎么走？"分不太清是本地人还是外地人的中年车夫回说："这里故居太多，您得告诉我是那条路那条巷！"好吧，总算是断了念，要上"正道"啦："就拉我到钮家巷口下来！"

人力车还是回到平江路再往前走，不一会儿就把我放到了我此行真正原初的"目的地"。巷口就是一家很有文艺范儿的小店（忘记店名了），一进店门，看店主小伙子面善，就马上确认了下："这巷子里是不是有家叫文学山房的旧书店？"小伙子果然"上路"："还不止一家，前面还有家叫十方的。"我总算是可以定下神来了，旧书店已经是我"囊中之物"，就让我这年华老去的"文艺青年"先在在文艺小店中转转，在"大餐""正餐"之前来点儿"小清新""小甜点"吧。小店里物件很丰富，有音乐唱片，有估计是自己刻录的 MP3CD 存储片，甚至有旧唱机，还有一个艺术类的小书架，有几本台湾商周的繁体字书，还有用多雷插图的《神曲》句子做成的明信片。有点儿为了"答谢"小伙子最后帮助"确认"旧书店址的意思，也是为了给自己留番纪念，我随手从书架上取下了 Bob Dylan 的旧爱 Suze Rotolo 的那册《放任自流的时光》，连同两张翻刻 CD 一起付了账。

十方书店里面竟然有一堆俊男靓女在拍微电影，店主示意我今天不营业了。虽然做理论工作，但平时很少愿意与人"理论"的我这下可是有点急了，"急中生智"："我是专程'慕名'来您这家店的，您怎么能说不营业就不营业呢？您知道我打哪儿来？"当得知我从一水相连的杭州来，店主连叹"那是很远"。经过商量，同意我等"拍影"暂停时进去看书，我"大方地"甩甩手："我也要不了几分钟！"

书店里算是有点儿"家当"的，但直觉告诉我，在这里"捡漏"的空间几乎为零。为了证明自己的"直觉"，我随手拿起一册《隐秀轩集》——是岳麓书社 1980 年代那套小经典丛书中的，我收过其中的一册，叶绍袁的《甲行日注》，记得这套书中还有种我也是通过黄裳先生的访书记才得知其名的张岱的《娜嬛文集》——问这书啥价？诸君猜猜，告以"130元！"好吧，我也不省那点儿邮费了，就直接上孔网去淘吧。临出门前，又看到套上海人民 1970 年代后期校点出版的《王文公文集》，这书我也是在社科院清仓图书时得了一套，记得前面还有罗思鼎同志的不是"大棒"就是"大捧"的"大序"，其实是颇有"收藏价值"的，于是我为了"考验"店主的"眼力"，故意问："这套啥价？"告以"20！"还补了句："品相有点儿小问题。"我闻听颇为悻悻然，而心里想的却是："哪里是品相问题啊，明明是评法批儒时这书印得太多了好不好！"

"放任自流的时光"总是过得最快，我貌似就来到了此行貌似的"终点"：苏州文学山房（旧）书店。这名字听上去就有点儿"传奇"，而更"传奇"的是她的主人，江澄波老先生——我刚要进"房"门，就见一老者正在昏暗的光线中匍匐桌上看旧报，想来这位就是传说中的江先生了，据说江先生的先人就是经营书业的，其曾祖在近代书史上赫赫有名的扫叶山房做店员，祖父江杏溪就是文学山房的主人，最辉煌时群贤毕至，名流云集，而江先生自己也精于鉴别宋明版刻，善目录之学。据记载，杏溪于1949年病逝，文学山房于1956年书业合营，成立苏州古旧书店。后面的历史也就是黄裳先生文章之背景了。虽然早有"逆料"，我在面积很小的"山房"中转了一圈，还是颇有"唏嘘"之感：除了我从中觅得上述记载（见沈延国：《苏州文学山房记》）的王宗拭先生所编的《我说苏州》这一同样"应景"之作，我只得到了两本西学旧译，诸君猜猜是哪两种？一种是余杭韩公水法教授的尊师杨一之先生之译黑格尔《逻辑学》上卷，让人有点儿"惊喜"的竟是1966年2月初版的精装本，印数仅两千册。另一种是梁志学和薛华两位先生合译的谢林《先验唯心论体系》，同样是精装初版，呵呵，其实这书我在大学到哈尔滨玩时就曾经非常幸运地得到过一册了，想不到30年后会在姑苏访书中再次得遇这个版本。那么我藏着这个复本干什么呢？送人吗——就像不久前我把几年前在津门淘得的《小逻辑》精装复本送给了我的一位即将入北大哲学系从法老研习德国古典哲学的硕士生？我记得很清楚的是，当年得到的梁、薛译本前面少一衬页，但那毕竟是"初见"，今天刚得的这个本子除了岁月的印痕，几乎就是十品。那么送出哪个呢？且容我回去后再细细思量吧。

告别江老先生从文学山房出来，已近黄昏时分，考虑到日程安排，我的访书活动算是基本落幕了。访两卷书，观三处景，那就趁着公园下班前的一点余暇赶去沧浪亭转转吧，传说中这是苏州最早的一处文人园林。于是马上打车直奔地处苏州旧城另一端的那个所在。快要晚高峰的感觉了，感觉是正北直达的线路却开得歪歪扭扭，"左冲右突"，谢国桢先生去访过书的苏州图书馆，钱穆先生任教过的、由一位名校友胡绳题写校名的苏州中学，都纷纷从车窗外一掠而过。我并不是说司机在"绕路"，他是一个斯斯文文的中年男，也许是交通路线的限制吧，例如单线限行什么的。正当我和出租司机在车里聊着苏州新旧城的边界时，一幢颇为气派的、看上去中西结合的大房子从车窗外飞逝而去，"敏感"的我忙问司机这是谁家大院。他侧脸看看我，好像是被一个熟悉的常在嘴边的名字卡住了，有点儿结巴地说："鲁……鲁迅的老师……"大概是因为奔波了一天有点儿累，我的脑子竟也有点儿"迟钝"，甚至有一阵短暂的"眩晕"，一定是被姑苏的"人文荟萃"所"眩晕"的吧，不过我还是马上就"恢复"过来了："章太炎？章太炎！"司机连连抬头："对，章太炎，鲁迅的老师，不是鲁迅的老师怎么住得起这样的房子啊！"闻听这话，我"开心地"笑了起来，一般情况下，我是不会再接话的了，对方本来就不是什么"文人雅士"，何必再咬文嚼字较真呢？我本可以"逗"一句：那朱季海的老师住不住得起这样的房子呢？我当然没有说那句，而是非常有"正能量"地说："太炎先生除了是鲁迅的老师，更重要的他还是民国缔造者之一，住这样的房子也并不'过分'啊！"

　　与我一早所到的拙政园形成鲜明的对照，沧浪亭门可罗雀；是一个半阴沉的傍晚，我也算是比较快速地转了整个不大的园林一圈，确是一个文人雅集的好去处。但说出来不怕有识之士笑话，我之前一直以为此亭不是与陆羽有关，就是与严羽有关（因为陆羽、严羽本就容易"混淆"嘛！），及至在有些灰暗的光线中吃力地念完了苏舜钦那篇《沧浪亭记》，真是汗颜异常，也得一教训："胸中半瓶水都不到，千万不可以附庸风雅！"不过我书虽念得少，身上大概还是有点儿"朴茂"甚或"风雅"之气的——即将步出沧浪亭时，我来到了张之万题写轩名的面水轩，这个张状元之万我可是"认识"的，而且是通过他的族弟南皮广雅张之洞"认识"他的，"短艇得鱼撑月去，小轩临水为花开"，何等雅趣，而等我朝此等"雅"轩内望去，早已不见吟风弄月的"文人雅士"，只见一桌子嘻嘻哈哈的"市井小民"正在玩一种简单的牌艺游戏！而当我坐在沧浪亭口临水的一个亭子中一边歇息，一边拿出我刚才访书的"成果"开始"欣赏"时，我忽然"悟到"黄裳先生对旧书业的"辩证"看法确实是有其"道理"的，刚才我在面水轩看到的那一幕不就是对那肌理同样的历史演进活剧之最生动逼真的写照嘛！

　　"美好"的一天行程即将结束，我也就将赶去观前街和亲友一道"享受""市井小民"的"和谐""生活"了，话虽如此，我也还是不甚"甘心"，在沧浪亭大门口坐上一辆人力车后，我就冲车夫打听起黄裳先生（当然我没有提这个名字）到过的人民路（也就是当年书铺林立的护龙街）上那"剩下了一家"的苏州古旧书店现在到底还在不在？想不到车夫是个货真价实的老苏州，明确地告诉我还在，而且马上就拉我过去。我在感到"劫后余生"的同时当然也无比清楚，我到那里去大概并不是去访书，而只是去"访古"的，即使那是幢新式建筑！尚有"古意"的人力车和它的似乎更有"古意"的主人——例如他对我议论说，七里山塘那是一个假景，没有了"原味"，是骗骗外地人的；然后他有些"自相矛盾"地建议我去看参观留园夜游，因为那里有仿古表演；不过我觉得他最好的建议（部分因为我这次无法实现了），是提议我坐船去环苏州古城游——把我放在了书店门口。店前人来人往，一片熙攘，说是旧书店，那确是名不副实的，黄裳先生当年到时就曾感叹："依旧是满壁琳琅，不过和30年前相比，那时摆在地摊上的货色似乎还要比现在放在玻璃柜里的质量高得多。"那么现如今呢，我过去瞅了一眼，大抵都是些"高端"的"礼品"书吧。看到书店的电子屏幕上显示书店即将装修，全场打七五折。我脑子一转，记得文物社的字帖好像在网上折扣也是很高甚至几乎不打折的，于是就颇为"精明"地匆匆地选了几种以为"纪念"。呵呵，其实我是从来只买帖、观帖而不临帖的——帖子本来就是摹本了，再在上面"临"，那不是摹本的摹本嘛，相当于柏拉图所谓"影子之影子"，难怪他老人家会在诗人与哲学家之争中"一边倒"啊！

一日半的姑苏漫游真要结束了，如那个车夫所说，这点儿时间确实是太短促了，连走马观花都够不上，而要好好感受下苏州，至少得慢悠悠地住上个十天半个月吧。谁又说不是呢？可是，如一位比利时汉学家兼评论家李克曼所说："意外得到的印象会在我们的感性上经久不消；因为我们没有刻意去寻找——尤其没有特地为此预订团体旅游的位子。"他又说："记得爱德华·摩根·福斯特曾有这么一句话，他说，只有辗转迂回获得的东西才会真正留在记忆里……最后想来，其实依然能让我们脱离枯燥无味的现实景观的，也许是偶然的阅读和书页上的眉批。"谁会说不是呢？然则苏州我还是会要再来的。那么下次怎么来呢？我想起最初邂逅张维良先生演奏的《平沙落雁》一曲时，曾经到网上搜索他学艺的旧事，说是他刚拜师赵松庭先生学艺，每周末晚上从苏州坐船，一夜潇潇后，到杭州卖鱼桥下船，为了省钱，他不坐公车，步行到赵先生府上受教。那么下次来苏州，我就到卖鱼桥坐船去，不过在此之前，我还是要先去"攻略"一番：看看这个曾如赵、张师徒演奏的洞箫般悠长的"夜航船"会不会因为高速公路、动车甚至高铁的"分流"和"冲击"，早就进入历史的博物馆了？！

2014 年 9 月 11 日，浙大紫金港

"走天呵白鹿，游水鞭锦麟"
——暑假游水流水记

话说余杭韩公法老在获赠我刚出的博文集之后，每于自家"高头讲章"之余，于听风阁朝夕讽诵拙集，且频频于暑假将尽之前飞信我品评商榷，其要旨大致可以四字概括："有神少文"。例如他评我"三访北大"之第三访为"有神"云："就是行走自如，想象自如，无拘无束，想看就看，想想就想，想走就走。景为真切，人皆神交。"又如"商榷"我不当称"津门纪行"中所引梁任公之两副集联——"独上西楼，天淡银河垂地；高斟北斗，酒酣鼻息如雷"，"水殿风来，冷香飞上诗句；空江月堕，梦魂欲渡苍茫。"——为对联，有云："如是上下联，不对，用词平仄皆不对。上联最后一字当为仄声，下联最后一字当为平声。当然有以仄收的，但上联最后一字当为平声——这是一个基本判断标准，但也不足够。另外，'酒酣鼻息如雷'与'梦魂欲渡苍茫'词、句法皆不对。但'天淡银河垂地'与'酒酣鼻息如雷'就对了。地是仄声，雷为平声。"云云。

虽然这并非我初次领教法老之"博雅"，但既有了这样的"经验教训"，当我又欲用自家这支秃笔在这暑假尽头"总结"下我的游泳抑或野泳经历时，无论如何就得避免上述"少文"甚至"不文"之情形再次发生了。文章好写，标题难给，百思得解，乃名之曰"游水流水记"——"游水"者，粤语表达游泳之说辞，看似今语，保存的却是"古意"，所谓"'语'（礼）失而求诸粤（野）"者是也；"流水"也者，则仍然是大白话，按部就班，照时序记录者是也。

我之学会游水，乃是我父亲教会我的，是在五六岁还是七八岁则已经记不得了。记得那时乡下教人游水都是成人用手掌（或握成拳）托着小孩的下巴，大人在水中倒走，让小孩半自主地浮水，而为了让小孩熟悉水性，增加胆量，有时明知其还不能自己游开去，也会突然放开手，让其在水中挣扎一番。"从量变到质变"，我至今还记得能够"自主"游水一瞬间那种有点儿飘忽的美妙神奇的感觉。就我的经验，那种感觉大概只有刚学会自行车的感觉差可比拟，只不过前者无疑更为"空灵"、更少"凭借"而已。

自从我学会游水之后，毫无疑问它成了我童年时获得乐趣最大的一项活动，以至于那时候生活中的许多记忆都是关于游水的。我那个村子规模的小镇附近大致有三个游水处，一是一个我们称作"大塘"的池塘，乡人都在那里洗涤生活用品，可想而知水质并不甚佳，就算是聊胜于无吧，记忆中印象最深的是晚上在那里游水，因为那时候别处都去不了或者不敢去了，而那个池塘除了一边靠着马路，其实算是"镶嵌"在村子中的，甚至有一户挨着池塘的人家还建了一个水上天井，从他们家的房子可以直接通到那个没有围墙的小"院落"中。这些都一定会让那个在夜色中游水的小男孩多出几分安全感的吧。记忆中有不多的几次，当我在那个池塘中游水时，我那平素颇为严厉的母亲正"难得地"在池塘边一边洗衣服一边等待我上岸。二是村前小山塆中一个不大的水库，记得山墺最顶端是一个小农场，那时候叫作"副业队"，我爷爷"业余"在那里帮他的一个朋友做些活计。在那个水库中游水印象最深的是和一群小学和初中同学在水中打闹，例如把别人坐在上面的救生圈（用废弃的汽车轮胎修补充气而成）翻转过来，自己坐上去，又被人翻转过去，比较极端时甚至直接就在水中"互掐"。一边游水，一边感到自己被群山"环抱"着，是那个小水库最早给了我这种经验。不过印象中那些山好像都是光秃秃的，不像现在这样草木茂密，郁郁葱葱。三就是我在那里学会游水的那个所在，其实那也是一个方方正正的小池塘，其特殊之处在于底下的一汪泉水乃是这口池塘的主要水源，由此导致其水温比一般的池塘甚至水库都要低上好几度。记忆中到那里玩水的感觉是最刺激的，池的北端是一个山石砌成的高岸，我会从那里纵身跳下，是"标准"的跳水动作，而以摸到几米以下的塘泥作为"成功"的标志和对于自己的"奖赏"。我也会以从池塘的一端一个猛子下去直到另一端上来为乐。每当放学之后或暑假期间，我都会在那里从下午一直玩到夕阳西下，到我母亲杵着晾晒衣服用的竹竿子到水中来找我。最难忘的是，好多次都要玩到上岸后感到头晕目眩，甚至想要呕吐，于是跄跄着回到家里，先不换洗衣服，而是赶紧搬来一条凳子，颤巍巍站在上面取下我奶奶装冷饭用的竹制"饭淘箩"（这是诸暨家乡方言），就着绍兴梅干菜狼吞虎咽一番，"神奇"的是马上就能够定神"还魂"了。直到很晚我才知道，这是典型的低血糖症状，其实是有某种危险性的，呵呵。

离开家乡到草塔上高中的两年，我的游水记忆就要淡漠稀疏得多了，只记得学校宿舍前面有一个游泳池，我是曾经下去过的，但似乎不复家乡池塘水库之乐了。多年前回到过我的高中，发现除了那空荡荡的宿舍和那个干涸的游泳池，校园已经面目全非到自己都快认不出了。大学四年在长春，我也并没有到有名的南湖游水的经验，而只在毕业前夕去过长春游泳池一两次，我曾在那里挑战自己潜水的极限，要么是我记错了，要么是长春的游泳池不够"标准"：在我的"鼎盛年"，我可以从一个标准池的一头下去，另一头上来——是纵向的一头到另一头！还记得是和江苏高邮和辽宁抚顺的两个同学一道去的游泳池，那个抚顺同学一到水里就夸我打腿打得特别好，而从扬州来的同学水性自然差不了。从1988年毕业后，我就再也没有见过这两位老同学了，听说一位已经移民加拿大，另一位则在甘肃从政。

在我的游水"历史"中，一个重大的经验是从大学后期开始的那几年，因为暑期到舟山"省亲"（看望自己的女朋友），加以毕业后在那里工作两年，我通过发展变化和进一步"完善"自己的"泳姿"，"征服"了大海和定海岛上的大小水库。我曾经在晚上下到普陀山的千步沙，夜色中大海的幽深和吞噬力至今让我记忆犹新。在这里要加上一句的是，如果说淡水河畔是这世界上最适合恋人的地方，那么普陀山却是我心目中最为罗曼蒂克的一个所在，原因盖在于那种世外桃源般的感觉确实能够深深地激发起人们对于另一种红男绿女的生活的向往！不过，我去"做功课"最多的仍然是朱家尖海滩。自从离开舟山后，我也几乎每年都要到那里与海水"亲密接触"。反正如果是集体行动的话，每次我都要游到同伴们"望眼欲穿"地站在岸上等我"归来"；又有一次我在水中"偶遇"从金华来的一对父女，我们相互"奥援"，在防鲨网外"遨游"，直到救生员动用快艇来把我们"捉拿归案"。记忆中最难忘的一次是，台风之前还是刚过，海上浪还比较高，我一个人下到东沙——这是朱家尖无需买票的一个沙滩，因为这里滩陡浪大，其实是一直没有正式开放，但也没有或者无法管制封闭（因为一些海边的酒店和住户是可以直接通达海滩的）——"纵浪大化"一个多小时，当我终于上岸时，六七个一字排开的、皮肤被吹晒成古铜色的"土著"救生员纷纷向我竖起了大拇指，而那时我想起的却是我的半个师兄倪梁康教授那篇发表在《天涯》上的几乎没有什么人注意过的小文"一个人的海滩"！

话说今年的暑假，我的游水经历其实是从8月才开始的，此前一直都没有离开杭州，最多也就是到学校的游泳池里"煮饺子"。8月初回到老家后，我就开始寻觅可野泳的水库——近年我已经把这个当作暑期回乡的最大"福利"了。此次回乡，有人告知我以往暑期常去游泳的几个水库要么禁游了，要么水质欠佳。于是一天伙同一个在澳门念书的小朋友领着他的两个小朋友一同到我去年就去游过的横坑水库碰运气，不想彼一时也此一时也，打从我们登上大坝开始，就有两个乡民一路尾随着我们，贴身紧盯，让我们无法下水。我们不想让他们过于为难，他们也好心建议我们可到附近的陈家坞水库去游水；那位小朋友开着一辆一百多万的路虎新车，而他自从拿到驾照后就没有碰过几次车。也是难为他了，车子沿着只容一车通过的溪坑路来到大坝下面，而等我们登上所谓大坝，发现所谓水库也就一个池塘大小，似乎水质也很一般。小朋友们虽然都上大学了，其实只是来玩玩水的，一会儿他们三个就抱着救生圈在水中开始聊天了。而我勉强游了几个来回，却没有以前那样高的兴致。还有一点是，"塘"中水温颇高，一点儿也没有水中的清凉感，对我这样在冷水中泡大的，这与其说是在游水，不如说是在泡澡了。

在这种心情下，第二天我就在一个乡村出租的建议下搭他的车来到距故乡小镇十多里地的上游水库，其实我当然是知道这个水库的，记得初中（81、2年吧）时为中考到一农校上"强化班"，到那里就要经过这个水库，我至今还记得我的数学老师班主任带领我们登上大坝后沿山路前进的神情，因为他当时指着已经隐约可见、其实就是在水库边的农校校舍，说了一句家乡话，大意是，目测触手可及的距离，会让你走到累趴下。对那次徒步行进印象这么深还有个原因是，我未来的女朋友也在这个队列中（老师和同学们都认为我们那时候就已经是男女朋友，这个我们都是不予承认的）；从那以后我就再也没有到过那个水库，就正如我再也没有别的女朋友了。面的直接把我放在水库大坝上："上游水库，我回来啦！"水质似乎没有我想象的那么好，但也一定不坏，更重要的，放眼望去，整个水库除若干垂钓者，游泳的就我一个人。水库呈Y字形，我先是作试探状的游了一条斜线，大致熟悉地形和水况后，我就放开游去了。也就个把小时吧，差不多把整个水库游了一圈，也就两三千米吧，从连续游水的量而言，在我近年也算是一种"突破"了，因为海中游泳一般我就游到防鲨网，而以前游过的水库也很少有像目前这样形状适合我"展开"的。其实我还从来没有（除了小时候）挑战过自己的"极限"，我并不清楚自己可以连续游水多少个小时。大概那就像一个物自体，是在现象界的我自己把握不到的吧。可聊记一笔的是，游完上岸后，我还光着膀子无比轻松地走过那个名为楼家坞的小村，登上了把我所在的乡镇和我上高中的乡镇分隔开来的一条山岭——诸暨分水岭，独立伶仃，看车来车往，远眺我的高中所在地，嘴里却自然地哼起了当年风靡一时的"垄上行"。

转眼到了月中，我和张国清兄一起赴长春参加吉林大学姚大志教授主持召开的政治哲学会议。正值暑期嘛，而且"奇怪"地，长春的气温似乎比杭州还高，于是甫下飞机，我就询问来接机的年轻朋友哪里可以游泳。东北朋友觉得颇为可怪，大概他们有冬泳的，却少夏泳的，就只是告诉我北方水温较低，夏天下水前要做足准备运动。到了住地，我才发现会议代表被安排在长春东郊的石头口门水库，水库总长二十多公里。这不是游水的绝佳去处嘛，于是当天下午，就有国清、杨顺利（《规范性的来源》译者）和一位编辑朋友一起陪我去水库，国清抢先下水了，但不到十分钟就上岸了，只有我一人在水里漂游个把小时。顺利小弟还把我的泳姿拍成了视频，这是我第一看到自己动态的游水图。在我自己的经验中颇为新奇的是，由于北方独特的天候以及这个水库的形状，大坝口风大浪高，甚至不亚于海滩。因为水域面积大，又是个半阴天，水面散发出褐色，而我又不熟悉水况，其实是容易让人有点儿紧张情绪的，好在有朋友观游，这就为我壮了不少胆。第二天赴吉大开会至晚方归，无话。考虑到一同与会的余杭韩公水法教授第三天中午就要回京，我撺掇他当天早上去水库游泳，于是加上国清和周濂共四人趁会前的余暇赶去水库，国清再次抢先下水，老韩见状按捺不住也下去了，我慢条斯理下去，周濂不肯"湿身"，岸上观游。不一会儿，前两位都急急上岸了，国清是惯常的"浅尝辄止"，倒也不足为怪；老韩则是泳姿不对，那种标准的蛙泳并不适合在有风浪的水域。只有我再次在水里俯仰自如四五十分钟。最后经不住他们再三催促，上岸赶回开会。四人行走在大坝上，老韩兴致颇高，"正经"点评曰："大侠你是野游第一，段子第二"（写段子还有点儿"矜持"，野游时全然放开），并誉我为中国政治哲学界第一野游手，这时周濂"心领神会"加上句"看来翻译只能排第三了"。这等好事儿可不能没有我们的"好人"国清的份儿，我于是不假思索笑说："国清是翻译第一，原创第二，游泳第三"，国清憨笑，其他人"奸笑"。读者诸君，那么老韩呢，我再次灵光一现，笑谓："老韩是翻译、原创和游泳并列第一，但游泳第一仅限于中央党校游泳池子"。于是众人大笑。

会议于当天下午圆满结束时也就三点多钟，姚老师建议我们一起去水库边上走走。于是我又带上游水"行头"和他们一起前往了，并急召顺利小弟前来伴游。沿着水库左侧走了一段，姚老师还一路不断为我们找寻合适的下水点，最后决定还是返回大坝下水，并有国清、顺利以及若干姚门弟子陪我到大坝下水。颇为让人感念的是，姚老师这回派出了已经从他这里博士毕业、现在吉大行政学院任教的朱万润小友为我"保驾护航"，盖由于万润小弟从小在我大学班队实习时曾经一人游过的大连海滩上泡大，水性甚是了得。有了我大学时读到过的邓刚那些个就以大连为背景的小说中描写的"海碰子"护驾，我自然是游得更为自如和尽兴了，我们不但游到了我前几次下水都没有游到的"远距离"，而且在水库中"遥相呼应"地"秀"了一把踩水"绝活"，让岸上的老少爷们看得不亦乐乎；我们起身回游时，万润小弟还轻声笑话刚一起下水但不一小会儿就上岸观游的那几位"衣物也穿得太快了点儿吧！"而等我们回到杏花山宾馆，姚老师早就备好告别宴在等候我们了，待我们坐下，姚老师举起杯没有祝贺会议成功而是说："先祝贺应奇游泳成功！"我于是马上"抢白"了越来越有老夫子感觉的老师一句："姚老师，我对这次会议的贡献可是全方位的啊！"姚老师宽厚地笑笑，这时颇为"机灵"的姚门弟子有人"补充"："'大师兄'（原话是'应老师'）这次真是回来得有价值，平时从未见姚老师这么开心大笑的！"我本想说句"那就多向哥学点儿吧"之类的，但却是忍住了——我确是要多学学姚老师的仁厚之气了，记得姚老师说完"祝酒词"还补了句："应奇一日二游，我原有些担心的，不过刚才有朱万润一起下水，那我就放心了！"

好时光总是过得最快，转眼间我们就要离开石头口门水库了。我和国清兄事先就计划好会后要到吉林市去转一转，一是因为我大学在长春四年，居然没有到过那里，这就相当于在杭州四年没有到过绍兴；二是虽然夏天没法看雾凇，但我打算在松花江里游泳，去年夏天在哈尔滨，虽然看到有人在松花江游泳，但还是担心水质没有下水，而吉林市靠近松花江源头，水质肯定要好不少。离别早餐时，刚好有一位吉大哲学系的年轻朋友王庆丰兄愿意把他的车子借给我们用，于是我们一瞬间就成了自驾游了，国清免费驾车，本人亲自指挥，二话没有直奔吉林市而去了。

导航把我们一直导到了刚早餐时听来的滨江北路，城市确是"有水则灵"，这里真有点儿像冰城哈尔滨，不过要更为"婉约多姿"些，虽然明显还是北方的天候和调调。我们先是漫无目的地沿着以 S 行穿过吉林市区的松花江边，在车上兜风观光。用国清的话说，大概很少有像我们这样不做任何攻略做自驾游的。为了要找点吃的，就临时按路标往火车站方向开，见有"集市"就找地儿停下，匆匆吃了点午餐（朝鲜冷面，我还加一瓶啤酒），在报亭上买了张市区图，我们就直奔松花湖而去了，目标很明确，去丰满水库游泳！就在过桥转上吉林大街时，一眼看到有人在松花江游泳，我一时技痒，国清"宽慰"说，等那边游回来再游这边好了。沿着松花江边大道，一直往上游走——这确是我见过的最美的一条滨江道——十多公里就到了丰满水库大坝，为车子掏了张十元钱的票，我们就长驱直入了，门票上介绍松花湖（丰满水库别名）总长两百多公里，我心想这回至少得"飙"它个几十公里吧，不想开了不到十分钟就没路了，问路人，告以"没钱，还没开发！"好吧，"弱水三千我只取一瓢"，那就找地儿住下来游水吧。至于住地，其实我早就

"眼尖"瞄上了"沈铁丰满疗养院",而国清大概是为了"省钱",一开始还嚷嚷着再找找,最后估摸着还是被他那"求是特聘"的"身份"所"警醒":"没有必要省那点儿吧!"托国清及时"觉悟"——据我长期观察,国清虽然一次反应慢些,二次反应还是偶有"神来之笔"的——之福,我们终于住进了并不轻易对外开放的计划经济时代最具人性色彩的"遗迹"——铁路工人疗养院,知识分子也是工人阶级和劳动人民的一部分嘛。确实是超值的"性价比",我们住的是正对湖面的一幢小楼,三楼顶层也就三五个房间吧,我和国清分住两侧"厢房"——知识分子嘛,呵呵。刚安顿好,我就和国清提着"家伙",沿着小楼前面的一条铺砌得洁净整齐的"花园"小径下水了,又是国清抢先下水,这回还没碰到水,就连连感叹:"这水真好,绝对一类水,简直比千岛湖水还好!"我则要低调从容得多,以实际行动体验此水之好——我采用一种经过长期实践和淬炼的侧游泳姿,一般情况下,我换气时用鼻子吸气,嘴巴吐气,这样可有效防止水进到口腔"滞留",但是在丰满水库,在丰满疗养院"私家花园"般的这片松花湖,换气时我自动地张开嘴,水流自在进出,我自吐故纳新!不一会儿,国清就感叹"水太冷啦!"于是匆匆穿衣,上岸观游,最后还是在我的劝导下,唯一一次没有坚守瞭望之责到底,而是先回房歇息去也。

松花湖游水确是此生难得的经验,高纬地区特有的水天明净一色不说,特别是夕阳西下时分,那种"寒"气罩大泽的感觉让人顿生"超凡脱俗",犹如置身仙境之感。虽然对游惯南方水库的"水碰子"来说,水稍稍有点儿凉,但对于"征服"过大海的"海碰子"来说,这也不算是什么啦。最主要的是在水里充分的放松,而那种身体和水流(因为水质)无比熨帖的感觉最最真切地"印证"了"传说"的"真实性":人乃是由鱼变来的!

兀自独享松花湖一个多小时回到"湖景房",我仍然颇为兴奋,心想这样的好时光怎能不"显摆显摆"?我并没有加微信,除了"比邻若天涯"的国清同志,朋友圈也很小,于是"照例"还只能简讯"骚扰"法老:"从吉大借了辆车自驾游,国清一路开到丰满水库,住沈铁疗养院,窗外是中国最大的人工湖,刚野游回来,将去松花'鱼'。"正在听风阁"补"念会议论文的法老立即回说:"自驾游比较偏向社会应得,自如游比较偏向自然应得——发挥一下国清理论。"法老毕竟不是国清和我那样的"书呆子",观察力了得,且善下"判断"(虽然《判断力批判》迟迟未开笔译,记得数年前他曾对我"抱怨"说:"俗务太多,若能得一妙处住下,'衣食无忧',不出两个月就可译竣"。我心想,这松花湖畔就该是"第三批判"韩译本之最佳诞生地啊),不一会儿又"发挥"说:"第一游有悟性。'游''鱼'及你们的喜气洋洋乃社会应得。"

连"第三批判"这样的"精神食粮"也毕竟不是万能的,已是晚上七点多了,饥肠辘辘,估摸着我的"车夫"的体力也已恢复得差不多了,于是我就招呼国清前去觅鱼果腹。天已经沉黑下来,已经"开发"的这条湖边的山路其实也还是很"崎岖",只有丰满水库大坝上的警卫还没有下岗。一切都还是那么"质实",只有车子里那片我不几天前从苏州平江路一家文艺小店连同 Bob Dylan 的旧爱 Suze Royolo 的那册《放任自流的时光》一起淘来的"乡村音乐百首"中飘出的声音还有些"缥缈"。貌似四周唯一的光亮也就是我们的车灯了,摇落车窗,外面反而更显静谧了,我有点儿"同语反复"地对国清说:"与白天相比,这音乐这会儿似乎更'乡村'了。"想不到一天开车兼被我这个"向导"折腾得够呛的国清脑子还颇为清楚,二次反应照例还是快,如"醍醐灌顶"般地频频点头表示同意。

在丰满水库大坝下的路边饭庄吃到的深水鱼、冷水鱼的美味我就不在这里绘声绘色了，这毕竟不是在讨论哲学问题，就以从小在浦阳江边吃鱼长大的国清的口味为准吧——再说，他对鱼的哪些部位口感最佳的感觉确实要稍强于他对哪些哲学问题更为根本的感觉！确实是一个难忘的夜晚，一顿难忘的晚餐！唯一的遗憾是，国清因为要开车，就没有能够喝酒，只是在最后实在是因为不愿意辜负眼前的"湖仙"和"酒仙"，勉强喝了一小杯啤酒。其实早过了打烊时间、只是因为我们两位客人而推迟回家的店主见状就好意地提醒："如果要往前走，开车回到市里去，那是不能喝酒的。"我不假思索就说："我们往回走，我们住在疗养院！"而国清却是抹抹嘴角的酒痕，言之凿凿地说："没有喝酒，没有喝酒，谁看到谁喝酒啦！"

回到疗养院已近10点，按照预约好的日程，我们明天中午之前要赶回吉大去拜访一位老师，这就意味着我们一早就要离开松花湖了，而明天更早时候我一定还是要再次下水游泳的，可我却丝毫没有睡意；虽然湖上早已是漆黑一片，可我却还要独自"欣赏"湖景——谁让我们住的是湖景房呢！兴许是因为那夜已经深得像那松花湖的湖水了，窗外传来的机船的那本该是浊重的马达声却显得那样清澈。已经是午夜一两点钟了，游客们和疗养员都早已入睡了，这声音就不可能是从游船上发出来的。刚才路边饭庄的店主向我们"回顾"丰满水库当年的辉煌时曾经说，当年从松花江上游用轮船转运下来的货物（估计主要是木材？）都要在大坝附近的码头上装运到货车上，那时这里可是有铁轨的，而现在这里的码头功能早就废弃了。难道是深夜偷鱼人？技术上的问题不说，这里毕竟就在"公权力"眼皮底下，任谁有这么大胆呢？原来世界之大，有些事的存在本就是为了让人百思不得其解的啊。最后我想到的竟是，这里实在是太静寂了，如果没有那些机船的马达声，简直会让人有死寂之感，而那些马达声，大概就是来传递"天地盈虚"之"消息"的吧——"升沉常自得，消息一何佳"，就是在这"何佳"的"消息"中，我在松花湖畔沉沉地睡去了。

暑假就要结束了，我的游水流水记到此也要告一段落了，料想一向喜欢"挑刺"的法老——最近的一个例子是，石头口门水库三人游回返途中，我谈起上次在杭州游游泳池之水时碰到一位老干部，他与我回忆当年全国人民被号召游泳时，近千人早上八九点钟从桐庐三江汇合处下水，下午三点游到钱江大桥的壮举，闻听此"妙段"，法老却一脸严肃地用他所欣赏的分析哲学风格反复申论那么长的距离是绝不可能一天游完的——一定还是会"故伎重演"：呵呵，一个凡夫俗子的游水经怎么敢用"走天呵白鹿，游水鞭锦鳞"来"比拟"，这岂止是"不文"，简直就是"不伦"嘛。法老说得并不错，我手里只有两种长吉诗集，一种是"大路货"，上海古籍 1978 年版的《李贺诗歌集注》，也就是《三家评注李长吉歌诗》；另一种反而较为"稀见"，是比较文学学者叶扬教授的尊人叶葱奇老先生编订的《李贺诗集》，人文社北京 1959 年第一版，据编订者自谓其注释"采取旧说约十之六七"。而"兰香神女庙"一阕中，其注前句云："《神仙传》：'卫叔卿者，中山人也，服云母得仙。汉元封二年八月壬辰，孝武皇帝闲居殿上，忽有一人乘云车，驾白鹿从天而下。''呵白鹿'即暗用此事。"后句云："《列子》：'琴高者，赵人也……入涿水中取龙子，与弟子期之，曰："可洁齐侯于水旁，设祠物。"果乘赤鲤来。万人观之，留月余，复入水去。''鞭锦鳞'即暗用此事。"那么就让我用这个暑假游水中一个最具"仙气"的场景和一个最为让人"捧腹"的段子来"自我拔高"地为自己稍作"辩解"吧。

几天前我又在一次短暂回乡之际"忙里偷闲"地重游了上游水库，那是一个久雨初晴后的上午，九点多钟我就一人来到水库大坝上，放眼望去，水面比上次来时高出了至少有四五十公分吧，奇怪的是，至少表面看去，水质反而更好了。与前次不同的是，水库中空无一人，连一个垂钓者都没有，更不要说游泳的人了，既然如此，我就不做环游，而是与大坝平行地来回游，游到另一头时，发现水库侧坝已经浸没在水中有二十来公分的样子了。我跃身坐在侧坝上，"上游之水清兮，可以濯吾足"，只见水中有半个小拇指大小的游鱼翩翩，阳光下散发出淡淡的鳞光；抬头朝 Y 形水库"交汇"处望去，秋山幽静，四无人声，唯见远处白鹭翱翔，自在来去。法老法老，此情此景，也"差可比拟"诗中意境了吧。至于诗中的"主人公"嘛，我想起在石头口门水库最后游水那次上岸后，国清告诉我，刚才岸上有人见水中忽而"相踩两不厌"忽而"仰卧晒日光"的我和万润小弟，好奇地问他："这是不是一男一女？"我也好奇中忙问国清是怎么回答的，他难得诡异地笑答："我说两个都是'女神'！"虽然国清这个回答"难得地"颇有"智慧"，我还是"照例"要"逗""损"他到底："你怎么不说是神女啊？！"

2014 年 9 月 5 日，紫金港

辑　二

"底"的哲学

　　金岳霖的《冯友兰〈中国哲学史〉审查报告》是中国现代哲学史上一篇著名而且重要的文献。在这篇"报告"中，他第一次清晰地提出了"中国哲学的史"与"在中国的哲学史"的区分。这个区分当然是基于"中国哲学"与"在中国的哲学"的区分而做出来的。在此基础上，他进而指出了写中国哲学史的两种不同态度："一个态度是把中国哲学当作中国国学中之一种特别学问，与普遍哲学不必发生异同的程度问题；另一态度是把中国哲学当作发现于中国的哲学。"金岳霖认为冯友兰是把中国哲学史当作在中国的哲学史来写的，但与胡适的《中国哲学史大纲》"是根据于一种哲学的主张而写出来的"不同，冯友兰并"没有以一种哲学的成见来写中国哲学史"。这里的关键是在于，金岳霖一方面认为我们"可以不根据任何一种主张而仅以普通哲学形式来写中国哲学史"，另一方面又认为虽然冯友兰既有"成见"又有"主见"，但他并"没有以实在主义（现在通译为实在论）的观点去批评中国固有的哲学"，而他之所谓"哲学是说出一个道理来的道理"，也表明他所注重的"是一种普遍哲学的形式问题而不是一种哲学主张的问题"。也就是说，他所注重的，也是得到金岳霖认同和赞赏的，"不仅是道而且是理，不

173

仅是实质而且是形式，不仅是问题而且是方法"。

即使在经历前些年相当热闹的所谓"中国哲学合法性问题"的讨论之后，金岳霖关于哲学史"方法论"的思考和表述也仍然颇为发人深省。不过，与他在这个报告中事实上更注重"理"而非"道"，更注重"形式"而非"实质"，更注重"方法"而非"问题"不同，我们仍然要把问题"拉回"到前一个维度上。就此而言，在金岳霖和冯友兰的时代，对于"中国哲学"与"在中国的哲学"的区分，有一个继承自传统的、更精炼也更为"传神"的表述，那就是"中国的哲学"与"中国底哲学"。在这一点上，冯友兰反倒是更为传统的，他对"的"和"底"的使用也是更为一贯、最为严格地遵循朱熹的用法的。按照牟宗三的表述，"在朱子，'底'作形容词，如是'的'字当作所有格用，与今日正相反。"这个意思，其实用英文来表达反而更为清楚，如果按照朱熹和冯友兰的用法，"中国底哲学"就是 Chinese Philosophy，"中国的哲学"则是 Philosophy of China。而牟宗三所谓"今日"的用法，则倒过来。在按照后一种用法的情况下，再用金岳霖所谓"普通哲学"或"普遍"哲学的语汇来表达，在"中国的哲学"中，因为"中国"是用来"形容""哲学"的，于是其"规定性"乃"内在"地进入到"哲学"的"规定性"之中，两者是一种"内涵性"关系；而在"中国底哲学"中，"中国"与"哲学"的规定性乃是相互外在的，两者是一种"外延性"关系。

"的"与"底"的区分，至少在语言，或者在用词的层面上，已经在后民国的时代消失于无形了。但是在海峡对岸，特别是在所谓海外新儒家的传统中，这种区分仍然得到严格的而且被赋予在学理上"别开新境"含义的遵循，这里最典型的就是牟宗三。

如所公认，三大卷的《心体与形体》在牟宗三的学思历程中具有尤其重大的意义，而我们在这里所注意的也仅限于它与本文目前的论题相关的方面。在这部巨著至关重要的"综论"部分，牟宗三的主旨当然是在于指出康德只能证成"道德的神学"，而不能达成"道德的形上学"。为了说明这一点，他特别提出了"道德底形上学"与"道德的形上学"的区分。按照他的说法，"前者是关于'道德'的一种形上学的研究。以形上地讨论道德本身之形上原理为主，其所研究的题材是道德，而不是'形上学'本身，形上学是借用。后者则是以形上学本身为主（包括本体论和宇宙论），而从'道德的进路'入，以由'道德性当身'所见的本源（心性）渗透至宇宙之本源，此就是由道德而进至形上学了，但却是由'道德的进路'入，故曰'道德的形上学'。"

　　牟宗三对"的"和"底"的使用"倒转"了朱熹和冯友兰的用法，如果说语词的用法更多地或者基本上是一个约定俗成的问题，那么哲学家们这种试图赋予旧词以"新义"的努力所传达出来的实际上是他们通过重构以重建传统的一种雄心和抱负；正如这种重构和重建本身就是由一种异己的传统所激发，它也必然需要借用那种异己的传统。牟宗三所谓"不懂得康德就无以懂得孔子"正是应当在这样的意义上来理解。

　　李明辉在"的"和"底"的用法上谨遵师说，例如他曾经从德文翻译康德那本"伟大的小书"，牟宗三译为《道德底形上学之基本原理》，他则译为《道德底形上学之基础》。而我们在这里要引入讨论的乃是李明辉在早年那篇《独白的伦理学抑或对话的伦理学：论哈贝马斯对康德伦理学的重建》中对"对话底伦理学"和"对话的伦理学"的区分和使用——准确地说，他是在一个新的语境中"重新"启用"的"和"底"的用法来表达哈贝马斯的学生韦尔默在《伦理学与对话》中所提出的那种概念上的区分。

这个语境就是所谓"后形而上学"的语境和"对话伦理学"的语境，在这里，前者又是作为后者的"语境"而出现的。哈贝马斯基于康德尚未实现从主体性哲学向主体间性哲学的转换（相当于从形而上学向后形而上学的转换），断言康德的道德哲学是独白的。韦尔默在对哈贝马斯的批评中，提出了"对话的伦理学"（dialogische Ethik）与"对话底伦理学"（Ethik des Dialogs）的区分。按照他的说法，前者以对话原则取代道德原则，后者并不混同道德原则和对话原则，而只强调由对话底语用学基础证成道德原则，所以道德原则只是衍生的。李明辉同样认为，只有从"意识哲学"范式转换到"语言哲学"范式，才能从"对话的伦理学"扩展到"对话底伦理学"，但鉴于哈贝马斯并不了解康德对绝对命令的论证策略，从而未能对康德伦理学提出强有力的内在批判，所以上述范式转移并无必然性，哈贝马斯也并无充分理由坚持康德式的绝对命令必须有一种先验语用学的证成，而韦尔默之试图扩展康德伦理学为一门"对话底伦理学"，也就失去了根据。

究竟是从道德原则推出对话原则还是倒过来从对话原则推出道德原则，这个问题可能并没有一个绝对的一劳永逸的答案。在相当程度上，这是因为在学院哲学的争辩中，持前一种观点的一方会倾向于强调道德原则本身就"包含"至少是"蕴含"着对话原则，因为泛泛而言，可以说对话原则本身也是一种道德原则。持后一种观点的一方强调的则是道德原则更多地关乎"内容"，而对话原则主要关乎"形式"。前一方所担心的也许是对话本身的"理想性"程度是否足以保证道德原则的"绝对性"，而后一方所操心的更多是道德原则本身需要一种自我澄清和证成，而在当代世界，这种证成舍"对话"别无他途。在某种程度上，与"对话的伦理学"相比较，"对话底伦理学"更为重视甚至是在新的论辩层次上重演了在德国古典哲学特别是黑格尔那里得到最为清楚区分的道德与伦理的鸿沟和分野。

如果回到金岳霖前面那种表述，我们或许可以说，"对话底伦理学"更注重"理"而非"道"，更注重"形式"而非"实质"，更注重"方法"而非"问题"。记得冯友兰也曾经说，中国哲学无形式的系统，而有实质的系统，然则形式与实质之区分本就是植根于西方哲学的源头和滋养之中的，而"的"和"底"的辨析和使用，公正而言，无论在冯友兰那里还是在牟宗三这里，其实都已经包含了对西方哲学——至少是传统西方哲学——根本性思维模式之反省在内，只是在牟宗三这里，这一点表现得更为彻底，甚至"决绝"而已。而最为"吊诡"的大概莫过于，对"底"的哲学中所包含的西方形而上学传统的反省和对于东土"道德的形上学"之重建，实际上恰恰就"内置"了一条通往"后形而上学"之途！

2014 年 10 月

自然与公正：中西哲学之共通主题？

冯友兰的《中国哲学史新编》从第四册开始"渐入佳境"，第五册的"通论道学"一章（全书第四十九章，记得此章当年还曾在《中国社会科学》发表过）提出从比较哲学的观点看道学，认为在哲学中，"有三个对待的路子：本体论的路子，认识论的路子和伦理学的路子。"本体论路子的代表是柏拉图，主要关注共相与殊相的"矛盾"；认识论的路子由康德代表，从主观和客观的"矛盾"开始；道学家则是从伦理（学）的路子开始。当然，"道学家也不是完全不要本体论的路子。没有本体论的分析，共相和殊相的矛盾是不能搞清楚的。事实上朱熹就是中国哲学史上一个最大的本体论者。"冯友兰还不忘补上一句："康德和道学家走的是一条路。但康德还没有说出道学家已经说出的话。"

作为蒙塔古的学生，冯友兰深受所谓新实在论的影响，他一方面把共相与殊相之关系作为本体论问题，肯定共相在本体论中的地位；另一方面又关注"这番争辩的客观方面对于其主观方面的关系"（蒙塔古语），并进而将之作为一种认识方法来运用。这么说，共相与殊相的关系在冯友兰那里就不但是金岳霖所谓"普遍哲学"或"普通哲学"要处理的问题，而且同时又是用来"处理问题"的框架，例如我们甚至在

《新编》第四册看到作者在用共相与殊相（或一般与个别）之间的关系诠释魏晋玄学中的有无之辩！

冯友兰的哲学三种路径说毫无疑问是他对于古今中西之争的一种自觉的响应。作为一个哲学家，冯友兰是极有"分寸感"的，这也就是说，"中西之争即古今之争"这种论断本身就是有它的分际的。只不过如金岳霖"孤明先发"并"惺惺相惜"地指出的，冯友兰的这种"响应"也仍然是从"普遍哲学"或"普通哲学"所做出的回应。

那么，现在的问题是，在一个后斯特劳斯的时代，在一个我所谓"牟宗三也要过斯特劳斯这一关"的时代，我们又该怎样来回应古今中西之争呢？我仍然支持先哲们已经树立的我们要从"普遍哲学"或"普通哲学"来做出回应的基本态度。不过作为讨论的起点，我们还是要回到近代以来关于中西哲学主题的辩论，比如西哲求真、中哲求善；西方哲学以自然为主题，中国哲学以生命为主题（牟宗三语），而尝试提出，自然与公正乃是中西哲学之共通主题。

从西方哲学的角度看，最典型地"坐实"这一论断的莫过于苏格拉底。作为一个自然哲学家的苏格拉底以寻求本原、原因和定义为职志，而作为第一个"把哲学从天上引到人间"的哲学家，他又试图用概念化的表达方式、说理性的论证方式来贯通自然与公正两个领域。目的论的和功能的概念说明苏格拉底、柏拉图和亚里士多德都没有把自然与公正对立起来、分离开来，有机论的自然观和整体论的城邦观本就是一体两面的东西。

古典城邦的没落和基督教个人主义的兴起是西方传统最大的分水岭，"大序"瓦解，多元主义出现，宗教战争和所谓 17 世纪总危机直接导致现代性之出现，而民族国家是西方社会继城邦和城市共和国之后的第三种社会组织方式，其影响一直持续到"一战"之前。随着自然的机械化，作为哲学之母的自然哲学被知识论、认识论取代，至少是要接受后者的"洗礼"；随着社会的工具化，公正丧失其"宇宙性"，而被代之以权利和功利；随着哲学的主体化，强调"自我奠基"和"自我肯定"乃是现代性之护身符和不二法门，这一点甚至可以贯穿现代早期、晚期甚至于后现代。

有了斯特劳斯在"自然（权利或正当）"概念上那种近乎"一心开两门"的诠释策略，例如他在《霍布斯的政治哲学》等著作中反复申论的，我们就可以用"自然"与"公正"这两个"主题"去贯穿甚至重写全部西方哲学史，这大概可以算是《自然权利与历史》一书给我的最大"启发"。不过我们在这里同样甚至更要强调的是，这两个"主题"乃是"共通"而不是至少不仅仅是"共同的"，当我们要把它加诸"中西哲学"之前时，这一点就更为"显而易见"了。

那么怎样把"自然"与"公正"乃是"中西哲学之共通主题"这个论断落实在中国哲学中？我想不管哪一种"落实"法都一定不能离开对孔子正名说的解读。孔子谓季氏："八佾舞于庭，是可忍，孰不可忍也？"天子八佾，诸侯六佾，大夫四佾。礼崩乐坏，仁礼脱节，这是孔子正名说的背景，这一点不会有什么争议。但是自从"中国的哲学"与"中国底哲学"的区分"成立"以来，西方哲学的知识论倾向在中国哲学研究中一直颇为流行，这不但表现在对先秦名家和墨辩之学的研究热潮中，而且渗入对儒家传统的研究中。记得冯友兰在《三松堂自序》有谓，他对于中国哲学研究有三大贡献：一是区分"天"之不同含义，例如所谓义理之天，自然之天；二是指出"离坚白"和"别同异"乃是两回事，并依此为判准区分错简连篇的名家言论之归属；三是指出程颢是主观唯心论，程颐是客观唯心论。

　　冯友兰对"天"之不同含义的区分当然是他运用西方哲学的分析方法和概念系统的一大成果。但概念上的区分是一回事，在怎样的哲学体系中来安顿这些概念及其区分又是一回事。从这个意义上，劳思光用"义命分立"挑战"义命合一"就可以说是对牟宗三的"反动"和对冯友兰的"回归"，而且在强调更广泛的"哲学危机及其出路"，而非"儒学出路"；更强调 China in World，而非 China against World 方面，劳思光当然是更趋近于金岳霖和冯友兰所谓"普遍哲学"或"普通哲学"的趋向。但是在回答这种比较对牟宗三是否恰当、是否"相应"之前，我先要讨论前者对正名说的独特诠解及其有趣的智识史上的效能。

　　牟宗三明确地把正名说的背景界定为周文疲弊，这当然是卑之无甚高论，而他近乎"一一对应"地把子学的起源和先秦五家（《中国哲学十九讲》似乎没有单独讨论阴阳家）与周文对应起来讨论并界定其原初的宗旨，则不可谓无见。首先，他区分了诸子的历史根源与逻辑根源，"'诸子出于王官'的'出'是指历史的'出'，是表示诸子的历史根源，而不是逻辑的'出'，不是逻辑根源。"这当然是为了"校正"胡适对于"诸子出于王官"的理解。不过更为重要的是关于诸子对于周文之态度的讨论。"孔子对周文是肯定的态度，礼总是需要的……孔子也知道贵族生命堕落，当然周文也成了挂空……要使周文这套礼乐成为有效的，首先就要使它生命化，这是儒家的态度。""墨子是以否定的态度来看周文。墨子那套思想是以功利主义的态度来看周文，所以主张非儒、非乐、节葬等。""道家也是否定周文，但是道家不是采取功利主义的观点……他把周文看成虚文，看成形式主义……道家背后的基本精神是要求高级的自由自在。"所以说，"墨家是不及于人文，次于人文；道家则是过、在人文之上，他超于人文而开出一个境界来。""法家对周文也是采取否绝的，但是他不是像墨家那样的否绝，也不是像道家开出一个境界来。法家的态度很实用，他完全是从政治上着眼，从事功上着眼。"所以说，"他就是顺着当时社会形态要转型的这个趋势而来完成这个转型，这是顺成。儒、墨、道三家都不是顺成，所以只能在精神生活上有贡献"。至于名家，虽然与周文疲弊没有直接的关系，但"其所以派生的机缘仍与周文疲弊有间接的关系，这现实的机缘即是孔子的'正名'"。

比较有趣的是牟宗三还从对于周文疲弊的态度得出他对于民国学术界讨论得甚为热闹的孔老先后论的一个富有想象力和哲学趣味的结论。孔子对于周文是一个"肯定"的态度，老子则是一个"否定"的态度，牟宗三认为该是先有一个肯定的态度，再有一个否定的态度，"所以"孔先于老。说到这里，我不禁想起阿伦特在《什么是自由？》一文中对于西方世界的自由观念的讨论。在谈到意志自由为什么晚出于政治自由时，阿伦特认为人们总是先感受到外在世界中的自由，然后才体会到内在世界的自由。也许牟宗三的孔先于老论和阿伦特的内在自由晚出于外在自由论都不免有些黑格尔哲学（逻辑学）的影子，但是如果我们可以平心静气地想一想，这是不是也映射了中西哲学或者中西智性演进历程的某种"普遍规律"呢？

2014 年 11 月

理性的历史与历史的理性

　　前东德哲学家曼弗里德·布尔在两德统一前夕由柏林科学院出版社刊行的《理性的历史》一书中曾经说："从培根和笛卡尔到黑格尔和费尔巴哈的现代哲学可以看作是重点为解决理性概念的过程。尽管这个哲学体系的形象形形色色和互相对立，但他们都是以这种或那种方式围绕着理性的概念。"

　　布尔是在探究德国古典哲学关于历史的思考中提出这个观点的，但它却同样适用于德国观念论之后西方哲学的历史。的确，黑格尔的体系和学派是无可挽回地解体了，但是哲学的现实进程，即使是在非理性主义的反动以及围绕着它的"斗争"中，也仍然是围绕着历史、理性与现实的关系而展开的。

　　卢卡奇1954年用德文发表的巨著《理性的毁灭》被认为与他1936年写就、1948年在苏黎世出版的另一部巨作《青年黑格尔》具有理论上的内在联系。如果说《青年黑格尔》基于"马克思的社会理论是对黑格尔的完成而不是拒斥"这一认识，试图论证黑格尔辩证法的发展受到了他对于英国经济学家斯图尔特和斯密的阅读的影响。这就是说，在卢卡奇看来，这种经验的奠基使得黑格尔的辩证法能够利用一种客观的社会历史进程的观念，并把现代社会和经济理解为一个具有结构性矛盾的过程的总体，于是，黑格尔的本体论的辩证法就必须被看作是反映着客观社会现实的结构的；那么在《理性的毁灭》中，则是卢卡奇的另一个信条在起作用，这就是说，黑格尔之后的现代思想已经尖锐地分裂为马克思的辩证法与资产阶级的"非理性主义"这两种对立的趋势。在这里，"非理性主义"这个标签涵盖了黑格尔之后所有非马克思主义的理论家，包括谢林、基尔凯戈尔、尼采，当然还有海德格尔。卢卡奇还把矛头指向他昔日的朋友韦伯和齐美尔，他们被指控"至少是局部地屈服于非理性主义的诱惑"。卢卡奇这种"将洗澡水连同澡盆里的婴儿一起倒掉"的"糟糕"策略盖源于他想把"内在批判"的方法运用到滋生国家社会主义的哲学内部的最热切冲动。（以上参见 Titus Stahl 为《斯坦福哲学百科全书》所撰写的卢卡奇条目）

《理性的毁灭》在被国内学者称作卢卡奇"思想发展中的一个里程碑"的同时，也被某些西方学者贬斥为"他所写过的最糟糕的书"。这当然是一种有趣的对立，既是"政治"上的，也是"智识"上的。不过，从卢卡奇思想变化的视角看，就如同 Stahl 所指出的，他对哲学传统的重新解读仍然是围绕着对象化、外化和异化之间的可疑关系而展开的。按照黑格尔的观念论，精神的对象化是其发展中的一个必要但有缺陷的阶段，而这种发展只有通过对外在内容的重新占有才能成功。黑格尔并不把外化看作一种缺陷，而是看作自我意识发展的一个必要阶段。外化本身并不是问题，有待于物化批判去克服的是异化。这个区别蕴含着物化批判并不要求由一个集体主体来完全地重新占有客观的社会形式。在这个层次上回到黑格尔关于相互承认的思想，就不但具有政治实践的意味，而且更重要的乃是一种哲学态度上的转换。

在《理性的毁灭》所展开的对滋生国家社会主义之非理性哲学的"内在批判"中，批判对象主要限于现代西方哲学中的所谓人本主义潮流，而没有涉及以实证主义为代表的所谓科学主义潮流。这一点至少可以从知识社会学的角度，结合哲学家们的政治态度来局部地加以解释。但是从一个更深层次的维度，也许我们可以说所谓"非理性主义"这种疾患之爆发，其"病灶的"恰恰是一种实证主义的科学和哲学态度。从这个角度，与卢卡奇一样同为东欧哲学家的科拉克夫斯基1966年发表的《理性的异化：实证主义思想史》是值得重视的。

从字面上看，科拉克夫斯基似乎并未把他对实证主义的批判上升到这样一个"高度"。他通篇都在于论证实证主义的"每一种学说都是它所由而产生的文化背景之一面"，例如孔德的实证主义之于浪漫主义时期，胜利中的实证主义之于社会达尔文主义，世纪之交的实证主义之于物理学革命，约定论思潮之于意识形态之勃兴。顺着这样一个思路，科拉克夫斯基把逻辑经验论理解为"科学主义对受到威胁的文明之维护"。也正是在这样的语境中，科拉克夫斯基认为，"当代实证主义是要一劳永逸地克服历史主义的一种企图"，"逻辑经验论是某种特定文化的产物，一种把工艺之效能认为是最高价值的文化，我们通常称之为'技术主义'的文化是一种技术主义的意识形态，却故弄玄虚地穿上反意识形态、科学的世界观、除净了价值判断的外衣"。

通过对实证主义的通盘考察，科拉克夫斯基最终的结论是："我们今天的哲学工作已经发现它自己被挟持——在很大的程度上受到实证主义之间——在生命哲学与摩尼教的阴惨见解之间。"具有历史反讽意味的是，如果用卢卡奇的话来说，生命哲学乃是一种"非理性主义"，那么，用科拉克夫斯基的术语，《理性的毁灭》乃是一种新摩尼教。

要补记一笔的是，我所读过的《理性的异化》乃是我念研究生时从上海社科院的港台阅览室里借出复印的联经出版公司的现代名著版，20多年过去了，我在依然在我手边的复印件的版权上只看到"Positivist Philosophy"这两个英文词，我并不清楚"理性的异化"是波兰文原版的书名，还是英译本所添加的，"现实"情况是，此书初版仅仅两年之后，科拉克夫斯基就永远地离开了他的祖国——"异化"之克服长路漫漫，而"疏离"故土之途近在眼前。

2014 年 12 月

苏联哲学家

在求学时代，苏联哲学家的作品曾经在我的阅读书目中占有重要的地位。一方面这当然还是与 20 世纪 80 年代那个一般的智识氛围有关，另一方面也与吉林大学哲学系有点儿特殊的学术风气分不开。例如高清海教授从 20 世纪 50 年代到 80 年代，都一直在讨论辩证唯物主义与历史唯物主义的关系，这自然是苏联哲学界的核心课题之一；而那时刚到系里开课的孙正聿教授的《哲学笔记》课堂上最常引用，也最经典的那句"辩证法、逻辑学和认识论，这是一个东西，不必要用三个词"，更是曾在苏联哲学界激起海量论著。如果说在前一个问题上，以高清海教授为代表的国内哲学界的主要趋向是在某种程度上"呼应"以卢卡奇为肇端的所谓西方马克思主义，更为强调和凸显历史唯物主义，而相对忽视甚至贬低辩证唯物主义的话，那么以凯德洛夫、柯普宁和伊里因科夫为代表的认识论派对于其时国内哲学界的作用则应当是借鉴大于批判，启示多于教训的。

苏联哲学教学体系的一个重要特点是非常重视哲学史的学习和研究。这既包括马克思主义哲学史，也包括马克思主义前后的西方哲学史。我记得那时候中国社会科学出版社翻译出版过一套红棕色封面的《十九世纪马克思主义哲学史》，虽然像他们的其他大部头和多卷本一样，也是多人合作的作品，但那部书的质量却还是给人留下了深刻的印象。至于哲学史方面，除了早期敦尼克和阿斯穆斯主持的多卷本，巴克拉捷的《近代哲学史》和《近代德国资产阶级哲学史纲要》，尚有阿斯穆斯的《康德》和波波夫的《康德与康德主义》足资参考（当然是前一种质量更高些）。我一向认为，国内哲学界对新康德主义哲学的了解和理解相对欠缺，而巴克拉捷的后一本书可以说是提供了至少在那个年代来说还是相当"翔实"的"思想资料"。但是给我最深记忆的却还是那套多卷本的《辩证法史》，至少包括《古代辩证法史》、《十四—十八世纪辩证法史》、《辩证法史：德国古典哲学》和《马克思主义辩证法史》，似乎只有中世纪一卷没有出中文版，而近代和德国古典哲学的那两卷都是由奥伊则尔曼教授（当时的荣衔是苏联科学院通讯院士）主编的。

忘记此前还是此后了，我在当时由商务印书馆编辑出版的《外国哲学数据》某一辑上读到了奥伊则尔曼的《康德的物自体概念》一文，虽然这篇论文主要还是在认识论的范围内讨论物自体的概念，但其思辨性和明晰性合为一体的感觉，以及作者对康德文本的精熟，还是给人以难以磨灭的印象。记得我后来又在上海译文出版社所出的奥伊则尔曼的《辩证唯物主义与哲学史》一书中重读了这篇论文。

去年九十月间的一天，我在杭州最大的书店博库书城浏览时，在书架上见到一本引人瞩目的哲学著作：《元哲学》，仔细一看，作者竟然是久违了的奥伊则尔曼教授！"廿年生死两茫茫"，时空交错，恍然间我竟有一种面对"出土文物"的感觉。严格说来，自从1988年大学毕业之后，我就基本没有碰过他的文字了。从那时到现在，这个世界发生了多大的变化啊！就像在"百死千难"之后与一位故友重逢，我急切地拿起这部书，仔细地打量了起来。果然，"思想家"不会衰老，我看到奥伊则尔曼在此书前言中回顾他在近50年的时间里对哲学史过程理论的研究时坦然自陈，他以前的论著的"主要缺陷在于持有马克思主义教条主义的看法，认为辩证唯物主义是终结了数百年哲学史过程的科学的哲学。在辩证唯物主义产生之后的所有哲学学说是资本主义制度总危机的结果，与马克思主义之前的古典哲学体系比较起来是个倒退"。更为尖锐的是，他认为，这种"意识形态的孤立主义，在很大程度上不仅反映了我对马克思主义教条主义的理解，而且反映了马克思主义内在所固有的教条主义"。也许有些不太友善、比较苛责的读者会认为这种论断是作者在推卸自己对于自己也曾经置身其中的那个已经消逝的年代该负起的责任，我却认为这是一位有良知的哲学家经过深入反思得到的知言——"哲学是把握在思想中的时代"——可不要忘记，这也是作者在前言中批评过其哲学观和哲学史观的老黑格尔的话。

在这篇前言中，最能体现奥伊则尔曼作为哲学家思想风采的是这段话："我对哲学史过程的教条主义理解的主要表现之一，是坚信数不清的相互排斥的哲学学说的存在及其不断的冲突是历史的暂时过程。其实，马克思主义之前的所有哲学家都抱有这种错觉。他们中的每个人都认为，他们创立的哲学体系不仅是最高的而且是最后的哲学，解决了困扰前辈们的所有问题。这些伟大的哲学家没有一个人想过，形形色色的哲学学说和各色各样的哲学问题有说服力地说明了哲学思想宝库是个不断丰富的过程，多样性正是哲学的存在方式，其巨大意义不可低估。"

就在我与奥伊则尔曼教授"重逢"之后的某天，我在系里参加一个座谈会，一位研究俄罗斯科学哲学的同事刚刚从莫斯科回来，她报告了自己访问俄罗斯科学院哲学研究所的感受和体会，还没等她把话讲完，我就急急问："你此行有没有见到奥伊则尔曼教授？"我的同事不紧不慢地说："我没有见到他，但见到了他的儿子。"

2014 年 12 月

新法兰克福学派研究之再出发

从改革开放初期以来，以法兰克福学派为重心的西方马克思主义研究和以科学技术哲学为内涵的自然辩证法研究在我国哲学界一直具有显著的地位。自然辩证法研究之所以"得风气之先"，是因为由此出发，最容易突破当时构成改革开放主要阻力的对于马克思主义的教条性的僵化理解，从而为现在回忆起来犹如"早春二月"的新时期注入宝贵的思想动力。相形之下，对以法兰克福学派为重心的西方马克思主义研究就没有那么"幸运"了，除了仍然应该公正地得到评价的其所发挥的正面效能，在不少人心目中，在20世纪诸种社会理论和思潮中具有重要地位的这一流派和学派主要是以负面的形象出现在各种教科书甚至各类研究著作之中的。

就正如在对新时期的研究、总结和反思中出现了"后新时期"、"新新时期"等术语和表述，我们把在20世纪60年代和八九十年代分别经历了两次转型的法兰克福学派称作新法兰克福学派。如何界定后者的准确内涵以及它与"左"、"右"两翼的其他社会理论和思潮之间的外在边界，是一个有争议的甚至不容易取得一致看法的问题。我们认为，用"政治哲学转向"背景下的"走出政治孤立"来刻画从老法兰克福学派到新法兰克福学派的演化，可能是一条可取的和有效的思路。

当我们谈论新法兰克福学派的"政治哲学转向"时，其含义与一般所称以罗尔斯的《正义论》发表为主要标志的"政治哲学复兴"既具有历史内涵的同构性，又不乏理论形态的差异性。这里所谓"历史内涵的同构性"，主要是指两者都是后"六八"的产物，都致力于从价值取向和规范内核上修复、调整和抚慰西方社会内部从近代以来的诸种紧张、矛盾以及由此造成的破坏和伤害。就"政治哲学复兴"而言，就正如罗尔斯自称的，作为公平的正义理论致力于调和近代以来以卢梭和洛克的分裂为标志的自由与平等、自由主义与社会主义之间的冲突和张力，用他自己的话来说，《正义论》的目标就在于"把洛克、卢梭和康德的社会契约论提到更高的抽象水平"，从而在更深的层次上达成西方近代社会的自我理解和认同。就"政治哲学转向"而论，我们把"六八风潮"及其在法兰克福学派内部所产生的分裂性危机作为新法兰克福学派登场的契机，哈贝马斯的"交往转向"则是这种转型的"规范"内容。从20世纪70年代的"交往转向"到20世纪90年代的"法学转向"，构成这一学派的主要成长期；而把基本上接受前一种"转向"并在这一范式下工作，不同程度地与后一种"转向"互相唱和补充的哈贝马斯的众多门徒作为新法兰克福学派的主要成员。

所谓"理论形态的差异性"，就"政治哲学复兴"而言，主要是指罗尔斯的正义论乃是在逻辑实证主义对规范价值研究采取消极态度并产生消极影响之后，在后实证主义的洗礼下和视野中，重新致力于对传统政治哲学重大主体的宏观整体的而非零敲碎打的系统研究。就美国政治学的发展而论，这是政治理论在继历史主义和行为主义之后的后行为主义乃至后经验主义阶段的建构性拓展。就其理论内核而言，它主要是要挑战以功利主义为代表的政治哲学和政治伦理，用桑德尔在批评罗尔斯的正义论时所总结的话，功利主义的主要缺陷在于把适用于个体决策的理性选择模式推广到社会的集体决策，从而为大规模地侵犯个体权利埋下了理论上的伏笔。就"政治哲学转向"而论，主要是指在德语学术传统而论，本无"政治哲学"可言，而只有政治法学取向的法治国传统，这当然是与所谓德国问题语境中现代性之尴尬处境有关。而且，法兰克福学派秉承和确立的传统一贯致力于跨学科的探究，这也在有形无形之中贬低和排斥了以接受现代学科分化为前提的英美政治哲学的研究路径和取向。

无论就历史内涵还是理论形态而论，主动介入 20 世纪 80 年代以来主要在英美世界开展但也波及欧陆学界的自由主义与社群主义之争，是我们了解新法兰克福学派的"政治哲学转向"的一大关键。根本而言，通过这种"介入"，新法兰克福学派不但从理论样态和风貌上进入了当代政治哲学的主流，以至于在像莱讷·福斯特这样的哈贝马斯后学那里，事实上已经很难与英美政治哲学的主导论述区分开来。而且通过深度挖掘现代性内部的紧张，一方面，有力地回应了后现代的犬儒主义以及各式各样的机缘论和决断论，例如在历史哲学、法哲学和政治文化问题上的相关论辩；另一方面，有效地重新开启了古今之争问题，例如从认知主义伦理学的角度重新处理和论证正当之于善的优先性以及何以在目的论世界观瓦解之后，道德理论只能是义务论的。

从这样的角度和视野去回看所谓"走出政治孤立"之说，当然应该承认这一其实在冷战尚未结束的背景下提出的说辞确实在一种已经转化了的语境下再次提出了法兰克福学派的"政治性"问题。一方面，即使在如霍耐特所谓早期法兰克福学派的外部圈子和边缘人物身上，就已经出现了反功能主义和反还原主义的方法论倾向，例如被称作 1945 年之后西德政治学的"真正教父"的弗朗兹·纽曼就已经"将德国民主体制化的特殊问题描述为德国道路的独特性。他认为威廉二世时代的德国学者将法学实证主义及法治国思想的胜利，当成了民主体制的替代物。因而德国与一些真正的民主国家如美国、英国不同，为了维护法律自由，德国人放弃了'争取政治自由的斗争'"。另一方面，从哈贝马斯所倡导的正义基础上的团结这种新的"和而不同"视野再来透视所谓"走出政治孤立"的含义，就能看到，在多元主义和后现代主义关于认同与承认政治的辩论语境下，"走出政治孤立"不应当停留在抽象的"同而不和"上，而也需要走向更高层次的，也更为具体丰富的"和而不同"。正义与团结、正当与善、规范与价值的概念框架在这里依然可以发挥作用，只不过它们现在已经是在一个新的社会历史和道德传统的地平线上发挥作用了。

笔者以前曾经指出，以法兰克福学派为核心的西方马克思主义研究虽然在国内学界经过多年耕耘，却仍然有"只开花不结果"之虞，但笔者同时也高度评价以薛华、童世骏和林远泽为代表的海峡两岸"三代"学者的相关工作。薛华的《哈贝马斯的商谈伦理学》第一次在中文世界语境中把哈贝马斯之学放到他所置身的德国哲学语境中进行探讨，受惠于作者深湛的德国古典哲学学养，这一工作为对包括哈贝马斯在内的新老法兰克福学派研究注入了新鲜的思想活力；尤其值得注意的是，薛华在那本书的题记中，还特别提示了墨子"交相爱、兼相利"的思想与哈贝马斯的主体间性原则之间相互发明的可能性，可惜他后来并未把这一工作继续进行下去。童世骏从他在挪威完成的博士论文开始系统地致力于研究哈贝马斯的现代化理论与中国问题的相关性，这一工作在《批判与实践》一书中得到完美的总结；童世骏以我在别处所总结和提炼的分析和辩证的研究进路，精致而富有张力地阐发了行动与行为、政治与文化、内在与超越等一系列对子概念的区别与联系。最为重要的是，他借用哈贝马斯关于系统与生活世界的二元区分及其开显的理由空间，深化了中国近代以来的中西体用之争，提供了中文世界难得的智识增量。林远泽对对话伦理学以及哈贝马斯的法治国模型的系列研究在精细、详备和丰富性方面都达到了中文世界前所未有的程度，更有趣味的是，似乎与童世骏的工作有"异曲同工"之妙，林远泽把哈贝马斯的对话伦理学和法治国理想与儒家关于成己与成物的最高智慧联系起来，这些在新的理境中既超越了格义又超越了反向格义的工作无疑为"在世界中的"而非"与世界相对的"中国哲学研究路径作出了可贵的探索甚至示范，必定会对在这条道路上行进的年轻学人产生宝贵的启示和有益的滋养。由本人主编的即将由浙江大学出版社刊行的《走出政治孤立：新法兰克福学派及其政治哲学转向》一书就是在这种方向上的一个初步尝试。

概言之，就深入地了解西方世界的复杂性、内在地进入中国问题的具体性而言，对包括其政治哲学转向在内的新法兰克福学派研究必须一方面与西方语境中的古今之争联系起来，另一方面与中文世界的中西体用之争联系起来。如此才能使这种研究不但具有智识上的厚度，而且具有思想上的深度，中国语境中的新法兰克福学派研究，在此找到了其再出发的重要契机。

2015 年 10 月

"等待"之"等待"

　　我与自己素所仰崇的德国古典哲学前辈学者薛华先生其实并不相熟，但是至少从 20 年前在上海念研究生开始，我就有相当一段时间耽读他的著述，并在此后始终保持着对他的某种关注。回想起来，除了他早期与梁存秀先生合译的《先验唯心论体系》，我对他最初的印象应当是从他关于黑格尔哲学的丰富著译中撷取的，这其中当然包括《自由意识的发展》和《黑格尔与艺术难题》。这说起来也是自然而然的，因为薛华先生主要是以研究翻译黑格尔哲学名家的。但是，让我真正"认识"并能够"品味"他的学术旨趣的，则仍然要归功于他那部薄薄的小书《哈贝马斯的商谈伦理学》。抛开思想质量和学术趣味上的"影响"不说，我至今仍然使用的"商谈"这一译名就是从他那里领受过来并一直坚持使用的。10 余年前，我在北京参加社科院哲学所主办的"福特基金会"的一个学术会议，那是我第一次见到他。我的心头其实有点儿微微的激动。在会议间歇时，当我"非常亲切，带着一种自然而然的尊敬"向他请教时，他笑眯眯地说他注意到我在刚才的报告中使用了"商谈"这个译名。

　　两年前一个草长莺飞的四月天，薛华先生来敝校参加"严群先生与希腊哲学座谈会"，那是我第二次见到他。会议期间我一直等待着聆听他的发言。当他终于以有点儿浓重的晋中口音开始发言时，他谈到了业师贺麟先生对严先生的那种"自然而然的尊敬"，也谈到了严群先生给他写一个条幅的往事。我只听到他说："严先生是位书法家，他本提笔就可以写出一幅晚辈很满意的条幅出来，可他却不是这样做。他非常认真，认真到我没有想到的认真。写字在他是一件恭谨的事，仿佛是一种虔敬的仪式，他要准备，要等待，内心准备和内心等待、准备和等待那种心境。知道这一层后，我不是激动，而是震动。"围坐一桌一起怀旧的"见多识广"的代表们闻听这席话似乎也颇为"漠然"，而这话在我却确是一种真正的"震动"。

承担那次会议会务的是我的一个学生，他是一个执行力很强同时又很细心的人，竟事先就把我在其中谈到过《商谈伦理学》对我的影响的《批判的踪迹》那篇小文放大了打印出来，并在会前就送呈给了薛华先生。于是会议间歇，在西溪图书馆前的台阶上我向老人家行礼并开始我们之间的第二次聊天时，他一上来就夸了几句我的那篇文章；而在评点完国内做哈贝马斯研究人员的现状后，又幽默地说了句："你虽然好哈氏之学，但从你的行文看并不适合'做官'。"当然他也没有忘记补上一句："我也不合适，我们都不合适。"这时，一位刚巧路过的学生拍下了我们——一位货真价实的学院哲学家和一位名副其实的山寨哲学家——在杭州四月的春光里"相视而笑，'莫逆于心'"的生动一幕。

记得会议结束后，我还特意到百合花宾馆拜访了他老人家，不过就像我对哈氏之学只是"涉猎"而非"专研"那样，我也终究未能"登堂入室"。我们是在酒店大堂的沙发上开始了愉快的聊天——用他所校译过的伽达默尔《科学时代的理性》一书的一位年轻译者所写的后记中的话，我们开始了"思想的远足"。的确，在缭绕的轻烟中，正是他那优雅的抽烟姿态让我想起了伽氏那本同样篇幅不大却分量十足的小书；我也想起了童世骏教授在送给我他那部《思想与说理》时曾经告诉我，2007年他在合肥参加一个西方哲学会议，这个会议既是为了纪念当年在芜湖召开的西哲会议30周年，也是为了庆贺薛华先生70寿辰。在会议承办单位领导发言的间歇，童教授"思如泉涌"地写下了他题献给薛华先生的那篇妙文《哲学：知其不可为而为之的事业》；我更想起了自己在上海念书时的一个晚上，在我们研究生部那明净的阅览室里，我第一次读到薛华先生发表在《中国社科院研究生院学报》上的长篇论文《黑格尔论自然与互主体性》，这是他在当年国际黑格尔会议上的一个报告，但却有一个独特的副标题："纪念《实践理性批判》发表两百周年。"从此可以"推知"，此文写于1988年，也就是伽达默尔那本小书的译者群（他们自谓其时聚集在薛华先生周围的一群年轻人）"风流云散"的前夕。

　　一天下午，我接到北大哲学系韩水法教授的电话，在谈完"公事"后的聊天中，水法教授提到他曾向书法甚佳的敝系董平教授索书多年而未果。为了"宽慰"他，我就在电话里谈起了严群老先生给薛华先生写字的旧事。水法教授反应很快，马上就要求我把这个"故事"转告董教授，我的反应也不慢，当即回说："转告没有问题，但是估计你们都还需要'等待'，你是外在的'等待'，而董教授是内在的'等待'。"

2014年9月

"扬弃"之"扬弃"

　　《康德对本体论的扬弃》是 20 世纪 80 年代的一部哲学名作。作者谢遐龄教授是我国改革开放以后最早培养的一批哲学博士，此书所属的叶秀山先生主编的"博士论丛"也是国内最早的同类丛书。作者在国内哲学界闻名遐迩，然则据我的浅见，此书实际所产生的影响——至少在复旦以外的学术界——与它的内容并不十分相称，而其原因当然也可以说是多方面的。笔者从大学时代由从《光明日报》上的《哲学研究中的笛卡尔主义倾向》一文开始得识谢氏的哲学文字，自那以后，我一方面始终关注其哲学运思，另一方面也经常和自己的师友——后来则是学生——谈及他的哲学工作。大多数的反应却是不甚理解。泛泛而言，这当然是因为其内容和趋向本身并不很容易理解。不过我认为，在某种程度上，作者本身也应当对此负部分"责任"。比如说，牟宗三哲学构成了谢遐龄之哲学工作的一个至为重要的背景，而这一点至少从字面上是无法从《扬弃》一书中辨认出来的。试想，彼时牟宗三哲学基本上还没有进入简体字哲学圈，这当然为人们理解在牟氏哲学基础上的批评和发挥增加了难度。就此而言，也可以说，谢氏的哲学运思乃是相当超前的，这当然不仅表现在对牟宗三哲学的理解和消化上，而且体现在对——比如说——所谓后现代哲学（例如德里达）的诠释和把握上。

1989 年出版的《砍去自然神论头颅的大刀：康德的〈纯粹理性批判〉》似乎比《扬弃》更少影响，然而，这本至少从表面上看旨在"通俗化"的小册子却为理解谢氏的哲学工作提供了一把"钥匙"。正是在这本书中，可能因为行文的便利，作者数次提及牟宗三的哲学成就，特别是在其关于实践理性批判之范型（Typus）论（这是关文运译名，牟译为符征）的讨论中。总的来说，牟氏得到了极高的尊崇，例如被称为"当代的大权威"，"享誉世界的中国哲学家"。当然，赞誉是"为了"批评：牟氏"对当代疏释尽管详明，仍有缺点。他局限于讲人，局限于讲义务，没有讲法权，讲对物的占有，缺了后一个方面，Typus 的意义是讲不完全的，也很难让人理解……他是在中国的传统思想中考虑问题，而中国的所有权不发达，传统思想中缺少对意会体的法权意义的探讨。"又如："当代新儒家著名代表人物之一牟宗三，尽管对自由学说作了许多重要推进，由于未区分物自体之两义，难免功亏一篑。"

这么看来，谢氏的哲学工作——至少就对康德哲学的理解而言——主要是体现在对物自体的理解上。粗略地说，在《扬弃》和《大刀》阶段，谢氏立足于马克思的商品两重性学说反观康德的"人的存在两重性"理论，从康德的物自体概念中抉剔出本无和意会体两重维度，物涵盖现象和物自体，而物自体包含本无和意会体两重含义。但谢氏所谓物的两重性"指的是自然的、社会的这两重性"。通过下这一"转语"，并且强调经验的占有和意会的占有，一方面与马克思挂起钩来，另一方面又可以批评牟宗三忽视实践理性之法权维度，可谓一箭双雕，不可谓不高明，然却并非谛论。

谢氏喜谈"浑灏流转"，然则"浑灏流转"的并非只有本无，还有哲学家的哲思。近年来，谢氏逐渐开始不满于牟氏从实践理性"建立"中国哲学（儒学）和会通中西，而提出从直感判断力诠释儒学，并从这里给出对物自体的新解。从我此前阅读所及，主要见之于《格义、反向格义中的是是非非：兼论气本论不是唯物主义》和《直感判断力：理解儒学的心之能力》两文中。大致说来，谢氏通过批评牟宗三对孟子"理义之悦我心犹刍豢之悦我口"之"误读"，援引伽达默尔对判断力和共通感之发挥，得出："在中国哲学研究中，研究道德哲学，主要不是依据实践理性，而是须依据直感判断力。"又说："牟先生狃于康德道德与纯粹实践理性相关之成说，加之是时忽视《判断力批判》，未能跳出一步看问题，在思路上犯了方向性错误，以至于他的正确洞见未能得出更有价值的学说。"谢氏还由此进一步发挥，批评牟宗三的智的直觉说，指出在康德哲学中，与牟氏所云"智的直觉"相当的不是intellektuelle Anschauung，而是 das Selbstbewusstsein，并认为"牟先生未明白 bewusst，selbstbewusst 之观照、反观义……纯粹实践理性反观自身，义即观照实践理性法则。采用牟先生喜欢用的'朗现'一词，可以说成'自由无限心自照则朗现道德法则'。"

凡此所论种种，不但精细入微，极富理趣，而且深具创发力，启人神智。不但"响应"了晚近世界范围内的"第三批判"研究热潮，"暗合"无论欧陆还是英美哲学中都蔚为潮流的判断范式，更可与牟宗三先生之讲友、已故黄振华教授关于"'反省判断力'是康德哲学中的'自性清净心'"之论相比观，相互"观照"；更与受其影响与沾溉之新进学人所提出的立足于亚里士多德而非立足于康德以会通中西的主张相互"呼应"，然则吊诡的是，在义理间架得到这般"敞开"之后，似乎仍然可以用《心体与性体》中的三系说"判教"其间。

还需指出的一点是，谢氏后来似乎少用"本无"这一取自传统中国哲学的妙词来铺陈物自体之"本义"，然则据我的浅见，本无义恰恰是对治虚无主义的无上利器，从这个角度来观察牟宗三对海德格尔所下的判教，虽未必能别开新境，却至少可以使"同情之理解"延展其视界——horizon 一语，通译"地平线"，剧作家姚克译为"天涯"。

《康德对本体论的扬弃》一书之重版，开启了重新认识一个当代中国哲学家"波谲云诡"的成长历程之起点的契机，而我们又不能不说，哲学活动的本性总是内在地指向一种新的"扬弃"——毕竟，"扬弃"也是我们所能设想的一部哲学作品的最好命运。

2015 年 1 月

清高与道统

在我心目中，我的老师俞宣孟教授是一个很有智慧的人。这主要并不是指他是国内最早出版关于海德格尔的研究著作的学者，也不是指他是继张东荪先生之后主张在中文哲学研究和写作中把 BEING 翻译为"是"的第一人——虽然他曾经因为一直阐释和"宣扬"这一点而在同事中间得了一个"BEING 先生"的"雅号"。说起来有点儿愧对我的希腊哲学"教养"——我的导师范明生先生以希腊哲学名世，而宣孟教授当年也曾带领我细读陈康先生译注的《巴曼尼德斯篇》——我对于"智慧"的定义"质朴无华"：一是指对于"任何"事物和事务都有自己独立而一以贯之的见解，从不人云亦云，"朝三暮四"；二是"知人论世"，学问和阅历合为一体，每有所论，皆如鱼饮水，有滋有味。

数年前的一个仲春时节，我因为参加小女所在幼稚园的班队活动，来到杭州郊外富阳新登镇的一处远近闻名的桃花岭"踏春"，那天的情形，说是人要比花多是夸张了些，但人也委实不少，整个一条山岭上都停满了各式小车。上下山岭的那条并不算太窄的路上都是要侧身让着才能过人的。就在已经掉队的我奋力登岭——我想起小时候从家藏的《哲学笔记》中看到并记下的老黑格尔那句"万古长存的山岭并不胜于瞬息即逝的玫瑰"——时，忽然看见前面一个熟悉的面影，哇，这不是俞宣孟老师么？他老怎么到这儿来啦?！我于是马上快步上前相认，宣孟老师见到我自然是很意外，当然也很高兴，只见他一边娴熟地摆弄着手里的相机，一边对我说，自己已经退休了，现在经常跑出来到"乡下"找个好去处，住它十天半个月，访访古，拍拍照，前不久还到老家新昌住了一段时间；我想不起他这番话有没有这样的"潜台词"了：以前过思辨的生活，现在要过具体的生活了！因为我深知像宣孟老师这样"段位"的哲学家，其具体的生活也一定是不会跳脱智识的趣味和思者之本色的。例如我后来就曾在社科院哲学所的网页上见到一篇他撰写的关于新昌大佛寺的考辨文字，那倒是让我想起当年在社科院念书时，有时会在所资料室借阅图书时翻看下登记卡上过往借阅者的名单，记得石峻老先生领衔编纂的那套多卷本的《中国佛教思想资料选辑》就是宣孟老师曾经借阅过的。

宣孟老师忙于拍照赏花，于是我和他约定，等他回沪过杭时，一定联系我，让我稍尽地主之谊，他愉快地答应了。果然，两三天之后，我就接到宣孟老师的电话，告诉我他正在从富阳到杭州的公车上，让我给出在杭州见面的地点，因为公车是沿着之江路走的，我说那我们就在杨公堤上的郭庄见面吧。记得那时我正好开始戒烟十天半个月，身上尼古丁存量不足（我的一个学生的描述方式）引起的"反噬"现象常常让我头重脚轻，举步不稳，可是我还是按时赶到了郭庄，而且同往常一样和宣孟老师讨论起了哲学问题。记得我提到牟宗三先生在《智的直觉与中国哲学》中对于海德格尔"基本存有论"并不"基本"的批评，我想请问宣孟老师对此的看法。在"拂堤杨柳醉春烟"的西湖美景中，我只听到他缓缓地说，海德格尔之说从德国观念论、新康德主义和胡塞尔一路翻滚、攀爬上来，其哲思本也凝聚着德意志民族的血和泪，似不可以另一传统中的高端洞见"轻易"打发！回想起来除了戒烟，我那时也并未经历何种"天人交战"，但话题却不知怎的又转到了"招安"这个"古老"的话题上，我又听到宣孟老师很淡定但也很确定地说，招安与否也不能一概而论，无论是否"招安"，关键还是在于做事的态度，在于要把事情做好！

呵呵，好一个做事的态度和把事情做好！由此我就想起了自己今年刚来的一名博士生最近在我的"研究室"帮我整理书架的事。大概是七年前吧，那时我刚刚分到了一间近二十平方的研究室，而自己恰巧马上要出国，于是就想到自己不在家时就更该给家人腾出空间了，为此起意要把家里不能上架四处堆放的书搬运到研究室上架。我找了搬家公司，不过整理和打包的事情都是那时的几名学生帮着一起完成的，记得一共装了六七十个不大不小的纸箱子。等书搬到研究室，诸位白面书生早已是筋疲力尽，于是在我的授意下，就不再细分类别，而只是拆箱后随机地把书排列在书架上。这些年我自己也很少用那个研究室，于是整理归类的事情就这么一直延宕下来了，一个例子是我那年在南港"中央研究院"近代史所的图书馆复印了不少期刊文字，从海运寄到后却一直堆放在研究室从没有翻阅过！我的这位今年刚来的学生见此情形就决意要来个大整理，用他的话说是要为师门留下点东西！那段时间我听说他每天都在研究室起早贪黑地干活。有一次我因为上课顺便过去转转，还是隔着书堆和他聊天的。他主动地告诉我，自己以前翻来覆去就读那么几本书，摸过老师这些书才知道自己知识面很窄，读书太少，最后还"诚恳地"总结说："读书还是得好（作动词）书啊！"

记得以业余写作各式书评不但让董桥先生倾倒，也让我欣羡不已的吴尔芙女士曾经说过："一切事物都只有在得到恰当描述之后才能存在。"类似地，书架上的书也只有在分类整理后才能得到全幅呈现。就在我的这位学生的整理工作大功告成后的某天，我坐在沙发上逡视诸书架，果然大有物各付物、各得其所之感。当我的目光来到当代中国哲学家的架子上，只见谢遐龄教授早年的那部《文化：意义的澄明》赫然在目。我记得这书当年还是在杭州湖畔居的三联书店得到的，从架上取下此书，就像追回已经消逝的光阴，果然见到在书的版权页上还有我当时写的题记！此书当年印数仅 2000 册，保存至今也算是"珍本"了，于是信手翻到某页，念将起来，只见遐龄教授掷地有声到近乎义正词严地写道："对参政，我的主张，无可无不可。清高是要的，而且一定要坚持。不过，清高不表现在'参政'与否之上，而表现在坚持道统与否之上。子曰'君子谋道不谋食'，斯之谓也。子夏曰，'仕而优则学，学而优则仕'，乃千古之确论。学也好，仕也好，都是为了坚守道统，岂有他哉！"又引用荀悦的话："世有三游，德之贼也：一曰游侠，二曰游说，三曰游行。……色取仁以合时好，立党类、立虚誉以为权利者，谓之游行。"并铿锵有力地评论说："邀名而败坏天下事，游行之士也。"

　　转天就是我为学生上课的时间，记得那天我的状态不错，忘记讲到哪个节点上了，我忽然从包里取出买了以后一直没有细看，但总是不时翻阅的布鲁门伯格的《神话研究》中译本上册，翻到刚刚在来上课的班车上看到的段落念了起来："'赤裸裸的真理'不是生命所能承受的；让我们谨记，这种生命乃是漫长的历史上人类环境与'指称活动'和谐一致所产生的结果——这么一种和谐一致直到最近才破碎。在这段漫长的历史上，生命不断地自我剥夺，而丧失了同其深渊的无根状态，同其不可能性之间的直接关系，因而它拒绝顺从并询唤其令人惊骇的

'本真性'。"

　　说来也是巧了，就在我下课后坐班车回到自己所在的校区，下车的地方就是一家书报亭，于是我随手要了一份《南方周末》来看，习惯性地翻到自己几乎"唯一"关注的阅读版，只见陈嘉映教授在上面荐书，所推荐的是张卜天翻译的我上半年买过的《无限与视角》（原作者反倒是记不起来了，反正他的另两个中译论著《哲学的终结》和《建筑的伦理功能》我书架上都是有的），在介绍完此书的要旨后，嘉映教授忽然"旁逸斜出"道："在纷纷繁繁的后现代喧哗中，我自己一直沿着布鲁门伯格的方向踽踽前行：知其虚无守其笃爱。无论哪种主义的原教旨，我都敬而远之——无论粗俗的还是精致的虚无主义。至于那些其实什么都不在乎却不断宣扬某种原教旨的大师，更让人厌恶。"我念嘉映教授的东西不算多，总觉得颇有点儿"神龙见首不见尾"之感的他似乎很少这样夫子自道，剖白心迹，于是就在当晚把这个"警句"发给了我的一群学生。邮件发出后，我只得到了一个回复，就来自我的那位不久前为我整理书架并因此而正在努力变得"好书"的学生，但他用来回复我的那句话却仍然来自他此前几乎是"独好"的维特根斯坦："于每一个真正严肃的哲学问题而言，不确定性直抵根基，我们总是得做好准备去接受一些全新的东西。"

2014 年 12 月 9 日，紫金港

落款时方才想起四年前的这一天，

我写了追念赵俪生先生的那篇文字

一字之师

　　商务印书馆 1984 年初版的马尔康姆的《回忆维特根斯坦》（李步楼、贺绍甲译）一定属于大学时代给我印象最深的哲学书之列。还记得我是在当时长春的重庆路书店买到这个藏青色封面并有如剪影一般的主人公头像的小册子的，更难忘的是其中的这样一个情节："在情绪很好时，他（指维氏）会以轻松的态度说说笑话。笑话的形式是用故作严肃的声调和神情发表一通有意编造的荒谬或夸张的议论。有一次散步时，他将我们走过的每棵树'赠给'我，条件是我不能砍掉它，也不能对它采取任何行动或者不让以前的所有者对它采取任何行动：在这些条件下，那么这棵树就是我的了。"

　　回想起来，我之所以对维特根斯坦有这样的"兴趣"，至少其中有一个原因是我当年所在的吉林大学自然辩证法专业的创立者舒炜光先生就有一部由三联书店刊行的《维特根斯坦哲学述评》，我入学时大概已经买不到这部书了，我竟也不记得有没有从图书馆借阅过这本书了，或者是借了而没有借到；就像我多次从图书馆借阅郭英翻译的《逻辑哲学论》而未果，因为我至今还记得后一本书当年收入汉译名著出版时那种"奔走相告"的心情。如果我没有记错，当年最为流行的现代西方哲学教材中的科学哲学部分就是由舒先生执笔撰写的。不过我印象最深的还是他和邱仁宗先生合作主编的《当代西方科学哲学述评》，除了查汝强先生翻译的查尔默斯的《科学究竟是什么》，舒、邱两位先生的这本书和江天骥先生的《当代西方科学哲学》、邱仁宗先生自撰的《科学方法论和科学动力学》以及本师夏基松先生和沈斐凤教授合作的《西方科学哲学》几乎就已经囊括那个年代了解科学哲学的所有参考读物了。

说来也有些凑巧，虽然我后来因为人文精神再度"昂扬"而中途退出了自然辩证法专业，但多年后我却还是投在了以研究科学主义著称的夏先生门下攻读博士学位。有道是"曾经沧海难为水"，我并没有捡起自己的"老本行"做科学哲学，而是选了个只能说是与老先生方向"沾边"的题目：牛津学派哲学家斯特劳森的描述的形而上学。在当年寻找资料的过程中，我惊讶地发现斯特劳森的"康德书"《感觉的界限》在国内图书馆居然基本无藏。事后想来大概是和这书出版的年代有关，1966 年那可是个什么样的年代啊！记得在确定选题后，我曾经给那时还在吉大任教的李景林老师写过信，景林老师把我说的情况转告给了同系其实也教过我的吴跃平老师。跃平老师是舒先生最早的研究生，承他热情地写信告诉我，吉大哲学系数据室居然有斯特劳森这部书的复印件——原来是现在澳门任职的周柏乔先生 20 世纪 80 年代初曾从伦敦到吉大短期任教，估计这批资料乃是从周先生的藏书中复印而留在系资料室的。我更是至今还记得 20 年前吴跃平老师在给我的信中的一句话："研究日常语言哲学不如研究维特根斯坦，正如研究存在主义不如研究胡塞尔。"这自然是很能够体现吉大哲学系那种"刨根究底"精神的警句了。

话说虽然我一早就从自然辩证法中掉队了，也虽然我并没有研究维特根斯坦，但吴跃平老师仍然是把我当作吉大"自辩"专业一员的，对此的最好证明是 2009 年，他还把自己主编的《舒炜光教授逝世二十周年纪念文集》寄赠给我，这本从封面到内容都朴实无华的书让我无比感动，书前的那些黑白泛黄的旧照片则让我想起了自己在"高高的白桦林里""流浪"的青春岁月。而更让我感动并深思的则是从舒路川先生对他父亲的回忆中看到的舒先生的这样一则往事："1985 年春节，时任吉林省委书记登门慰问父亲，父亲与省委书记的交谈都集中在发展省内理论研究和进一步发挥省内知识分子作用。父亲送书记时，只送了一半；只送到了第一个胡同口，而没有将书记送上车（我家要经过两个胡同口，才能上车）。这在当时和现在，对绝大多数人来说，都是不可思议的。当父亲回房时，我抱怨父亲做得有些不妥当。父亲解释说：按中国的传统礼节，送客是只应该送到第一个胡同口的。"

2014 年 10 月，在本校管理学院就读的一位年轻的博士生将到剑桥大学访学，小伙子平时经常帮我在网上买书，我有时也会向他推荐些书，记得我就向他推荐过商务 2012 年新版的《回忆维特根斯坦》。小伙子到了剑桥，居然在开会之暇找到了维特根斯坦墓，并给我发来了这样一封信：

"应老师，维特根斯坦墓的图片请见附件。请原谅我在好友圈中发的消息中，'暴露'了您，请见原文：'有一个晚上和应老师像往常一样散步时，应老师对我说：买本马尔康姆的《回忆维特根斯坦》吧，这本书我读大学时一直带在身边。'应老师推荐的书我都会买也都会认真读，这本也不例外。尽管我不懂维特根斯坦的逻辑哲学，但是，从这本并未深入介绍其哲学思想的书中可以深切感受到一位哲学家的纯粹，以及对思考的忠诚。于是，这次来英国访问维特根斯坦墓也就成了我的一项'使命'，跟随着地图的指引，在离我入住的丘吉尔学院不远处，终于找到了万灵巷的入口，穿过绿树掩映的小道进入墓地，从外到内一排排搜寻，都没有发现踪影，最后还是在一位刚巧路过的英国大妈的指引下找到了维特根斯坦墓。墓前没有墓碑，只有一块石碑覆盖在地面，石碑上写着墓主名字路德维希·维特根斯坦，及生卒年，除此之外，再也没有其他信息。白色的斑点紧紧地沾在石碑上，点缀在石碑上的字里行间，石碑上还散落着一些硬币，在时光的洗练下，也生出斑斑锈迹，石碑在杂草丛中显得些许凄凉，而这就是20世纪最伟大的哲学家之一维特根斯坦的最终安息地，而正是这个人在临终时留给世界的最后一句话竟是：'告诉他们，我度过了美好的一生。'"

2014 年 12 月

人生第一等事

　　要说我是通过倪梁康教授才知道至少是熟知耿宁这个哲学家的大名的，这应当大致没有错，虽然准确的时间节点已经记不住了。我记得清楚的是，80 年代末我在舟山工作时，单位的书架上有一册田光烈的《玄奘哲学研究》；但我同样已经记不得，我是从哪里得知，30 年前在南京访学时，耿宁先生曾经到金陵刻经处向田光烈居士请教唯识学，也许这也是"后来""阴差阳错"地成为我的"师兄"的倪梁康教授报道的吧。

　　1990 年秋天，我到上海社科院哲学所念研究生，在当时位于万航渡路华东政法学院院内的院图书馆抄卡片时，我意外地发现那里竟有不少胡塞尔著作的英译本，包括两大卷的《逻辑研究》，对于其时还沉迷于 3H 的哲学青年来说，这无疑是一条极其令人振奋的信息。事实上我的导师范明生先生确实曾经与现象学有过一段"亲密接触"，这些书就是曾长期担任社科院选书委员的明生师圈购来的，他还是国内最早译介美国现象学家马文·法伯的学者之一。但是再次"阴差阳错"地，明生师不但没有支持我"研究"现象学，而且对我的"现象学梦"大泼冷水："《逻辑研究》我读了半天也没有读懂！"

　　大概是三年多前的一个晚上，在西湖边杨公堤茅家埠的一次"雅集"——由庞学铨教授做东，倪梁康、韩水法、孙周兴诸教授为主宾，敝系董平教授和我为陪宾——中，我听到梁康教授颇为细致地和董平教授讨论起王阳明哲学中若干重要术语的理解和翻译问题。即使以梁康教授之博通中西古今，我还是对这个讨论稍感意外。承他善意地告诉我，其时正在翻译他的"精神导师"耿宁先生的"生命之作"，是一部研究王阳明的著作。我是等书的中译在不久前出版了才知道，这本书还有个令人羡煞的名字:《人生第一等事》!

据耿宁在前言中自陈，此巨著的内容"在许多年里都带有这样一个研究标题:'在中国哲学中关于良心与良心构成的一个讨论。'这里的良心应当再现中文表达的'良知'，而'良心构成'则应当再现中文表达'致良知'。"显然，良知和致良知均是用来刻画"人生第一等事"之确切内涵:读书学圣贤耳。不过耿宁还是曾经为这部著作的主标题颇费踌躇，这是因为他敏锐地觉察到中西方对于神圣性之不同观念，在西方的视野中，"哲学活动所涉及的必定不是获取神圣，而是获取智慧，因为就一个哲学家的名称而言，他爱的不是神圣，而是智慧;神圣是宗教的事情，而非哲学的事情。"另一方面，"在西方观念进入中国之前，这里并不存在哲学与宗教的原则性区分。这个区分在我们欧洲传统中是通过神的启示和恩典而得到论证的，它导致了对通过人的理性而获得的哲学认识与通过神的启示与恩典才得以可能的真正宗教之间的区分。对于儒家传统以及这个中国传统而言，这种原则上超越人的理性的神的启示之观念是陌生的，通过超人的、神的恩典的神圣化之观念同样是陌生的。"

按照李明辉教授的看法，耿宁对王阳明良知说的诠释可以归纳为三个方面:(1)他将王阳明的"良知"概念诠释为"自知";(2)他区分王阳明的"良知"概念之不同含义;(3)他探讨王阳明及其后学如何说明"良知"与"见闻之知"的关系。李明辉高度肯定耿宁以"自知"解"良知",推许为"甚具卓识,也可以在王阳明的相关文献中得到印证。借用牟宗三的说法,'良知'是一种'逆觉体证'。所谓'逆觉'即意谓:它是返向主体自身的,而非朝向对象的,不论对象是事物还是价值"。对于耿宁之区分王阳明的"良知"概念在不同时期之不同含义,李明辉认为与承自《孟子·尽心上》第十五章关于"良知、良能"的文本的前期良知概念相比较,借孟子所谓的"是非之心"来诠释的"王阳明后期的'良知'概念显然更符合'良知'作为一种'自知'之义"。而《人生第一等事》的新意在于提出了第三个"良知"概念,也就是"本体良知"的概念。与一开始就注意到王阳明的论述中作为"体"或"本体"的良知,但仍然把它与第二个"良知"概念之关系看作一种体用关系不同,耿宁现在提出要区分两种不同的"本体"概念:一是"某种类似基质和能力的东西,它可以在不同的行为或作用中呈现出来",二是"某个处在与自己相符的完善或'完全'状态中的东西"。在"良知"与"见闻之知"的关系上,耿宁除了区分两种"见闻之知",也就是"非德性的、事实性的,仅仅是理论的或技术性的知识"与"习得的道德知识",主要是把欧阳南野和王龙溪在这个问题上的分歧归因于不同的"良知"概念:"对龙溪而言,良知是人心之本然;而对南野来说,良知则是一种德性,即知恻隐、羞恶、辞让、是非的能力。"

李明辉对耿宁的批评集中在两个问题上:一是"四端"之"端"应作何解?二是在孟子的"四端"说当中,"是非之心"究竟居于何种地位?在前一个问题上,与耿宁将"端"字理解为"萌芽",而将"四端"理解为"德性的开端",而非德性不同,李明辉认为,"孟子的'四端'之心并非'德性的开端',而是我们对良知的不同侧面之直接意识,它已是德性，已是完善状态……依照这样的解释，四端之心便可以与耿宁所说的第三个'良知'概念（'良知本体'）连贯起来。"而如果耿宁把孟子的"四端"之心理解为王龙溪所谓的"见在良知"，就可以将"良知"理解为"自知"的看法贯穿于三个"良知"概念，但这实际上意味着需要"调整耿宁的分析架构，取消其中第一个'良知'概念"。至于"四端"说当中，"是非之心"起何种作用的问题，李明辉所针对的是耿宁的这样一个"疑惑"：在四端之心当中，孟子为恻隐、羞恶、辞让之心都举出了例子，唯独对于是非之心，"可惜孟子没有给出这个萌芽的例子，因此无法看出它所涉及是否也是一种情感或另一种人的心理现象"。

针对耿宁的这个"疑惑"，李明辉指出，"孟子未为'是非之心'特别举例，并非出于疏忽，而是由于它同时包含于其他'三端'之中，故不需要特别举例。"从这个角度，李明辉还阐发了儒家对道德判断的理解中的"情理合一"特色，并肯定"王阳明所说'是非只是个好物，只好恶就尽了是非'，也准确地把握了孟子'是非之心'的实义。在王阳明的话中，'是非'与'好恶'都是动词，分别意谓'是是非非'与'好善恶恶'，但其实是一回事"。李明辉还借用舍勒的说法，把"好"、"恶"两字分别译为 Vorziehen 与 Nachsetzen，"'好'、'恶'当然是一种'情'，但再度借用舍勒的说法，这种'情'是 Fühlen，而非 Gefühl。依舍勒之见，Gefühl 是一般意义的'情感'，是在肉体中有确定位置的一种感性状态，而 Fühlen 则是一种先天的意向性体验"。

李明辉对耿宁的批评和所做出的发挥，让我们想起牟宗三的"实践理性充其极论"，自来谈牟宗三哲学，最常见的"标签"是"良知的自我坎陷"，当所着重者在"机制"时，往往被简称为"坎陷论"；而当所重者在"结果"时，则被形象地称作"开出论"。其他如（宋明理学）

"三系论"、"智的直觉论"和"圆善论"则都是围绕着"晚年定论"《现象与物自身》而"展开"的。但是，从牟宗三哲学的发展形成及其效果历史的角度，同时也是为了更好地与把牟宗三哲学与我们视野中的当代哲学"对接"起来，从"实践理性充其极论"来探究牟宗三哲学的宗旨和理趣似乎是更具创发力的。例如麦克道威尔所倡导的那种自然复魅论实际上恰恰是基于一种"实践理性充其极论"而得出的。但是，"实践理性"仍然是一个西方哲学的语汇，在儒家传统哲学的词汇库中，更适宜于与耿宁所标举的"人生第一等事""对接"的乃是"成己"与"成物"这个对子，"实践理性充其极论"的哲学内涵就是成己以成物，成物以成己，不离成己言成物，不离成物言成己。这个"己"不是"主体"，这个"物"也不是主客二分意义上的"对象"。这样来看，强调不舍成己言成物与不舍成物言成己就具有对等甚至同等的意义，因为这个意义场域本身正是由这种"不舍"和"不离"所构成的。

诚然，"仁者以天地万物为一体"这一在成己与成物上的根本洞见乃是维系儒家哲学于"一体"的基本保证，也得到历代儒者和当代儒学研究者的高度认同，牟宗三在《心体与性体》综论部分基于"实践理性充其极论"对于成己与成物、道体既存有又活动之哲学义蕴的发挥可谓其代表。在某种程度上，我们甚至可以将其当作判教中西的标尺。这种发挥当然有颇为坚实的根据，不过居今而言，重新面对中西沟通的问题，怎样在"判教论"和"范式论"之间保持某种恰当的平衡反倒成了一个全新的课题。

说到这里，我想起有一次也是在西湖边上和与童世骏教授一样致力于把哈贝马斯与孔子"沟通"在一起的林远泽博士聊天，谈到对成己与成物的理解，远泽兄认为，儒家哲学之所以要背上对整个宇宙做出存有论的说明这个沉重的理论"包袱",乃是由于受到佛教哲学中的"万法唯识"论的影响,而置身于"合理多元化"的时代,似乎也无人能够信服那种宏伟的"开物成务"的道德主体。更关键的在于,通过开显出从康德到哈贝马斯的法政哲学一脉,我们似乎就能够对成己与成物给出一种新的解读,在这里,成己是要成就一个正义的主体,而成物是要成全一种正义的秩序,"成物"的意思就是在这种可以追溯到古典希腊时代的宇宙性正义秩序中"物各付物"。

经过这种"迂回",我们似乎可以对耿宁在谈到王阳明的第三个"良知"概念时所说的这段话有更为同情的了解:"但需要注意,[王阳明]在早先的文本中将'本原知识的本己本质'当作其'实现'的伦理实践之规范性目的观念或目的来讨论,而在后期的陈述中……他将'本原知识的本己本质'视作一个始终已经实存的完善现实、一个隐德莱希。我在这里有意使用了希腊本体论的两个表达,因为整个问题域都使我们回忆起我们关于存在、观念、形式、隐德莱希的古代讨论,或者说,回忆起实体、本质、观念、形式的拉丁文重述。"

去年九月初的一天,我从北京某民营书店的新到货品中得知《人生第一等事》已经上市,于是立即在网上搜索,但常用的购书网站中此书仍然显示为预售状态,于是就"迫不及待"地给商务印书馆的陈小文君发去了一则求书的简讯,小文君"慷慨"回复说:"特意给你精装本,别人是没有的。不要向别人显摆,不然我应付不过来。"

2015 年 1 月 12 日草,13 日订

幕垂鹄翔

年前到位于之江边上月轮山下的本校法学院参加一篇法理学博士论文答辩，距离正式开始还有些时间，于是就在邀我参加答辩的那位同事的研究室里转悠，我一边和同事聊着天，一边却是习惯性地走到靠墙的书架前面巡视了起来，只有寥寥两三个架子的书，扫上几眼就把那几个稀稀落落的书架看完了，却不意发现了一本书——《幕垂鹄翔》，这是颜厥安教授的一部论文集，一部法理学和政治思想的论文集，却起了这样一个"古奥""深沉"的书名，未免有些让人讶异了。然则结合作者的学思历程并细玩此书的内容，却感到颇有意味，甚或还有些从学理上加以联想和发挥的空间。

作者早年在慕尼黑大学以一篇关于青年黑格尔法政思想的论文获得博士学位，他之对于黑格尔思想"情有独钟"，似乎并不奇怪。用他自己的说法，"在欧洲漫漫两千多年的思想史中，黑格尔绝对是兼具观念原创、体系严谨，以及要素动感美的第一流思考者与书写者"。作者并且自承，黑格尔思想对他的影响，主要是来自青年黑格尔。的确，在此书三编——分别题为"黑格尔"、"哈贝马斯"和"自由主义"——的九篇文字中，关于黑格尔思想的文章就占了三篇。除了第三篇英文论文探讨黑格尔的个体与自由观念，前两文分别从自然法和悲剧观的视野探讨青年黑格尔的思想与现代社会危机的关联，其中尤其涉及与自由主义政治哲学的关联。如此命意，既关乎整部论文集的布局，更直接指向"幕垂鸦翔"一语在哲学上之深长意蕴。

在作者的视界中，"由于黑格尔的所有哲学就正好是对启蒙运动哲学的检讨与重新出发，因此黑格尔哲学本身就可以被视为是对现代社会危机的一种早期反省形态"。而由于在被誉为"黑格尔早期最有代表性的政治与法律哲学作品"的《论自然法研究的不同形式》中，黑格尔的法律与国家哲学理论是以一种更为一般的形式表达出来的，就更是"提供了一种反思黑格尔哲学与现代社会诸问题的自由空间"。"自然法论文"分别从道德主体的消散、道德性之虚妄、法律之资产阶级性格、对自由主义的哲学批判和争取承认的斗争五个方面刻画了青年黑格尔的法政思想之与现代社会的纠结。主要的线索有两条，一是对以康德哲学为代表的主体哲学之相当激进的解构与批判："康德哲学虽然希望透过实践优位、道德主体与自由意志，来与必然性相抗衡，但黑格尔却指出，这种抗衡其实是徒然的。因为透过这种虚空之点的抽象，此一主体注定与一切真实之物相对立，甚至包括其自身，此即黑格尔所谓'无限性乃是其自身直接之对立物（unmittelbar Gegenteil seiner Selbst）'"。从这个思路来看黑格尔对道德性的质疑，也就更好理解"道德性根本就是资产阶级的抽象形式道德教条"，"因为黑格尔认为道德性所表达的是一种否定性的关系，将个人与外在世界建构为一种相互对立之否定性，因此绝对伦理只能在纯粹意识里反射，亦即它没有真实存在"。于此更可以一脉相承地理解从黑格尔到马克思"将法律定位为保障资产阶级私有财产与占有的实证法律体系"。

早期黑格尔法政思想的另一条线索则是透过悲剧之结构来阐明现代社会绝对伦理之性格，并特别表彰悲剧人物在命运之支配下仍然勇敢地为承认而斗争，"此一伦理虽然在自然法论文里并未有非常充分的发展，但是在整个耶拿时期却逐渐发展成为一种奠立主体性的理论，而具体呈现在精神现象学之主奴辩证法之中……这可能仍是现代社会里超克相对伦理／私民（Privatleute）社会之外在局限性，以追求确立真正自由／绝对伦理的一把关键钥匙"。这有三个意涵，一是要在经济生活的必然性（现代意义上的命运）里争取承认，要争取真实的生活主体而非空洞的道德／法律主体之被承认；二是抗争结构才是人类社会的永恒伦理本质，也就是说，并不是人与人的平等，而是人与人的不平等，才显现了伦理生活的真实关系；三是社会正义的问题，是在正义成为一种社会问题之后才开始的，"因此社会正义的问题，并不是原初状态下的选择问题，而是社会状态下，透过主奴标准所不断进行的社会性重构问题"。

的确，作者对"承袭了浪漫主义的洞见，却以理性主义／观念论来理解掌握悲剧概念"的青年黑格尔抱有高度的同情，尤其着墨于把悲剧与现代与后现代、理性与非理性的争辩关联在一起。在指出尼采将狄奥尼索斯／悲剧与苏格拉底／理性对立起来的架构之后，作者引用哈贝马斯的话："在此一问题脉络里，尼采只有两种选择：重新对以主体为核心的理性概念进行一种内在批判——或者完全放弃这整个方案。尼采选择了后者——他放弃了对理性概念进行新的修正，也因此告别了启蒙的辩证。"对哈贝马斯来说，黑格尔就是这个"启蒙辩证"问题的原初起点，而作者也是在这个意义上同意哈贝马斯所谓"在哲学的意义上，我们仍然是青年黑格尔派的同时代人"。

应当怎样理解哈贝马斯所谓"在哲学的意义上，我们仍然是青年黑格尔派的同时代人"？对此有形式上的和实质上的两种回答，形式上的是指："黑格尔揭开了现代性的话语。青年黑格尔派则使现代性话语永久化；也就是说，他们把源于现代性精神自身的'批判'的思想框架从黑格尔理性概念的压力下解放出来。"实质上的是指，为了走出主体哲学："我们必须返回黑格尔在耶拿时期所放弃的选择，回到一种交往理性概念，从而换一种方式来思考启蒙辩证法。也许现代性话语在第一个十字路口就选错了方向。"

如果说在某种程度上，后现代性是在用一种黑格尔的方式反对黑格尔，那么对现代性的捍卫本身就更成了一个对黑格尔哲学的重新解释的问题。在对黑格尔的现代性概念的反应上，哈贝马斯区分出了黑格尔左派、黑格尔右派以及尼采三种视角。黑格尔左派也就是"用一个打了折扣的理性概念坚持黑格尔的方案"的青年黑格尔派，黑格尔右派派生出"毫无批判地屈从于社会现代性的强大动力，轻视现代的时间意识，并把理性还原为知性，把合理性还原为工具合理性"的新保守主义者，而尼采的视角则衍生出"超越辩证的时代批判，把现代的时间意识推向极端，并认为理性是绝对的工具合理性，是非人化的控制力量"的所谓青年保守主义者。哈贝马斯以一种"坚定不移的激情"（泰勒语），一种富于文学色彩的笔法描述了这三者"你方唱罢我登场"的历史活剧，而最后仍然把现代性的自我确证问题归结到对黑格尔哲学的理解上。在《现代性的哲学话语》的"三种视角"一讲中，哈贝马斯是通过对黑格尔的现实性概念的解析来展开这幕活剧的，这是因为"时代历史的现实性应当是哲学需要的源泉"，当然，在指出"费尔巴哈、克尔凯郭尔和马克思都反对如下错误的和解，即主观自然与客观自然、主观精神与客观精神、客观精神与绝对知识仅仅在思想领域中达成的和解"时，哈贝马斯也提及了对于理解黑格尔至关重要的"和解"这一概念。

黑格尔是在谈到对哲学的需要时引出"和解"这个概念的,"对哲学的需要出现于一体化力量从人类生活中消失之时"。在哲学与现实、理性与存在的关系问题上,如果说对哲学的需要根源于"时代历史的现实性",这种现实性是用差异、对立、决裂、冲突和矛盾来刻画的;那么哲学的任务和成就恰恰是要达成与现实的和解,而这种和解是在一个动态的自我同一与自我分化的总体中实现的。这是因为,黑格尔清醒地意识到在现代世界,统一性与和谐已经碎片化了,我们再也不可能回到例如希腊城邦生活那种理想的无中介的整合,而只能要求一种新的有中介的整合。

理查德·伯恩斯坦是新法兰克福学派和新实用主义有代表性的成员,他在一篇题为《和解/决裂》的重要论文中系统地探讨了这个问题。伯恩斯坦明确地认为:"和解的承诺与实现是黑格尔哲学中最根本、最有力,而且也许是诱惑性的论题。"从其最早的作品到他生命的终结,黑格尔不断地回到和解这个主题上。很显然,"和解"在黑格尔那里首先是个"形而上学"概念,"对黑格尔来说,自我分裂与和解的主题具有宇宙论的含义。它同时是关于精神的奥德赛以及精神自身之逻辑的宏大的历史叙事"。黑格尔用真无限、绝对精神、绝对知识、具体的否定、扬弃等一系列概念来刻画历史中的理性和逻辑,而要把握这种叙事和逻辑的伦理—政治含义,一个更为便捷的办法则是回到黑格尔自己的历史情境中去,因为归根到底,黑格尔是要表达他自己的时代——也就是现时代——的冲突和矛盾,以及怎样解决和调和这些矛盾和冲突。这些矛盾集中在黑格尔所谓"主体性原则"上,它既是现代性的主要成就,也是其内在的冲突和不满的根源。

在伦理—政治的层面上，黑格尔对于主体性原则的批判预示了社群主义对于自由主义个人主义的批判，但是如果说，在社群主义那里，明显地存在着批判大于建构的倾向，那么在黑格尔那里，批判和建构毋宁说是一起给出的。在黑格尔的建构方案中，特别引起后黑格尔的思想家们兴趣和注意的是他在耶拿时期的承认论题以及《精神现象学》中的主奴辩证法，但也正是它们引起了最广泛的争议，并把争论的焦点重新指向了黑格尔哲学的暧昧性。这种暧昧性表现在，"相互承认的达成要有意义，就必须预设在彼此遭遇的自我意识之间存在无法消除的差异，就是说，自我意识之间有一种真正的多元性。但是黑格尔既肯定也否定这种差异和多元性"。在黑格尔的绝对主体那里，差异是要扬弃的，对我来说的他人和差异并不是真正的他人和差异。一句话，受制于哈贝马斯所谓主体哲学，这种对话就并不是真正的对话，这种相互承认也并不是真正的相互承认。

哈贝马斯曾经用卡尔·洛维特的话来形容青年黑格尔派以一种非哲学的方式投身于历史思想："他们想置身于历史之中并把历史作为取向，这就好比船舶毁坏之后想抓住风暴一样。"而尼采"则消除了以主体为中心并退化为工具理性的理性批判当中的辩证法芒刺"，从而耗尽了批判本身的动力。伯恩斯坦同样是在现代性与后现代性的语境中讨论黑格尔和解论的伦理—政治含义的，但是与哈贝马斯稍有不同，正是在从尼采、海德格尔到法国后现代思想家们对于理性主义形而上学以及宏大叙事和元叙事之批判的刺激下，伯恩斯坦开始强调黑格尔哲学中与"和解"并列的"决裂"面向。

从黑格尔哲学本身来看，决裂与和解是同一辩证过程的两个内在必要的方面，"只有通过极端的决裂和自我分裂，精神才能达致与自身的和解"。如同后现代哲学家其实是在用隐蔽的黑格尔式的前提来反对黑格尔，伯恩斯坦自己也倡导要用黑格尔反对黑格尔，正是基于这种策略，他提出要用丛集（constellation）的隐喻来取代扬弃的隐喻，并把现代性／后现代性本身看作一种丛集。如同和解／决裂本身是这个新丛集的不可还原的要素，现代性／后现代性也是一种并置的而非相互包容的关系。一方面，"和解的承诺和需要是一个新丛集不可或缺的要素"，另一方面，"批判的和解的必要性并不因此而遭到摒弃"。伯恩斯坦认为从这种新丛集中得到的教训就是，我们要像一个第二人称的参与者而不是第三人称的观察者那样从事批判。正是在这个关联中，伯恩斯坦和哈贝马斯一样倡导所谓内在批判的观念。

的确，在对现代性的批判和辩护上，主要源自黑格尔—马克思传统的内在批判的观念即使在那些出身于马克思主义，却由于各种原因与它保持"批判的"距离的前马克思主义者那里也引起了共鸣和反响。在《经受无穷拷问的现代性》一文的开篇，科拉科夫斯基写道："如果我们相信黑格尔或柯林伍德，那么任何时代，任何文明都不能在概念上达到自我认识。"但是，在得出"原则上我们无法揭示我们自己时代的预设，除非密涅瓦的猫头鹰已经起飞，我们生活在一个时代的黄昏，生活在时代的终点"这样貌似悲观的结论之后，科拉科夫斯基却一方面揣测，"古代的与现代的冲突可能持续存在，我们将永远无法消除它，因为它表达了结构与进化之间自然的紧张，这种张力看起来有生物性的根源"。另一方面认为我们可以从这样的观念中找到安慰："文明能够照料自己，动员起自我纠正机制，或产生一种与其成长中的危险因素做斗争的抗体。"无疑，科拉科夫斯基的情调是有些阴郁——他自己称作忧惧——的，可是他的心智却仍然是"辩证的"，"有一点一般是正确的，即进步带来的福祉与恐怖经常是不可分割地联系在一起的，就像传统主义带来的快乐与痛苦一样"。而其"内在批判"的特质则集中体现在这句话中："为了生存下去，不情愿地恢复某些不合理的价值，从而否认其合理性，是迫不得已的，由此说明，完善的合理性是一个自我拆台的目标。"

回到我们开篇讨论的《幕垂鸦翔》一书。颜厥安在前言中自承在大学时期主要研读的政治思想对象是自由主义。颇有趣味的是在此书中，自由主义被作者称作"现代斯多亚主义"："黑格尔、哈贝马斯和自由主义，都朝向以建立某种合理的法权体制作为政治社群建立秩序的方案。"而在本书的三个研究对象中，自由主义编排在最后，这也许反映了作者的某种"价值"（偏好？）排序，也可能只是一种巧合，尽管如此，我仍然愿意用一位同样不懈地致力于调和启蒙与传统、融会理性主义与浪漫主义的当代政治哲学家查尔斯·拉莫尔的话为作者别进一"解"：

"尽管现存共同生活的必要假设并未使自由主义成为不连贯的，但它确实表明自由主义的政治观念本身是一个迟来者。这种观念是针对共同生活已经证明无法免于关于深层次意义问题之分歧的人民而提出的。一般来说，它只有在一个已经放弃了一种均质文化（更为准确地说，这也许是它的托词）而又深受重新强加的政治暴力之害的社会中才能出现。因此，自由主义秩序所依赖的共同生活必须包含对过去的忠诚，这种忠诚也是反思性的，而不只是一种连续感。它必定是人民的生活，而这种人民是通过他们从曾经使他们分裂的因素中学到的东西而团结在一起的。"

2015 年 2 月 2 日晨，紫金港

作为一种跨学科实践的社会科学方法论

主要由马克斯·韦伯的同名工作确立其卓著声誉和研究传统的社会科学方法论问题，其学理层面的渊源其实应当追溯到新康德主义者在一个多世纪之前对于自然科学与精神科学之异同的方法论辨析，而其规范层面的驱动力则是由早期现代性向晚期现代性过渡中呈现的社会科学地位问题所折射出来的现代社会对于社会和人之想象的转换。就这个研究传统在 20 世纪下半叶的展开而言，从实证主义向后实证主义的转变是特别值得重视的，正是这个转变及其产生的持续效应，不但破坏了人文科学和自然科学之间固有的、本质主义的区分，而且推动了社会科学之研究逻辑从聚焦于行动、理由和原因到聚焦于规则、合理性和说明的转化。如果说，后实证主义转变所促成的历史和实践的转向已经把社会科学置于当代科学认识论和科学哲学的中心，那么居今而言，社会科学方法论这个本是由跨学科的问题意识所衍生的理论问题本身却已经泛化成了一种跨学科的实践，一个只有通过与社会科学的合作才能完成的计划。

社会科学方法论这个论题下的著述，国内学界多年来一直都不乏关注，例如，新康德主义者李凯尔特的《文化科学与自然科学》，韦伯的《社会科学方法论》，温奇的《社会科学的观念》，都已经有了中译本，有的还不止一个译本。但是迄今为止，还没有一套大型的译丛，能够按照这个研究传统本身的脉络，系统地呈现其发展演变至今各个阶段和流派最有代表性的著作。本译丛将紧紧围绕这个论题的跨学科特质，甄选以下三个层次或方向上的重要著述，请国内学有专长的成熟译者精心翻译成中文出版：一是在元理论层次的工作，我们将遴选近百年来社会科学方法论上的经典之作，同时将把目光投注于当代最前沿的工作；二是跨学科意识和方法论在某一门或若干门具体人文社会科学中得到集中体现的成果，例如行为主义与后行为主义之于政治学形态的变化，理性选择理论之于社会学和经济学的适用性，交往行动理论在伦理学和法学上的运用；三是具体的跨学科实践，这方面的重点将是那些无论在方法论上还是在规范含义上都具有示范作用的具有广泛影响的个案研究。

目前入选的著作旨在集中展现后实证主义转向对社会科学方法论问题的塑造性影响，这是长期以来国内的西学译介中的一个巨大盲点。从理论基础而言，后实证主义发端于20世纪50年代美国哲学家奎因对于经验论之两个教条的著名批判，而其基本的理论信条实际上可以追溯到维特根斯坦的后期哲学。这种转变明显地影响到了社会科学方法论的探讨路径，例如目前几乎已经成为经典作品的温奇的《社会科学的观念》就是把维特根斯坦的后期哲学观念推广到社会科学方法论研究上的一个典范。就社会科学哲学这个领域而言，温奇的著作得风气之先。正是在上述转向和潮流之下，社会科学方法论这个理论问题本身逐渐衍化成了一种跨学科的实践，这不但是指，后实证主义所传递的方法论意识迅速辐射和渗透到各学科例如伦理学、政治学、经济学研究当中，超越和突破了实证主义的樊篱和局限，而且是指，社会科学方法论问题（其核心部分就是所谓社会科学哲学）本身成了凝聚和整合跨学科研究成果的一个平台。

多年来，浙江大学在跨学科研究上做出了持续的投入，也确立了一定的声誉。得到浙江大学文科高水平出版基金的支持，目前设计的这个译丛既真实地反映了我们对于跨学科研究之重要性的认识，也希望能够自觉地回应已经得到蓬勃展开的跨学科实践。更为重要的是，我们还试图通过这个译丛努力呈现跨学科理论与实践背后真实的问题意识，使得社会科学方法论这个看似边缘的论题成为人文社会科学最新进展的聚焦点。同时也将通过这个译丛自身的立意、宗旨和品质，塑造和确立它在国内蓬勃开展的西学译介事业中的独特地位。

（这是我为所主编的"社会科学方法论：跨学科的理论与实践译丛"所撰写的序言）

2016 年 1 月

"断线"

——送叶秀山先生远行

九月八日，在经历了整整两个月冗长到有些沉闷的暑假之后，也是在杭州"封城""放假"一周之后，时光近午，我一人端坐在西溪校区主楼七层的办公室里拆阅假期里"堆积"的信件，忽然手机铃声显示有短信进来，打开一看，是我的一位现在北京做博士后的过去的学生发来的："老师，叶秀山先生过世了。"放下手机和另一只手上拿着刚在翻看的杂志，默默地呆坐了半晌，我"追"问："是真的？听谁说的？"那边回："某某在朋友圈里刚发的。"又"空白"了一会儿，我只有七个字："世间好物不坚牢。"对方"脆"复："这没办法的。"

我初次知道叶先生的大名，是八十年代中期在吉林大学哲学系高文新教授的西方哲学史课堂上，高老师课上经常提及《前苏格拉底哲学研究》这部著作，时而赞同，时而异议，而大部分时间则似乎是用来"切磋"和"佐证"自己的某个观点。当《苏格拉底及其哲学思想》一著出版时，我正在王天成教授的《小逻辑》专题课堂上，天成老师的授课地点是在靠近长春地质学院的吉大灰楼，记得下课后我还曾"缠"着天成老师要和他"讨论"叶先生书中关于苏格拉底辩证法的那一节。大学时代，青春饕餮，叶先生的这两部书那时我都是一字一句、亦步亦趋地反复拜读过的——时至今日，我还仍然记得《苏格拉底》书中的某些字句，例如我是在叶先生的一个脚注中第一次得知英国道德哲学家海尔（R.M. Hare）；在那本书结尾处预告自己即将进行的柏拉图研究时，叶先生写下了这样的话："柏拉图的全部著作都保存下来了，这不但是一种幸运，而且是一种公正。他的著作的确是值得保存的。"

1988年盛夏，我从北国春城来到我后来在"外面的世界"转悠了二十多年又重新回来日常起居的千岛之城舟山，并在这里工作了两年。在当年定海城中那家现已不在原址的新华书店，我第一次见到了叶先生刚刚出版的《思史诗》。几乎不夸张地说，我在舟山那两年所余下的时光就都是在这本书的陪伴中度过的。无论从周围的知识空间、那时的个人心境还是那个特殊的时代氛围来说，事后回溯起来，带点儿自我拔高地说，我大概是想通过那本书来维系自己的精神高度于不坠吧。我从中得到的哲学上的滋养就正如从此前同样在那家书店得到的林庚先生的《唐诗综论》中得到的文学上的滋养。

1990年初秋，我在淮海中路622弄七号上海社科院哲学所"恢复"了自己的学业。虽然因为《思史诗》的影响，我在研究生复试时曾大谈3H（黑格尔、胡塞尔、海德格尔），还赢得孙月才先生频频点头，但我的导师范明生先生还是毫不犹豫地用自己的"经验教训""泼灭"了我的现象学梦。尽管如此，沪上三年可谓我全面"拥抱"叶先生论著的时期，除了收罗到以前在舟山未曾见过的《书法美学引论》和《古中国的歌》来念，那时凡是大小杂志上发表的叶先生的所有文字，我都无一例外地找来津津有味地研读。社科院研究生部的阅览室条件很好，光亮人稀，而在那里念哲学的人几乎就只有我一个；记得有一次，一位那时刚刚毕业留校在杭大哲学系任教的陌生的年轻朋友敲开了我寝室的门，我见他手里拿着一册《中国社科院研究生院学报》，自报家门之后，这位不速之客翻到当期上叶先生那篇《哲学的希望与希望的哲学》，指着上面那些"道道"，"唬"我说："这些是不是你划的？！"

沪上念叶的最重要遭遇当然还是要数在那时十分红火的南京东路学术书苑邂逅《美的哲学》，那本书让我念得如醉如痴，那时我念书还喜欢用一种红笔圈点，一路念下来，最后我发现自己用那支划痕有些粗重的朱笔把那本书的几乎所有的句子都圈了起来！我至今也还记得其中的不少字句，不过现在想来最重要的是，读了叶先生的诠释和发挥，我才算真正理解了什么是"古调虽自爱，今人多不弹"，当然也还有"香草赠美人，宝剑配英雄"。多年以后，一位在玉泉相识的朋友即将赴美深造，临走要我推荐一本可带走的书，我想起的就是叶先生的这本小书，朋友到了大洋彼岸后，一次欣欣然地告诉我："这书确实很好看，我晚上看一段就把它放在枕头底下，让它陪我度过在异乡的夜。"

《美的哲学》完稿于1989年八月，几乎可以被公认为叶先生那种温情款款、摇曳有姿的写作风格真正成型之作，然则三复斯书，在那份"悠然见南山"的恬淡情致之下，却也分明有"猛志固常在"之刚毅的呈现，例如有这样的句子：《春之祭》中"所蕴含的那原始的'奉献'精神则是一般甜美、优雅的曲调所无法比拟的。古今中外的文艺家以'春'为题材的作品多如牛毛，其中多数都渲染了'万紫千红'的气象，这原也是很真实的，但却不免是表面的，唯有斯特拉文斯基的《春之祭》在那蠢蠢而动、大地复苏的雷声中听出了人类为迎接这个春天的来到付出了的严酷的代价。春天是那样的美好，繁'花'似锦，充满了无限的'生'机。那'无可奈何''落去'的'花'，又盛开了，但那被祭献的少女却一去不返；'生'是由'死'换来的。春天的来临，固然是大自然的'恩赐'，但却是有代价的，人要为大自然作出'奉献'，把自己的最美好的女子'奉献'给自然。'奉献'了自己的'青春'，换来了'他人'的'青春'，以自己的'死'，换得了'他人'的'生'"。这些"美文"中就无疑既有那个"斗争"年代之"烙印"，同时也更是在为那种"斗争"中所蕴含之"理想"做"见证"。的确，表面和内里都温雅到极致的叶先生其实并不"回避""斗争"，"奋争"（《哲学之辩护：雅斯贝斯的"奋争"和"奉献"》）和"斗争"（《"现象学"与"人文科学"："人"在斗争中》），不但赫然出现在叶先生的文章标题中，而且从历史上和学理上得到了深入的继承和阐发：一方面，"生活充满了斗争，斗争给人带来乐趣"；"通过具体的交往——包括各种形式的'斗争'，'我'与'他人'的和谐一致，就是美，就是诗"。另一方面，"雅斯贝斯所谓哲学之斗争也是'有感而发'，是有针对性的……在 Existenz 的根本上维护哲学之独立性，这就是雅斯贝斯为之'斗争'的目标"；"四海为家，则常常无以为家，深刻揭示这一层意思的，是法国的列维纳斯……在很深的学理层次上维护着'人'的生存、斗争的权利。"这大概就是叶先生在其学思生涯后期对德里达、福柯、利科等法国哲学"诸公""情有独钟"的其中一个主要原因吧。

从 1993 年开始，我有三年时间在杭州大学念博士。我在博士论文的后记中曾经提及自己选题的主要原因是在社科院图书馆借过 Individuals，但当时我怎么会知道有这本书的，确实已经记不得了，或许就是在图书馆翻检西文书目时偶然发现的。作为叶先生文字的追读者，我当然知道他 1989 年就在《读书》上发表过一篇《英伦三月话读书》，里面记到在牛津访学时念斯特劳森的康德书的经历。在那个资讯相对还比较匮乏的年代，这种直接来自现场的报道对于一个暗夜行路者几乎就已经是一种鼓舞和鞭策了。此外，我在博士论文中还引用过叶先生早年的一篇文字《康德〈纯粹理论批判〉"分析篇"中的一些问题》，像我当年的老师那样同样以之来"佐证"自己对现代西方哲学的某种粗浅观察。大概就是基于这些因素，毕业从教后我还曾经把自己的论文打印出来寄给叶先生请他指教，并因此和他通过一个电话，他客气地说我这做的是一种"专家"之学，而当我为贸然请教为他带来的"麻烦"表示抱歉和谢意时，他用那江苏口音的北京话带着点儿拖腔地回我说："不麻烦。"

因为自己从没有见过叶先生，我对他老人家的那份心境就更是神似一位粉丝之于自己心仪之偶像的心情。而且——从"内因"来说——以我在哲学界那小而又小的"圈子"，以及——这可谓"外因"——叶先生那种"深居简出"的风格，我几乎就没有什么"渠道"得到自己的偶像的任何"消息"。但是"功夫不负有心人"，"机会"还是来了：大约十多年前，我在昆明参加由阿登纳基金会和社科院哲学所举办的一个政治哲学会议，期间有幸和谢地坤教授和他的同事们朝夕相处几天，因为知道地坤教授和叶先生过从颇密，我于是"见缝插针"，一有空隙就试着从地坤教授口中掏出些关于叶先生的"八卦"和"秘辛"，即使以地坤教授之口风紧严，也应该说是"收获颇丰"，现在想来我实在是要感谢地坤教授之"交浅言深"，而这多少算是安慰了我多年的那份"饥渴"的心情。

博士毕业是自己的学术生涯的一个分水岭和转折点，从所谓专业的字面意义上而言，我和叶先生的工作无论如何都应该说是"渐行渐远"了。但是叶先生的著作，从《愉快的思》到《无尽的学与思》，再到《学与思的轮回》，从《西方哲学史导论》到《哲学要义》，再到《科学·哲学·宗教》，从《中西智慧的贯通》到《哲学作为创造性的智慧》，再到《"知己"的学问》，都是我每见必收必读的。2010年九月，我在紫金港晓风书屋见到《美的哲学》重订本，买回家读完叶先生的新序，心绪难平，"思如泉涌"，当夜就写下了《榜样的力量》这篇自己难得比较满意的小文，后来并得到杨丽华女士的支持在当年的《文景》上发表了。

"奇文共欣赏"，"以文会友"——由此关联开去，这些年印象比较深的还有这样几件"事"，一是2010年十一月，我应时在上海社科院任职的童世骏教授之约，随他到范明生先生府上祝寿，行前在童教授的办公室，记得他刚读完我发给他的为范先生贺寿的那篇文字，聊天中就脱口半自言自语地说："应奇的哲学偶像是叶秀山。"哲学家说话也要有"证据"和"来历"，我猜想世骏教授这个论断的一个字面上的根据应该是我在那篇文字中曾经流露，1993年自己硕士毕业时一度打算报考叶先生的博士生，但社科院哲学所的研究员们是轮流招生的，那一年叶先生并没有招生；二是从《榜样的力量》一文得知我对叶先生文字的执着痴迷后，叶先生晚年的"御用"编辑周文彬先生曾有几次把他刚约到还在编辑中的文章发给我"先睹为快"，现在想来还是深感幸运，大概"享受"这种"待遇"的，除了叶先生自己的学生外，估计并不会太多吧；三是叶先生的"康德书"《启蒙与自由》刚刚出版，我就在那时已有很久没有去过的杭州解放路书店得到了。之所以对此印象这么深，还有一个"原因"是，那天刚好有一位前几年从我们所里毕业的年轻朋友来找我，这位朋友电话我时，我刚好在那家书店，我就说你到书店来吧。那位朋友到书店后见我手里拿的书，调侃说"应老师又忍不住书瘾了！"我不假思索就"打趣"说："一般来说，书成了灾后，一本书是在哪家书店买的就并不容易被记住了，但是如果当时还有一个人同行，那就大大增加了记住这一点的概率——为了让我（们）记住这一点（店），我要买这本书！"

此后不久，名满天下的张祥龙教授来敝所演讲，我受包利民教授之托，代表所里"宴请"祥龙教授，除了同所一位过去是张教授的学生的同事，"见证"我买书的那位年轻朋友碰巧也在。由于刚从网上得知有一个《启蒙与自由》的小型研讨会，而且张教授也参加了这个会，我就请教他对于叶先生此著的感受，记得祥龙教授回说："我这些年读列维纳斯，琢磨他关于'家'的概念，再比照儒家，越来越觉得列维纳斯的重要性，而叶先生那么早就注意到了列维纳斯的重要性！"我于是想起韩水法教授有一次在听我"倾诉"对叶先生的仰慕后，似乎是随口但其实是板上钉钉地对我说："叶先生满脑子都是德国古典哲学的问题。"我听了祥龙教授的话，冒昧地觉得可以对水法教授做一个"补充"："叶先生满脑子也装着儒家的问题。"如果前一个"满脑子"更多地是在发生的、源头的意义上说的，那么后一个"满脑子"则更多地是在本体的、根源的意义上说的；从方法论的角度，如果说前者是在建构和反思层次上讲的，那么后者则是在重构和回返（环）层次上讲的——叶先生在最新的文集《"知己"的学问》的序言中把这种做哲学的方式称作"迂回-detour"式的"战术"。即使从其不多的着墨也可看出，在现代新儒家诸子中，叶先生高度尊崇牟宗三先生："他在从学理上沟通中西哲学方面有特别的贡献，其深入的程度，也是不可被忽视的。"又说："牟先生西学得力于康德哲学，不过他虽然特别重视道德伦理，以此架起桥梁，但对康德《实践理性批判》的理解，似也还没有'到位'，因为也

还缺少基督 - 犹太这个环节。我想，这都是要进一步深入研究的问题。"无疑，直到九月七日深夜在书桌前倒下那一刻，叶先生也都还是"迂回"在这"要进一步深入研究的问题"中的。

在杭州停留一天后，我就在上周六晚上回到了新城。从办公室出门前抬头看到进门书架最高处就是当年安徽教育所出叶先生那个文集，于是就恭敬地取下放入行囊中。为了在天气彻底凉下来之前陪小女再玩次沙滩，次日下午我们就到朱家尖参观所谓沙雕节，随身还携带着叶先生的那部文集。一路秋雨绵绵，高天海风劲吹。到了南沙景区，才想起今天是此前注意到过但并未去追踪的"东海音乐节"的最后一天，看了下演出节目单，发现当晚的压轴正是我年轻时听过的台湾女歌手万芳：看看时候，现在还只有下午三点钟；看看这天候，还有小女因为玩沙和"冲浪"而瑟瑟发抖的双唇，我知道我是"坚持"不到见到万歌手的那一刻了，虽然无论从时间和空间上，这大概会是我此生距离自己的另一位"偶像"最近的一刻了。幸运的是，正在我有些茫然地冲着舞台上已经开始表演的不知其名的摇滚歌手发呆时，我忽然想到正不妨"妙"用这位女歌手的一首的我当年很喜欢的歌曲的歌名来刻画我现在的那份心情。凡看过曾担任叶先生学术助手的王齐女史谈叶先生之音乐情缘的那篇妙文者，一定无从推出叶先生会知道万芳这位通俗歌手，但我想，以"心目中并没有什么俗称的'高雅音乐'与'通俗音乐'之间的严格区分"的叶先生那种并不排斥通俗音乐的胸襟和趣味，他老人家也未必会笑话我的"品味"吧——既如此，我就还颇欲有些僭妄地用叶先生的话——见于叶先生 1993 年参观台湾故宫博物院之后写下的《关于"文物"的哲思》——为万歌手的通俗流行歌曲"进一解"，并以为叶先生送行：

　　"董其昌大小法书，分三室陈列，其凝重飘逸之势，有不可抗拒的力量。董书强调虚实相生，最得生命之理。论书艺者有'笔断意不断'之说，亦可谓得'生命'之真谛，贵在于空白处体会出'意''不断'的道理，是一种对'生命'的体验。"

　　　　　　　　　　2016 年 9 月 13 日午后一时，千岛新城客居

布法罗那明灭的灯火
——追忆余纪元教授

十一月四日早上七点多，我还在桌前早餐，又是一条来自北京的短信："老师，余纪元先生昨天过世了！"飘渺到有些虚无的"预料之中"还是远远无法掩蔽和钝化这切实而又锐利的"突如其来"——瞬间的冲击造成的间歇停顿过去之后，依然绵延的思绪却让我恍然想起了去年十一月间，我把拜读汪子嵩先生的回忆录《往事旧友欲说还休》之后写成的《太老师》一文发送给纪元教授，他收到后给我的回信，于是拖着自己那条沉重的伤臂坐到电脑前，检出那封信，时间显示是十一月十四日："应奇兄，谢谢大作，总能获益。我今年背运，得病一场，还不小。请了一学期病假。不过就要见到光明了。望诸事安好！纪元"。

我之得知纪元教授大名，至少是固化对其的印象，想来必定和我的导师范明生先生有关。九十年代初，我在上海社科院哲学所念硕士，虽然几经曲折，我最终并未以希腊哲学为业，但后者始终是我们师生之间的一个恒久话题。忘记是在课堂上还是课后的聊天中，明生师有一次带着夸赞的神色提到了"小余"——之所以如此，想来这其中还有个因素应当是和我的籍贯有关，因为我和范师口中的"小余"一样都是诸暨人！不过那时候"小余"给人的主要印象，大概还在于他是苗力田先生主编的《古希腊哲学》的主要译者，后者初版于 1989 年四月，是继北大西哲史教研室的《古希腊罗马哲学》之后这个领域最重要的教学参考书。而"小余"正是从那一年开始了他在海外近三十年的求学、研究和教学生涯。1992 年春夏之交，我在北京"调研"，在北大出版社的门市部，我一口气买了刚由光明日报出版社推出的"太阳神译丛"解释学系列中的全部新品，这其中就有"小余"翻译的那册《伽达默尔论柏拉图》。这本小书现在不在我的身边，我猜想那应该是"小余"还在国内时完成的译品。

从 1995 年底到 1996 年初，我在为完成自己关于 Peter Strawson 的博士论文做全力的冲刺，我的关注点在于论主所谓描述的形而上学，而论文的一个主要旨趣是借助于 Ernst Tugendhat 的相关工作，以斯特劳森为个案，从本体论哲学的角度说明分析哲学与传统哲学的连续性。基于此，也基于斯特劳森与亚里士多德之间特殊的"连续性"和"亲和性"，我在文中引用了"小余"1995 年四月发表在《哲学研究》上的《亚里士多德论 ON》一文。其时我对于作者本人与斯特劳森的"渊源"应该还是毫不知情的。

转眼到了我博士毕业从教后的第十个年头。那是 2006 年二月，我从"哲学在线"上见到斯特劳森的讣告和江怡教授的悼念文字，虽然其时已从"旧业"中掉队甚久，我还是在稍作沉淀后就写下了《我与斯特劳森哲学的因缘》这篇追念文字。文中我重新阐发了自己在表面上看与"旧业"不甚相干的领域中转悠一大圈之后对于斯特劳森哲学的理解，还回顾到当年为了修订我的博士论文，参阅过纪元教授为江怡主编的《走向新世纪的西方哲学》所撰有关斯特劳森的一章。江怡教授在看到我的这篇文字后，表示希望纳入他为《世界哲学》所组的纪念斯特劳森的专栏文字。通过同组的那篇纪元教授的《通过斯特劳森而思》，我算是初步了解到了前文所蕴含的那种理智的和交往的背景。

　　应该是在那组文章发表之后不久，纪元教授回国过访杭州。那是我初次和他见面，我聆听了他在哲学系的讲座，还和盛晓明和包利民两位教授一道参加了招待他的晚宴，我至今还记得从西溪校区赴百合花饭店路上，车子经过曙光路浓密的树荫下时我们在车内愉快的交谈。包教授和纪元教授是从事希腊哲学的同行，晓明和他口中的"小余"则是人大哲学系的研究生同学，只是前者比后者高一班，但据说他们经常一起在苗先生课上学希腊语，在此前和我的聊天中，"天纵英明"的晓明教授也时常称道当年苗公课堂上那个聪慧好学的小余。我和纪元教授既非严格意义上的同行，更非任何意义上的同学，但我们是名副其实的同乡，这就似乎在我们之间平添了一种异乎寻常的亲切感。由于我并不从事希腊哲学，当然无法具体评价他的主业。而在我看来，他对一般哲学领域的一个重要贡献是和尼古拉斯·布宁合编的那部哲学词典。因为这部词典的中英对照本刚一出来时我就收于囊中了，不但向多人推荐，而且仔细读过自己感兴趣的所有条目。在我看来，这部词典之与一个哲学学生甚至学者的重要性就相当于《布莱克维尔政治学百科全书》之于一个政治学学生甚至学者的重要性。于是我自然地在纪元教授面前提到了这部书，又因为自己也做了近十年"嚼饭与人"的工作，我就大着胆子在他面前议论了对照本中某些译文的质量，纪元教授听完我的"吹毛求疵"，有些出乎意料地"反馈"我说："要是我们早认识，我就请你参加这部书的翻译了！"

　　斯特劳森哲学是我们之间的另一条"纽带"，记得我们席间谈到了当年的那组纪念文字。他在文中把自己在亚里士多德研究中提出并加以论证和发挥的范畴之是与潜能现实之是的区分（这构成了他的《亚里士多德〈形而上学〉中 Being 的结构》一书的核心论旨）在相当程度上归功于斯特劳森区分描述的形而上学和修正的形而上学之于他的启发和影响。对此我自然只有叹服的份儿。对于他在文中通过对 Being 之译名的讨论进一步引申出的有关主谓结构（即使如斯特劳森所说是"深层的"）之普遍性的问题，我更无法赞一辞。令人感慨的是，当我看到他在文中肯定梅祖麟（Tsu-Lin Mei）先生早年的那篇 Subject and Predicate: A Grammatical Preliminary 对于探讨这个问题的重要性时，不禁想起当年自己做论文时如大海捞针般从"北图"的陈年过刊中扒梳复印到的这篇不足十页的"小"文章，而最后却没有用在我的论文中（当然我可以篇幅或论域所限等说辞聊以自遁！）。俗话说，机会总是垂青有准备的人，我自然不敢自比于纪元教授，我要感叹的是，对于如吾辈般缺乏敏锐的问题意识和深厚的学理资源的庸常的哲学从业者而言，"入宝山而空回"乃正是每时每刻都在发生的事情！

也许是看出我读"斯"而不"化"，纪元教授指点我说，关于斯特劳森的个体论形而上学，还有他在布法罗的同事的一个批评值得参考。兴许是当时没有记下那本书名，不久以后我就写信给他询问此事，他热情地回复了我，原来是他在布法罗哲学系最好的朋友 Jorge Gracia 的一本形而上学著作。从此以后，我们就偶有电邮往来。2008 年四五月间，我一人从普林斯顿出发，从纽约坐火车旅行到布法罗，此行的一个主要原因当然是因为纪元教授在那里。他带我游览了大瀑布，请我大啖所谓帝皇蟹，还驾车数小时，载我和时在他那里访问的一个国内的博士生去欣赏纽约上州的自然风光。那几天是我和他相处最长的一段时间。

他身上依然有所谓诸暨人的某些性格特点，例如豪爽率直，爱开玩笑之类；同时，由于他长期生活在异域，也因为我们实际上并不十分相熟，我不时会感觉到他其实当然是生活在另一个世界中的人。而现在回想起来，我其时分明就能从他身上感受到"早年得志"和"壮志未酬"这两种复合的特质。前者当然无需我赘辞，比较巧合的是，我到布法罗的那天，正逢哲学系为他荣升正教授举行酒会。是因为这个原因，他们夫妇俩到布法罗火车站的时间要稍晚于我到站的时间。同时也是因为这个原因，坐在他们车中看到的布法罗夜色中那明灭的灯火也才给我留下了更难忘的印象。所谓"壮志未酬"，也许可以有两个方面的含义，一方面是我从他的谈话中感觉到的——他正当盛年，自然不会有"江郎才尽"之虞，不过他确实亲口告诉我，像 Gregory Vlastos 那样经典性的文章，只要能写出一篇来，就于愿足矣。另一方面，我曾在别处把他同样亲口告诉我的回乡的感受形容为鲁迅笔下那种"逃也似地离开故乡"的感觉，这自然就引起了我的某种复杂的感受，我当然也不会把他的那种感受贸然比拟于牟宗三先生在《说怀乡》中表达的感受。因此，当我看到他在《德性之镜》中自陈那本书中的学术工作同样也是出自"故土情怀"时，我那种基本上是自找的"困扰"算是得到了相当程度的抒解。我对于儒家和德性伦理学都殊少研究，不过容我冒昧地也是"自作解人"地说一句，在这样重大的问题上，在如何融合"学术关怀"和"故土情怀"这个世界性的和根本性的课题上，如果我们说纪元教授仍有"壮志未酬"之处，那一定也是可以成立的吧。

2012 年春夏之交，是在纪元教授担任国际中国哲学学会会长任上，他来浙江大学主持召开一个儒学学术会议，那是我最后一次见到他。因为他是会议的召集人，期间事务繁多，我没有机会和他单独相处。但是幸运地，在最后的晚宴上，我算是终于见识了他喝酒的风采，虽然他告诉我，现在的酒量连年轻时的一半都不到了。但是很明显地，那晚的他喝出了状态。印象最深的是在相互劝酒的热情洋溢的氛围中，他对会议做了这样的"总结"：看起来，这次的所有与会代表中，论学问之渊深和讨论问题之热忱，还是要数岁数最长的成中英教授和沈清松教授！听了他的话，我不但想起了那年在布法罗，我问起他在这北国寒地的交游，他对我说，沈清松教授不时会从多伦多开车过来和他喝酒。我更想起了他有一次对我说，亚里士多德是他的"至爱"，而希腊语是这样一种语言，只要稍有疏忽和懈怠，没有做到"学而时习之"，语感就会急速下降，因此保持自己之热爱于不坠的一种最好的方式就是无分寒暑、焚膏继晷地和学生们一起念亚里士多德。在这里，从学问之典范和纪律、思想之创造和传承的角度，我除了想起牟宗三先生在《现象与物自身》中从"法轮常转"的角度所揭橥的"重复即创造，创造即重复"之精义，也有点儿不太相干地想起了罗尔斯曾经在某一处说，那些创立、签署和奠定原初契约的人诚然是体现了人之为人（公民之为公民）的高度自主性，但是那些遵循、坚持甚或修正这种契约的人又何尝不是体现了人之为人（公民之为公民）的高度自主性呢？！

犹记离开布法罗的前一天，纪元教授带着他的少公子 Norman 和我一道去逛街市，我们还来到了一处看上去颇为壮观的公共健身广场，他告诉我，布法罗市在公共设施上投入很大，这样大型的体育健身广场有好多处。看着 Norman 在操场上开心地玩耍的样子，他对我说，因为 Norman 从小多病，他们夫妇俩在为孩子求医和康复上付出了常人难以想象的巨大时间和精力。话锋一转，他又对我说，我们从小受到的教育

（也许还有后来的职业压力）使得我们长期养成了这样的心理暗示：每天只要不读书，我们就会感到内疚，甚至不读多少页书，就觉得无法交代自己。这样的生活并不是好的生活。他又说，对于 Norman，我只要他健康，能上一所过得去的大学，有一份自食其力的工作，过得快乐，那我就很满足了。我也是后来才知道，2008 年，正是他的那篇 Living Well and Acting Well: An Ambiguity of Happiness in Aristotle 发表的一年。从一个外行的望文生义的角度，此文中把"活得好"和"做得好"的区分确立为亚里士多德幸福论的首要问题，似乎可以"对应于"他把范畴之是与潜能现实之是的区分确立为亚里士多德形而上学的首要问题。内在于此文的文本来看，其论证的关键则在于确立思辨活动之幸福和思辨生活之幸福的区分，并由此把问题进一步引向幸福之层级以及思辨与道德之间的关系问题。在文章的最后，作者继续阐释和发挥亚里士多德的思想："思辨者应当选择去过理智生活。这是因为努斯是思辨者的自我。如果一个人不去过他自身的生活而是去过别的某种生活，就是很荒唐的事。"无疑地，这番似乎带有"夫子自道"况味的洞见同样也是基于纪元教授所毕生钟爱的亚里士多德说过的如下这席话：

> "有些人劝导我们，作为人，要多想人的事，作为有死者，要多想有死者的事。我们一定不能听从他们，而是必须尽我们最大努力让自己不朽，竭尽全力去体现我们身上最好的东西。"

2016 年 11 月 12 日晚，千岛新城客居

有理想的方法与有方法的理想

——忆与吾金教授"交往"的片段

　　吾金教授名满天下，晚生后学如我，与他也只有浅浅零星的"交往"；如今遽尔仙逝，却让我不禁忆起往昔生涯中的片段，写下来权作追念和纪念。

　　1996 年初夏的时光，我在杭州大学完成了自己的博士论文，我的导师夏先生那时就年事已高，加以彼时有关部门大概是觉得教授和学生大致都还比较可信——用另一种比较"中性的"、人人都可以"逃责"的表述：学术规范还不是很"健全"，于是竟是由学生自己来确定和联系论文的若干评阅人。用现在的话，这就是要动用自己在学界的"人脉"了。但是试想，彼时还如一个愣头青一般的我在自己望之俨然的、可望而不可即的学界能有什么"人脉"呢？！可巧后来成为我同事的一位朋友其时正在吾金教授门下念博士，是他建议我就把论文送给他导师作评阅（之一）的吧。记得当时不知是出于何种原因，我对此还有些"狐疑"。做事一向很有"胆魄"的我的朋友则大剌剌地说："又会有什么问题啊！"

　　既然是自己挑选评阅人，评阅意见我当事人自然也是有"权限"看到的。我记不得吾金教授对我论文的具体评价了，只记得他在其中提出，奎因的"本体论承诺"一语似应译为"本体论许诺"，不过具体的理由我却也是已经忘记了。

大约是十多年之后的某一天，也是一个夏日吧，那时我已经在本校的外哲这一块耕耘作业了，因为学科建设的"需要"，我和我的一位师兄一起到沪上拜访过吾金教授。因为我师兄和吾金教授挺熟，于是我们就在约定时间后直接到了他府上。他热情地接待了我们。闲聊中他兴致勃勃地告诉我们他刚刚在家里建设完成一个外文图书室，这自然是很让人羡慕的——特别是因为我到现在还是没有解决书籍在自己空间的堆放问题，虽然我自己所"收藏"的基本都是中文书，这主要并不是因为知识分子政策没有在浙大"落实"好，而是因为自己的敛书癖。记得那时候我已经出版了或者是组织出版了好些译著，好学不倦、心系八方的吾金教授对此大概也是有些知情的，于是我们就谈到了翻译工作的必要性，记得他对此表示高度的肯定，但同时又遗憾地表示，虽然翻译工作很重要，但他自己是没有时间做翻译了："因为自己的新思想太多，想写下来都还来它不及。"

忘了是那次还是此后在杭州的某次，吾金教授主动提及看到我所做的一些翻译；也忘了是在这中间的哪次抑或两次皆是，我都"信口"响应自己会寄些翻译的作品给他。但遗憾的是，半是因为自己一向"无事忙"，半是因为自己其实并不甚"重然诺"——我在别处如斯"拔高"自己：别人是"先倨后恭"，我则是"先恭后倨"——我一直并没有寄一本书给吾金教授。

记忆中我最后一次见到吾金教授还是三四年前的事了，也是一个夏天吧，当时还尚未但"已"即将从社科院转任母校的童世骏教授在会议前一天晚上给我简讯，邀我第二天到淮海中路 622 弄 7 号我的"老巢"

参加《哲学分析》杂志的一个研讨会。我本就是世骏教授总编的这家杂志的特邀编辑，这又是回"娘家"之旅，又是书记亲自来邀，焉有不从之理？！于是次日一早我就在自己主持的那场研讨之前赶到了会场。记得吾金教授也参加了那次会议，我记不得有没有听到他做报告了，如果听了，那就是我第一次也是最后一次听他报告。但我一定是听到他发言了，因为他好像是谈到了现在大家都已很"熟知"的那个"桥段"："高速公路"这个说法是错误的，高速的是车子，不是道路！

那次会上我也遇到好多熟人，于是也几乎没有和吾金教授聊上话，也因为他很忙，发完言，连中饭都没有吃就匆匆地走了。果然是"黄鹤一去"啊。

说来惭愧的是，如同已经在别处自曝过的，虽然从大学时代开始，我对包括法兰克福学派在内的所谓西方马克思主义就保持着持续的关注，但是除了记得是棕黄色封面的、"数据"颇为翔实的《国外马克思主义主要流派》一书，我并没有怎么系统地研读过吾金教授的丰沛著述——用童世骏教授倡导在中文语境中研究在世哲学家时稍带惋惜地说过的，我们用中文写作，却主要读洋人，而少读或几乎不读我们的"同行"——但是据我的印象，吾金教授灿烂多姿的学术生涯大致可以涵盖在"方法"与"理想"这两个主题之下。从作为青年才俊初出茅庐的方法论辨析到晚近的那种"日常语言哲学"思考，基本都可以放置在"方法"这个主题中；从博士论文《意识形态论》到后来念兹在兹的在马克思与康德和黑格尔之间的反复穿梭和迂回，则不妨归属于"理想"这主题之下。然则包括吾金教授在内的大多数同行们都能够同意的大概是在于，置身于现代性的语境，我们正必须在"方法"与"理想"这两个主题之间保持某种"张力"。说到这里，我还是想起了世骏教授在那篇《理性的历史：从 Reason 到 Reasonable》中所说过的话："有时候 reasonableness 的问题不能很好地加以落实恰恰是因为我们在 rationality 方面的程度还不够高，反过来，在 rationality 方面的提高也会有助于我们更好地落实 reasonableness！"

我相信，世骏教授这番话一定已经大致涵盖了（至少）从康德、黑格尔，当然还有马克思，再中经新康德主义者和韦伯，一直到罗尔斯和哈贝马斯的西方思维中的理性概念及其规范内涵的主要环节和历史。在这里，Reason 是一个"总说"，可谓"体"；Reasonable 已经是"分说"，可谓"用"。在已经分化了的架构下，reasonableness 不妨名之为"理想"的方面和层面，则 rationality 可说是"手段"的方面和层面。这样来看，世骏教授论述的要旨正不妨理解为是在追求一种有理想的方法和一种有方法的理想，也就是要在把"方法"与"理想"这两个主题和层面在一个层次上区分开来的基础上再在另一个层次上"重新"把它们"结合"起来。

说到这里，我倒要"一反常态"地"自我宣传"一下的是，自己最近在商务印书馆和浙江大学出版社分别主持的"文化与政治"和"社会科学方法论：跨学科的理论与实践"两套译丛正是从上述两个层面上更进一步"接引"西学资源的一种尝试。我不会责备"贤者"更不用说"逝者"：比自己"匆忙"立论更重要的也许是通过系统的译介来更为完备地掌握自己所经意地和不经意地加以"挪用"（见麦卡锡教授为他主持的那套"当代德国社会思想研究"丛书所撰写的序言）的"研究传统"，于是，当上述两个译丛初具规模甚或"大功告成"时，我一定会弥补"前愆"，记得要把那些译著"寄给"吾金教授。

2014 年 11 月

"唤起"、"响应"与"家园"
——重返吉大母校志感

规则的合理使用并无规则可循。

——康德

没有一种哲学意义上的家园之感是能够自我强加的。

——（拟）海德格尔[1]

自从 1988 年那个如哲学"成年礼"般的夏日离开长春，我只在 2007 年，也就是阔别 19 年之后的那个夏天，因为"公务"之需回到北国春城，回到我梦中的母校，记得当晚我就撇下同事，独自到了理化楼和鸣放宫"凭吊"，并在深夜从东中华路搭出租到当年的斯大林大街和斯大林广场还有长春火车站转悠一大圈；第二天一早我又来到现已"废弃"的文科楼和第八学生宿舍"寻梦"，还在中午由孙正聿老师主持的午宴上，见到了王天成和姚大志两位老师，姚老师还带我到我并没有待过一天的前卫校区，遥指着东荣大厦，"言之凿凿"地告诉我念过的

---

[1] 忘记最近在哪里看到过一个海德格尔的句子，与目前这个句子"类似"。但我并不熟悉海氏的文本，也想不起、找不到出处，于是我也就不能断定他的那句是否我现在所写的这句，所以在作者前面加了个"拟"字，盼识者指正，否则就只能算是我的"拟制"了。

哲学系就"在"里面，但因为我们马上就要去赶飞机，假期学校也没有人，就不领我们上楼了。记忆中那天的阳光很好，极有穿透力，可是我的心情却是有些"茫然"的：我的哲学系真的就"在"那成色尚新的钢筋水泥建筑物"里面"吗？后来回想起来，姚老师不指倒好，一指反而让我更"茫然"了。但认真说来，除了一是实在离开得太久了，二是我并没有在前卫校区住过一天这两个虽然相互之间有些"联系"但毕竟都有些"抽象"的"原因"，我始终并不清楚或者并没有试着去弄清该怎样"具体"地说明这种"茫然"的原因。一直到参加完此次由姚老师发起和主持的主题为"平等主义"的政治哲学研讨会，我才真正地克服了当年的那种"茫然"和"疏离"，才感到自己是"具体"而"真切"地"回到"了20多年来让我"梦萦神绕"的母校母系。

姚老师把会议代表安顿在作为长春主水源地的石头口门水库附近，虽然那里按规定不能游泳，但是对于我这样"乐水"胜过"乐山"的"伪智者"，这可是头一桩可心的事。姚老师把两天的会议分别安排在吉大前卫校区和杏花山宾馆进行，这对于与吉大没有任何渊源的代表来说，似乎是多了一种劳顿，但于我却是"求之不得"甚至"甘之如饴"。虽然我对于前卫校区没有什么概念，只记得当年那旮旯叫作前进农场。会议第一天，当大巴经过一个多小时的车程，把我们放到匡亚明楼前面时，有的人就开始"失语"了，例如人称中国政治哲学界"第一小生"的周濂就犯上嘀咕了：没听说过香港有这么个富豪啊？但我的记忆却开始"复苏"了，这种复苏靠的并不是匡校长的"赫赫威名"，而是当年在系里流传的他老人家和邹化政老师的那个有名的"段子"。"又"一定是沾了系友的光，姚老师把我的发言安排在第一组，"尾随"在他和江湖上人称法老的余杭韩公水法教授之后。老实说，我的发言准备既不充分，临场发挥由于"心情激动"（段忠桥教授与孙利天教授语）也并不十分到位，可是法老还是评价为"得体自如"，而姚老师也以"见多识广""称誉"我，事后更有年轻朋友称我具有"难得的精妙洞见"，而这是他在别处不多见的。

第一场会议"收获"就不小，而在我自己看来更为"难得"的却是，我还在头天上午会议的间歇见到了刚巧来系里办事的我的西方哲学启蒙老师高文新教授，高老师已经退休了，但气色很好，双目炯炯，在高老师依然清澈敏锐却又不失柔和的目光中，我想起了当年在有些灰暗的文科楼听讲他希腊哲学的情景，我是第一次从他那里听到阿那克西曼德和阿那克西美尼的名字，也是第一次听闻叶秀山教授的大名，因为高老师在课上经常提到《前苏格拉底哲学研究》这部书，不过年深日久，我已经记不清那时《苏格拉底及其哲学思想》一书还有没有出版，我只记得后来和接着高老师往下讲的王天成老师"讨论"过叶先生后一部书中关于辩证法的那一节。高老师上原著选读时条分缕析，循循善诱，那份明净通透恰和第一个在白楼给我们上课的侯放老师"照（自己的）本宣科"的马哲原著课上"引经据典"、言必称"马恩全集多少卷多少页"之严厉峻急形成"对照"，而我对于西哲和马哲的最初"修养"特别是其中体现的"品位"恰恰就是由这两位老师给我陶铸和养成的。

记得我曾经在会议正式发言前的感言中特别指出，虽然经过多年的艰苦"打拼"，自己在某些方面，特别是在西学的翻译和介绍上也算是做出了一点小小的成绩，但是回到母校母系，其实是深感惭愧的，那就是我们这些"花果飘零"的"游子"（就不说"不肖子"了），并不能真正地把母系的学风发扬光大，传之弥远。好在"留守家业"的先生老师、师兄师姐、师弟师妹，并没有辜负创系先辈以及在 80 年代把吉大哲学系推向最辉煌巅峰的前辈学者的教导、栽培和殷殷期望，始终守护着吉大哲学系那种独特的学风和氛围，并在国内哲学界发出有特质的声音和光芒。这种学风和氛围，不是一朝一夕能够养成的，而是长期坚持、熏陶和锤炼的结果；这种声音和光芒，不是靠一时兴起拍脑袋甚或哗众取宠者所可同日而语的。记得会议茶歇时我和孙利天教授聊天，孙教授并没有为我上过课，不过我是有点儿知道他的治学特点的，刚好那天我们一起谈到吉林的一种俗名为"姑娘"的小水果。姚老师已经告诉我这本来是一种野果，孙教授补充说，虽然目前我们吃到的"姑娘"是人工栽培的，可是她的生长周期仍然很长，并没有被"人工地"改变成"短平快"，这大概就是"姑娘"之馥郁口感的主要成因了，听到这里，我不禁脱口而出："这正如思辨哲学的芬芳也并不是一朝一夕能够酿就和享用的。"

姚老师的会议虽然专题性很强，但因为准备充分，话题也容易引起相关的讨论，与会代表大部分又是老熟人，所以会议进行得又轻松又有质量。也是因为回到母校的关系，我的心情既兴奋又放松，所以在我不多的与会经历中，自己这次的发言还算是比较"活跃"的。当然在这种场合，我又会习惯性地抛些个"段子"，开个把玩笑。记得第二天上午的报告和讨论在我主持下已经"严重"超时了，帮助姚老师张罗会议的王立博士最后从我这里"抢过"话筒宣布午餐"纪律"：他把每个会议代表编了个号，要求代表严格"对号入座"。听完这位"师弟"的话，我忍不住当场"感叹"说："吉大哲学系的风气确实改变了。"闻听我言，旁边的段忠桥教授马上搭腔："就是你走了以后改变的。"在非常"专业地"评论另一位小师弟的发言之余，我又突然冒出一句："这个发言还是不错的，有吉大味儿，但须知 80 年代全国只有吉大一个哲学系，现在可是有好多个啦。"对我这句有点儿"无厘头"的话，有的朋友也许不明就里，或者以为我又是在"故作惊人之语"，但仔细想想，我之所以会在当时的场景下忽发此语，其实是有"长期"有形无形、有意无意的积累和沉淀的。我曾想，这其中所体现的大概不外乎是一个自以为还算"潜心向学"，也自认有点儿"思之虔敬"的哲学学徒的一份既有些自豪又带点儿自省的心情。

在会议之后和张国清兄一起拜见孙正聿老师时，我把这种自豪的心情表述为"我年轻时可是见识过好东西的"。至于所谓自省，说起来就要复杂得多，而且未必能够说得得体和到位。从形式上说，或者比较外在地说（虽然这样说也还是不太通），所谓自省可以从"内部"进行，也可以从"外部"进行。我这里所谓"内部""外部"也完全是表面化的：我把"留守家业者"称作"内部"，把"花果飘零者"称作"外部"。比较内在地说，我把自觉地不但在内容上而且在形式上以继承发扬吉大哲学系学风为职志者称作"留守家业"的"内部者"，把出身于吉大哲学系，但由于各种机缘没有"留守家业"之荣，又由于自己的性情、后来的师承似乎试图（毫无疑问是带点儿"夸张"以及"自我宣传"和"正名"的）"别开新境"的"花果飘零者"称作"外部者"。当然，由于哲学活动的本性，在一个理想的学术共同体的开放性设定下，一个所谓内部参与者也可以同时是一个外部观察者甚至批评者，反之亦然。要更完整地说明这里的复杂关系，我们也许需要使用参与者、观察者和批评者的三元结构，不过在目前的语境和场景中，我只想指出和强调，这种反省其实乃是"留守家业者"或"内部者"和"花果飘零者"或"外部者"的共同特点。

就前者而言，这种自省意识最充分地体现在正聿老师对国清兄关于"您的哲学路径和高清海老师的哲学路径之差别"的回答中。按照正聿老师的说法，高老师思考的更多的是什么是马克思的哲学，而他更多地思考的是什么是哲学。在这种思考中，既不能只从以往的（应当也包括同时代的）哲学来说明马克思哲学，也不能认为马克思哲学是完全脱离以往的（应当也包括同时代的）哲学的。听了正聿老师那番经过"千锤百炼"的"训示"，我倒是有一个有趣的"观察"：我发现"内部者"似乎更愿意（至少从姿态上）强调他们并不像"外部"世界的"观感"中那样"特异"和"另类"，同时他们愿意转而强调哲学活动的多元性，用正聿老师形象的说法，"哲学是一种游戏，但是有多种玩法"；正聿老师这样说时，刚顺带提到，他观察到若干"花果飘零者"或"外部者"（很荣幸这其中居然也包括我）在哲学界的"表现"，并非常认真地说："这些做法其实都不错，只是从吉大哲学系出去的很少有这样做的。"闻听正聿老师前面那句话，我不禁想起了在此前的会议上"调侃"小师弟的那句"80年代全国只有吉大一个哲学系，现在可是有好多个啦"。我相信正聿老师说后一句话时也一定不是在做简单的褒贬，我不敢说他这番话有没有一种带点儿"质朴"的"狐疑"，我更不敢在"我年轻时可是见识过好东西的"这句之后再加上一句"我现在可是要做自己的好东西啦"。之所以如此，一个"深层"的"理由"乃在于"花果飘零者"或"外部者"那种"自省"的"迂回性"：他们一方面意欲"别开新境"，另方面也"孜孜于""证明"自己的工作之与那个根本性源头——也就是我们最初的"教养"——的"连续性"甚至"一致性"，也就是要在新的层次上确立自省与自豪之间的构成性关系。借用一句"古话"，"留守家业者"或"内部者"之路是"顺成"，"花果飘零者"

或"外部者"之路则是"逆取"。说句"大话"，后者当然是更为艰辛曲折的。而那种"不敢"的一个"浅表"些的"理由"，则是自己与正聿老师之间的那种强烈的"不对称性"，说白了，同时说得更宽泛些，就是因为，在我狭隘的视野中，到现在为止似乎还没有出现若干其"典范性"堪与"留守家业"或"内部者"相比拟的"花果飘零者"或"外部者"。如果一定要我指出一个，我愿意说那就是我大学毕业论文的指导教师李景林老师。

记得景林老师为我们上中国哲学课时刚刚硕士毕业，但因为他上大学前就做过多年中学语文教师，这或许能够解释他"初登讲坛"就如此"老成持重"，我大概是第一次从他课上听到"绝地天通"一语，还有他对此的精详阐释，好像其中还牵涉与希腊思想从神话到哲学演变之比较。景林老师很鼓励同学们养成讨论的风气，而我应当算是常常在课后和他"讨论"问题的学生之一。记得那时候冯友兰的《中国哲学史新编》第四册刚出来，我读了冯先生对魏晋玄学和隋唐佛学的"串讲"，连叹"眼前有景道不得"，感觉中国哲学好像没有什么可做的了，听完"小子之言"，景林老师很淡定地但同时当然也是不无踌躇地说："要做的可多了去了，甚至可以说才刚刚上路。"和景林老师熟悉了后，我不时会到他刚搬来吉大八舍旁的青年教师公寓的客厅中和他聊天，而时间多是在晚上，至今还记得夜聊完毕回寝室路上那种既餍足又有些饕餮的"吊诡"心情。等到做本科毕业论文时，我请景林师为我的指导老师，我把汤用彤先生的《魏晋玄学论稿》读得"滚瓜烂熟"，又在楼宇烈教授整理的《王弼集校释》中"寻章摘句"，草成了《王弼贵无论探微》一文，不想景林老师对我的"处女作"评价颇高，还鼓励我把它投寄到那时似乎是由汤一介先生主持的《中国哲学史研究》（？），并笑谓："你的文章可是阐发老汤之学的啊！"记得是 88 年的春天，我为了"争取"研究生复试资格专程跑了一趟北京，"研"是没有考上，可是我也并未入京城而空返，我跑去王府井的中华书局门市部为景林老师带回了一套"理学丛书"中的《二程集》！也记得毕业前夕在景林老师的公寓中，我见到他架子上插放着邹化政老师的《纯粹理性批判》讲义，应该是早几届的学长们根据上课记录蜡刻油印的，每一讲后面还标记着刻蜡同学的名字，见我翻看着那个讲义爱不释手的样子，景林老师很"大度"又"大气"地说："这个讲义送给你吧，对康德哲学我也把握得差不多了。"这大概算是我在吉大期间收到过的最为"珍贵"的"礼物"了。还有一件我送给自己的毕业季"礼物"就是高清海老师那年四月刚由吉大出版社出版的《哲学与主体自我意识》。记得大学期间我常被同学们"誉为""天马行空"、"独来独往"，"不食人间烟火"，也许同学们说得不无道理，我是有点儿这些"小毛病"吧。比如说，记忆中我连一张与同学们的毕业合照都没有；毕业晚会那天，班上把高清海老师也请来会场了，但是当同学们纷纷独自或成群地前去和高老师合影时，我却一人悄然离去了，连大合照都没有去拍。呵呵，大概就是在这种心情下，当第二天路过面朝解放大路的吉大出版社书店时，我进去转了一圈，那里正在搞五周年社庆，但也并没有什么书可买，于是就把高老师的论文集收入了即将南下还乡的行囊中，算是对自己四年大学生活的一个纪念吧。

由高老师的《哲学与主体自我意识》，我就又想起了正聿老师这次送给国清兄和我的大作《思想中的时代——当代哲学的理论自觉》，据我印象，这大概是正聿老师最为重要的论文集，其实从书名中似乎就能琢磨出些正聿老师那种自省的踪迹：从马克思的哲学到哲学的理论自觉，这不是学院哲学家的概念游戏，而是哲学掌握现实的尝试，是把握在思想中的时代。正聿老师没有标记出这些论文最初发表的时间和刊物，但翻看这个论文集，却仿佛把我带回到当年在理化楼的阶梯教室听正聿老师讲授《哲学笔记》的场景，那都是些什么样的岁月啊！而那份亲切感，就正如正聿老师在此书开篇的访谈中所说的那句："我每天迈步在人民大街（即原斯大林大街），都感到十分亲切。"的确，那时候同学们都具有高涨的理论热情，《哲学笔记》课间和下课后，同学们和正聿老师之间都会有些热烈的讨论，凯德洛夫、柯普宁以及《科学思想的概念基础》的作者瓦托夫斯基这些名字大概主要是通过正聿老师的课为我们熟知的，虽然我印象最好的苏联哲学家似乎是奥伊泽尔曼，收在《辩证唯物主义与哲学史》中的"康德的物自体概念"一文曾让我读得津津有味、回味悠长。而每当正聿老师有重要论文发表，同学们之间更是会在阅读之余进行讨论和争辩，这中间有个重要因素当然是因为，正聿老师大概是继高老师之后在全国性刊物和论坛发表上起步较早、做得也最为出色的，而这当然与他那种做哲学的方式有关，这种方式就其形式而言，是一种理论上的"敏感性"；而就其内容而言，则是对现实的"介入性"。由于这些因素，正聿老师那时在不少学生心目中已颇有些"偶像"气质。记得那时八舍是男女生混居的，哲学系的寝室在三楼东侧，有一次在这个片区的入口上忽然挂起了一幅横额，上书"梦醒于斯"四个大字，"字"是高清海老师手笔，而"文"，据相关同学告诉我，则出于正聿老师。这次会见完毕，30 年后依然风度翩翩的正聿老师送我们到电梯口，指着我回头对即将陪我去午餐的王立博士说，"这可是你们的大师兄啊！"于是我真的"如梦方醒"，那确实是一种"梦回家园"、梦回梦醒之地的感觉。

而至于说到"家园"，我又想起了第一天会议的最后一场之前，我忽然有一种如同"身体反应"般的感觉，想去看看王天成老师，于是就在茶歇时向孙利天教授打听天成老师的住址，他告诉我就在前卫校区边上，而刚好在他身旁的韩志伟教授（志伟教授告诉我，他是高文新老师的硕士生，高清海老师的博士生，高老师去世后改由正聿老师指导）愿意陪我前往。于是我们来到天成老师家中，没有任何生分，似乎也没有任何身份感的差异——天成老师把这种"亲密感"和"亲切感"称作是历史地形成的，无法当下设定的——我和志伟教授听天成老师侃侃而谈两个多小时，话题从当前的政治现实问题，改革开放的经验教训，对传统中国社会的恰当认知，一直到对以基督教作为文化底色的历史哲学的反省。伴随着天成老师思想的"遨游"，我想起了当年在文科楼听他讲德国古典哲学，更想起了在靠近地质宫的灰楼听他讲黑格尔的《小逻辑》，他那时的口头禅是"进一步"（相当于一个推演的逻辑符号），果然，下课后我们还"进一步""神侃"——记得一次我们"侃"的是张载的《正蒙》——一路穿过学校冰场东南角的同志街，然后分开的那一幕幕。岁月不居，天成老师都已经有孙女啦，我于是笑说您这次可是抢在景林老师前面啦！与当年有些个不同，我在天成老师面前插话并不多，我觉得自己就是在"再度"领略"好东西"，似乎我的插话打断只会破坏这"好东西"，于是最"好"的办法就还是让"好东西"自行"绽放"。我以为这既是对待"好东西"的恰当态度，也是我对于自己的青春岁月的最好礼赞。只是在天成老师谈到康德的"良心之为一种纯形式"，我插了一句：我们从母校母系得到的"好东西"其实也就是一种"纯形式"，而要做出自己的"好东西"，我们就要把这种"纯形式"与自己离开母校母系后"遭遇"到的"质料"结合起来。想来天成老师对我的话应当是大致赞同的，而他之所以"未置可否"，大概是因为我说话时他还"沉浸"在自己的"纯形式"之中吧。

我和天成老师毕业后就只在多年前贵阳的一次会议上见过面，相对而言，我和姚老师见面的次数要多个一两次，我和天成老师开玩笑："姚老师多年前教我现代西方哲学，特别是西方马克思主义，我对法兰克福学派那点热情之最初种子大概就是由姚老师培植的，而某天一觉醒来，竟发现自己和自己的老师成为同行了。"我还和天成老师谈到几年前曾在人大的一次会议上见到姚老师，我说，这次见到姚老师，似乎和在北京见到姚老师不同。在姚老师，似乎也不一样。我说，在这里见到我，姚老师似乎有一种被"唤起"的感觉，而我自己的感觉，则可以被称之为"响应"——被"好东西""唤起"，对"好东西""响应"。听完我的话，与对我的前一番话的反应不同，天成老师开心地笑了，那是一种发自内心的、非常自然的，也是我"睽违多年"，却仍然最为熟悉的笑容。那一刻，我的感觉，就好像是"蒙"了半天，终于在老师那如天书般的试卷上写上了"正确答案"！而我的老师又似乎早就知道，我就是会如此这般地"回答"和"响应"的！

快傍晚六点的样子，我和志伟教授从天成老师家告别出来，天成老师执意要送我们。是典型的北国暑天的感觉，蓝天仍然很高，阳光还是十分有穿透力，似乎依然会给人炙热的感觉，可是一阵凉风吹过去，却让人感到浑身清冽通透。高天让人产生渺远的向往和思慕，而那北方特有的清冷之风则让人的思虑和心境沉淀平静下来。是的，有强度，有质感，而又层次分明；"一码是一码"，却又浑然整体，这一定可以算是对我所"遭遇"过的"好东西"的另一种"刻画"和"描述"吧。就在我们要转入一条从天成老师家所在小区通向学校的小径时，我和天成老师挥手道别，而那时我才恍然醒悟：是的，"唤起"与"响应"，我此番踏上的乃是一条重返"家园"之路。

2014 年 8 月 26 日泰顺苍南游归来后草成，
8 月 28 日凌晨二时订正于浙大紫金港

哲学研究中的一条"分析的和辩证的"进路

——为童世骏哲学三十年而作

相对的东西必须更深刻地同普遍有效的东西相联系。对整个过去的同情的理解，必须成为形成未来的一种力量。

——William Dilthey

任何人只要为达成理解而使用一种语言，他就使自己面对着一个内部的超越。

——Jürgen Habermas

这样一写，倒好像你成了我的思想的阐发者了。

——Thomas McCarthy

20 世纪 70 年代末，至少在其中后期生涯开始自觉地致力于沟通英美和欧陆哲学甚至还有希伯来传统的保罗·利科（Paul Ricoeur）受联合国教科文组织委托主编了《哲学主要趋向》一书，在此书开篇主题为"人及其知识形式"的部分中，作者把哲学的逻辑区分为分析哲学的和综合哲学的两种路径，而所谓综合型哲学又可以分为三种主要的体系：

范畴的、解释学的和辩证的。在早年的一篇关于康德哲学的论文中，我国哲学家叶秀山教授提出，《纯粹理性批判》的分析论和辩证论分别可谓现代英美哲学和欧陆哲学之"渊薮"；在 1990 年代初发表的一篇至今堪称是中文世界阐发利科哲学最为精到有力的文字《哲学的希望和希望的哲学》中，叶秀山指出，利科从柯热夫的黑格尔解读中所受到的影响，使得"他将现代西方很少有人重视的辩证法问题重新提到哲学的核心地位"，并从"意义"（"分析的"和"逻辑的"）与"事件"（"直接的"和"存在的"）之综合、希腊精神（"视觉中心论的"）与希伯来精神（"听觉中心论的"）的综合出发，阐发了利科哲学对"希望"的思考方式。在数年前与自己的学生的一次聊天中，当谈到中国哲学界的现状以及自己作为一位"旁观者"的观感时，一向喜欢"臧否人物"的我不禁脱口而出："按照我所认同和服膺的'分析的和辩证的'的进路……"——当这个表述不期而至地从口中蹦出时，我心目中所谓"分析的和辩证的"进路就是由童世骏教授的哲学工作所代表的，而这正是自己微末的学术从业生涯从中受益巨大的一种哲学研究进路。

一、从问题论到规则论

童世骏的哲学生涯的起点是两篇关于"问题"的哲学论文，《应把"问题"范畴引入马克思主义认识论》和《作为认识论范畴的"问题"》。在其最新著作《论规则》中，作者结合对于规则的探索简要回顾了自己从关于"问题"的硕士论文开始的哲学历程。对于原计划继"问题"之后研究"规则"，作者"事后"解释的"理由"是："我的导师冯契先生以'化理论为方法、化理论为德性'概括其思想和学说，我希望能在老师工作的基础上有所前进。一方面从'理论'回溯到'问题'，因为理论不仅反映现实，而且解决问题，不仅寻找真理，而且寻找答案；另一方面从'方法'和'德性'延展到'规则'，因为规则很大程度上包括了方法或德性，常常是把它们融为一体。"在这个自述中，作者并没有单独标出自己关于真理的哲学探究，但是对于真理问题的关注是童世骏作为一个认识论学者的题中应有之义，同时也是他的哲学工作中最有特点的方面之一。从这个角度，我们可以用"从问题论经真理论到规则论"来概括以认识论学者为底色的童世骏的哲学生涯的主线，而这里的认识论同样应取他的老师冯契先生的广义认识论之义。

"问题"二论作为一个初试啼声的哲学青年所展示的敏锐问题意识在当今的哲学训练和教学建制中似乎是颇难想象的，就连它的稚嫩性也闪耀着那个早期启蒙时代独特的光芒，例如作者文中所援引的所有例子和个案都来自在那个时代被奉作冲破教条主义之利器的自然科学。这一方面当然是反映了作者自身的智识旨趣，另一方面也映射出那个时代独有的尴尬智识氛围。难能可贵的是，作者一开始就抓住新康德主义和实用主义为他的问题论"背书"，在本身作为一种以消融物自体为代价的沟通认识和价值、自然科学和精神科学的"广义认识论"学说的新康德主义那里，"问题"既是物自体投下的深长不去的余影，又是现实思维活动的必要甚至必然的设定；而实用主义对于认识目的性（"理论与它所满足的目的、需要之间的关系"）的强调又在某种程度上暗合对于人之认识的能动性的张扬和承认。考虑到作者真诚地想要通过引入"问题"范畴丰富以他的老师冯契为代表的那个年代最为"先进"的马克思主义认识论，我们就不能认为作者关于"马堡学派和实用主义者对于从问题向答案的过渡的理解，是对学科认识的这种创造性特点的歪曲的反映"仅仅是受制于那个年代的意识形态限制的抽象说辞。事实上，作者的老师就曾经评价作者的问题论把问题研究"推进了一步"。

如果说卡尔·波普是童世骏哲学的问题论阶段的主要"英雄"，那么金岳霖则是真理论阶段的重要"抓手"。这方面最重要的两篇论文是《论真理的认可问题》和《金岳霖〈知识论〉中的"主体间性"问题》。童世骏首先援引金岳霖对与真理有关的两个问题的区分：一个是"真的意义"问题，一个是"真的标准"问题。按照金岳霖的观点，"只有'符合说'是对'真'的定义，'融贯说'、'有效说'和'一致说'都只涉及'真'的标准问题……在他那里，'融贯说'、'有效说'和'一致说'这几种真理观经过重新诠释或重新定位之后，可以成为对真理的全面理解的不同部分。"

这种重新诠释或重新定位在童世骏那里是通过引入真理的认可问题而提出的，与其哲学旨趣相一致，在这里值得强调的是，真理问题的讨论在他那里并不是作为一个抽象的思辨哲学问题被对待的，认识论研究不应该回避"严峻的历史"："改革开放初期的真理标准讨论的重要意义不在于'真理标准'四个字，而在于'讨论'两个字。真理标准讨论确实是思想解放的开端，但真正的思想解放不在于强调实践是检验真理的标准，而在于开始打破在诠释实践与理论之间的关系方面的'一言堂'。"

在比较学理化的层面上，"让事实说话"最终只能落实在"一个讲理的、不仅愿意讲理而且有能力讲理的、以理由为最高权威的群体，寄希望于在这个群体不同成员之间合理讨论和争辩的基础上，对理论的内容、实践的结果以及理论的内容与实践的结果之间的关系取得合理的共识"。这自然就导向了对真理的共识论的某种澄清和限定。一方面，童世骏在其哲学生涯早期对于实用主义的那种后来看去有点儿"素朴"的"兴趣"通过新法兰克福对实用主义的"兴趣"得到了淬炼和提升，另一方面，虽然"在金岳霖的真理观中，真理的认可问题是没有位置的"，但金岳霖对"不同的真理观是用来回答有关真理的不同问题的强调"却在某种程度上用真理的符合论构成了对真理的共识论的某种限制。至于由此生发出来的从对"基于理由的共识"的诠释和定位所得出的共识论与其他真理观"并行不悖"，以及最近在与李泽厚的对话中重提《关于重叠共识的重叠共识》中基于罗尔斯的哲学资源一方面指出哈贝马斯不大容易接受"基于不同理由的共识"，另一方面高度肯定后者把作为一种社会事实的共识与作为一种认知成就的共识区分开来，可以说，这些"分析"和"辩证"进入到了真理论与问题论最精微的切面，这集中体现在如下一段话中："如果我们只是对 overlapping consensus 做一种几乎是因果性的解释，也就是去寻找一个现实的背景，去理解为什么在这种背景下会出现这样一种 overlapping consensus，就会出现一个问题：会对客观的趋势过于消极地顺从。但我觉得之所以要强调 overlapping consensus 观念，恰恰是因为在这样一个全球化、同质化趋势十分强烈的时代，实际上是要强调'多样性'，这样的要点不在于 consensus，而在于 overlapping——也就是基于不同理由的共识。"

童世骏在哈贝马斯与罗尔斯之间身段曼妙、舞步优雅的腾挪和穿梭在他的规则论达到了顶峰。从一个对包括哈、罗在内的西学"爱好者"——童世骏曾经在一次聊天中善意地"调侃"这些人"对理论的爱好的确是发自内心的"——的眼光，从对于童世骏在伟大的哲学传统、重要的哲学家和复杂的概念丛林中"分析"和"辩证"之绝技的"观赏者"——如果可以这样说的话——的角度，新著《论规则》中最绵密结实的仍然要数其中的两篇"旧文"：《论哈贝马斯的规则观》和《论罗尔斯的规则观》——在这样一个场合，我还愿意带着"怀旧"的心情指出，我正是通过他的后面一篇文字认识他这个"人"的，那是在2002年早春时节的南京，我和他一起参加南京大学的一个政治哲学会议，他提交给会议的论文就是《罗尔斯的规则概念》。

对自己的规则论的最好的解读仍然是由他自己在我们几次引用过的那次访谈中做出的："规则的问题既与认识论有关，也与伦理学有关。国外有所谓'道德认识论'这样一个哲学分支，规则的问题大概可以列入这个分支的范畴。道德行为（甚至一般意义上的人类活动）都有一个能否进行合理辩护、如何进行合理辩护的问题，而这个问题有关行动合理性乃至制度合理性，它首先是一个认识论问题。如果说这更多地是从认识论的角度研究伦理学问题的话，那么我们也可以反过来，从伦理学的角度去研究认识论问题。"

在这里唯一可以"补充"的是，当童世骏这样"夫子自道"时，他是自觉地把自己放在由他的老师所倡导的广义认识论传统中的。按照杨国荣教授最新的诠释，广义认识论乃是认识论、本体论和价值论的贯通："就其联系人的知行过程考察存在而言，广义认识论可以视为基于认识论的本体论；就其以本体论为认识论的出发点而言，广义认识论又表现为基于本体论的认识论。进一步看，在广义认识论中，对自由人格（理想人格）的把握，同时展现了认识论与价值论的关联，这种关联可以看作是事实认识和价值评价相互统一的展开。在这里，广义认识论之'广'，即展现为认识论、本体论、价值论的统一，后者既是智慧学说的具体化，也是对近代以来认识论趋于狭义认识论的回应。"

比较而言，童世骏哲学中相对用力较少的本体论问题在这里得到了更多的强调，发挥冯契哲学的这两种路向之间的微妙的差异，至少在一个重要的方面可以从它们对于贯彻主体间性原则之彻底性的两种不同的理解，以及由此展示出的两种不同的哲学想象和途径得到部分的说明和解释，而这已经超出这篇（尤其是这一节）"综述性"文字的范围和笔者一开始为自己设定的任务了。

二、现代性问题与中西体用之争

如果说从问题论经过真理论再到规则论的哲思历程更多地体现了童世骏在"理论"哲学层次上的工作和成就，那么，至少从题为《现代化的辩证法：哈贝马斯与中国的现代性讨论》的博士论文开始，现代性问题就构成了童世骏的"实践"——这里的"理论"与"实践"的区分有点儿类似于规范与其适用之间的区分——哲学研究的最重要作业场所之一。在后一个工作系列中，最具绵密的理论创发的乃是对于多重现代性的规范内容的提炼和证成，而最富宝贵的智识增量的则是在中国近代以来绵延不绝的中西体用之争问题上的接引和推进。前一方面的代表作是一篇题为《"多重现代性"观念的规范内容》（以下简称《多重现代性》）的论文，后一方面的工作则集中体现在 2005 年发表的《现代性的哲学思考》（以下简称《哲学思考》）一文中。

从形式上看，《多重现代性》乃是为当代哲学巨擘查尔斯·泰勒（Charles Taylor）的一个研讨会而作，其实质内容乃是通过对泰勒相关文本的分析，试图表明他和艾森斯塔德、杜维明等人所倡导的"多重现代性"不仅是一个描述性观念，而且是一个规范性概念。它所表达的不仅是一种文化的现代性观，而且也是一种规范的现代性观。更为重要的是，作者对"多重现代性"概念的思考指向了这样一个方向：鉴于其规范内容预设了多重现代性模式的"深度反思性"或"自我纠正能力"这一核心特征，于是这种解读似乎指向了对"多重现代性"概念本身的一种解构或扬弃。

毫无疑问，这是对于"多重现代性"概念的一种相当"激进"的解读，至少比泰勒本人要"激进"得多，以至于当作者当面向泰勒提出高度反思性与多重现代性的关系问题时，后者当场表示"并不同意因为反思性的重要意义而把多重现代性看作只是一个表面现象"。并且警告"反思性这个范畴也可能使人误入歧途"，这是因为虽然所有现代社会在反思性这一点上区别于前现代社会，"但问题是，这种反思性是交织进一个复杂的整体的……这些观念相互交织地发展成为一个一揽子的东西，我们没有理由说这个一揽子东西会在其他重复"。

正如童世骏在与泰勒的这个看上去不甚完整和深入的对话中仍然牢牢地把握住的，问题的关键仍然在于"我们能否同时有一个文化的现代性观和规范的现代性观？"泰勒一方面承认规范的观念是我们所需要的，另一方面又说"主张这种规范的观点，不等于把规范性塞入现代性的观念。因为，规范上的好坏，并不等于现代性程度的高低"。泰勒这样说的一个理由乃是基于他对近代西方的道德理论传统的负面评价，他坚持认为"我们无法通过诉诸普遍的东西而回避这些具体的选择"。从学理资源来说，童世骏之所以坚持需要一种规范的现代性观，当然与哈贝马斯的影响有关，但是同时也一定与他——再一次用他自己的句式来说——想要用文化的现代性观和规范的现代性观的区分来"做重要的哲学工作"有关,那就是要运用基于哈贝马斯的思想而提出的这种区分来深化中国近代以来的中西体用之争。

在《哲学思考》一文中,童世骏首先区分了中国哲学中的体用范畴之两组不同的含义,一是把"体"和"用"理解为根据和表现之间的关系,二是理解为物体与功用的关系。相对于前一重关系的是"道体器用"的观点,相对于后一重关系的是"器体道用"的观点。这里的重点是在于指出,无论前一重关系还是后一重关系都不包含在"中体西用"这个命题中得到运用的价值与工具之间的关系,而正是在这个命题所展开的论域中,才出现了"对'体用不二'的第三种理解,即不仅在本体论、认识论上强调体用对待,体用相依,而且在社会政治实践上强调体用结合"。

从"道体器用"的和"器体道用"的观点,童世骏接着讨论了对中国现代化过程的两种不同的诠释,一是作为一个学习过程的、基于"由用以得体"的进路,二是作为一个进化过程的"器变道亦变"的进路。正是在这个语境中,童世骏援引哈贝马斯的现代化理论,认为前一种进路所采取的是"参与者"的角度,后一种进路则是"观察者"的角度:"这两个角度应该互补,因为社会现象的特点是只有同时用'参与者'和'观察者'的角度才能把握的,而社会的现代化过程本身也具有其'逻辑'的和'动力学'的双重向度:'逻辑'涉及的是体用之间的意义关系,'动力学'涉及的是体用之间的因果关系。"

颇富理趣的是,虽然明确肯定中国哲学对"体"和"用"的传统理解并不包含价值与工具的含义,童世骏却使用刚刚讨论过的"道体器用"和"器体道用"的观点来理解价值与工具之间的"体用"关系,并探讨了把这两种思路结合在一起的诸种可能性。对于牟宗三为"老内圣开出新外王"而提出的理性的运用表现和架构表现论，他给予最大程度的同情的了解，肯定这种通过体用范畴寻找价值合理性与工具合理性、传统与现代性之间的内在联系的努力"十分可贵"，虽然在这种仍然会被哈贝马斯指责为主体性的范式中，"无法看到传统世界观是如何合理化的，在什么基础上认知—工具合理化和道德—实践合理化可以相互协调和结合"；对于李泽厚的西体中用论，他认为其缺点在于在谈论现代性与中国传统的结合时，没有对选择要加以"结合"之成分的标准作进一步的论证："用哈贝马斯评论早期法兰克福学派的话来说，李泽厚的思想缺少一个'规范性基础'。"

最有特色的是，童世骏通过对李大钊的名篇《民彝与政治》的独具匠心的解读，认为"'民彝'观念的实质是把人民作为'道体器用'之道和'器体道用'之器：'人民'既是现代科学技术要加以服务的价值，又是它们赖以植根的传统基础和现实基础。李大钊所注重的不仅仅是人民群众公共意志之形成的实质的方面，即人民群众的根本利益，他也重视人民群众的公共意志之形成的形式的方面，即自由的无强制的交往"。在这里，童世骏显然已经是在用哈贝马斯的交往合理性观念来对李大钊的民彝观进行创造性的解读了。这种解读一方面当然是为了强调李大钊"与以后的中国马克思主义者不同，他不仅强调社会主义与科学的联系，而且强调社会主义与民主的联系"，另一方面更是为了从哈贝马斯所谓文化现代性与规范现代性之二元区分的角度，重新理解现代性与传统的关系："现代性不再是对传统的截然否定，而只是它的形式结构的一种发展，是一种传统的自我批判能力和自我学习能力的提高。现代性作为一套形式上的特征，也完全可以与不同的特殊的价值内容兼容，因而在这个意义上现代性既是传统的合理化，又是传统赖以保持的形式框架。"

相对于以往的讨论，把哈贝马斯关于生活世界与系统、文化现代性与规范现代性的架构引入中国现代化过程的中西体用之争，还有两个既显而易见又耐人寻味的"增量"：一是此前的范式虽然也指出了现代化过程中制度层面的重要性，但却没有充分地强调制度和文化互为体用的关系；在《中西对话中的现代性问题》这部文集中，紧接着体用范畴讨论的是对于民主观念的更为详尽的辨析，作者的这种编排并不是偶然的。二是在探讨熊十力和牟宗三把体用范畴作为哲学的核心时，着重指出这里所谓"体"不再"仅仅是一种特殊的价值，而成了有普遍意义、甚至超越意义的东西"，而这样理解的体用关系也就"把价值与工具之间的外在关系变成了内在关系"。而我们愿意在此强调的是，按照这样理解的体用关系，在中西体用这个架构中的"中西"乃成为从属的关系，换句话说，只要处理好了体用关系，中西问题也就迎刃而解了。而中国的"体用不二"传统（童世骏称之为中国的辩证思维传统）恰恰是能够在这方面做出最大贡献的，这也就使得它超越了作为"思想史材料"的"宿命"，而进展到了"概念工具"的层次，这正是我前文所谓"最大程度的同情的了解"之所指。

三、从哈贝马斯到哈贝马斯

虽然在最内在也是最广泛的意义上，我们同样可以说，和他笔下的他的老师冯契一样，童世骏"研究西方哲学的最终目的不在于理解西方哲学本身，而在于把它当作与中国哲学进行比较的参照系、把它当作提出自己观点的理论资源"，但是无论如何，与他的老师相比，我们都仍然可以说童世骏——至少在某个或某些阶段或形态中——更像是一个严格意义上的西学研究者。

和他的另一位老师和同事赵修义教授合作的《马克思恩格斯同时代的西方哲学》（以下简称《同时代》）是童世骏在西方哲学研究上的第一次比较系统的展示。据作者自述，"这个题目所表达的想法是赵修义老师提出来的……我们当时的出发点是，既然我们要理解马克思主义，就不仅要去研究它的来源，而且要去研究它与同时代不同哲学家所共同面对、共同思考、共同关注的问题。面对这些共同的问题，马克思、恩格斯是怎样解决的，其他哲学家又是怎样解决的，做一些比较，对双方都加深理解"。在这样的表述中，马克思、恩格斯本身与我们的同时代性乃是一个不言而喻的前设。即使仅就西学研究的角度看，我们至少可以说，这部采用"问题史"形式的至今看来依然不失其翔实性甚至仍然有某种清新之气的论著是从哲学史研究的维度上接续和深化了作者早年对作为一个认识论范畴的"问题"的研究。特别值得注意的是，无论从这部论著的分工看还是从此后发表的《从"以我观之"到"以道观之"：20世纪的方法论反思》看，童世骏这一阶段或形态的西学研究主要集中从知识论、价值论和方法论的维度揭示西方哲学在实证主义革命前后的多重面相和丰富蕴含。一方面注意呈现实证主义革命的"前史"，另一方面着力刻画后实证主义变革的"后效"。如果我们考虑到这个广义上的晚期现代性阶段及其达到的智识上的深广度之于我们认识西方的"复杂性"及其对于中国的影响所构成的巨大挑战，就不能不说这种初看上去是基于个人智识趣味的为学方向的选择其实具有多么"深思熟虑"的意味！

童世骏的西学研究的第二个标志性的成果是他的表面上看带有很

强的综述性的四篇宏文:《"新"与"后"的时代: 1968 年以后的欧洲思潮》、《超越传统的选项: 1989 年以后的欧洲思潮》、《社会主义今天意味着什么: 当代西方左翼思想家的社会主义观》《"后马克思主义"视野中的市民社会》。我最初细读童世骏的文字恰恰是从前面两文开始的,不无巧合的是,这些曾被作者本人用作博士生课程讲义的文字也被我采用在自己刚从教就承担的一门名为《当代西方社会思潮》的课程中。现在(其实是刚刚)所达到的如下认识自然是当年所不具备的:如果说在《同时代》那里,马克思主义(包括广义的左翼思想)与我们的"同时代性"乃是不言自明的,那么以上四论其实正是在自觉地阐发这种"同时代性",当然,更为准确地说,这个"自觉"的主语乃是"我"——是我"自觉"到了作者的"自觉",作者的"'问题'意识":"我所以对这些文章中的那些问题感兴趣,是有选择性的。我们站在中国改革开放的这样一个时代中,我们有自己的理论需要,感到有必要对一些世界性的、现代性的问题进行关怀和梳理,这样反过来也有助于理解自身的处境。"还有更加"一针见血"的:"我是希望在某种程度上找到理解国内两大思潮及新左派和自由主义的方式,通过西方思潮来看中国的改革开放。我的主要兴趣是了解西方左翼思潮是如何积极应对现代性的挑战的,其成果就是社会主义与市场经济的结合、社会主义与法治国家的结合、社会主义与市民社会的结合。我希望社会主义是具有现代性、开放性的,而现代性、开放性在西方的主流是自由主义,市场经济、法治国家、市民社会,这些基本上是一些自由主义的观念。自由主义当然是有非常严重的局限性的,社会主义当然是要克服自由主义的局限性的,但我们不应该由此而回避而抛弃在自由主义名下获得的集体学习成果。"

无疑，童世骏作为西学研究者和援引西学资源的思想者的双重身份"最终""锚定"和"统一"在对于对哈贝马斯思想的研究和阐发之中。作者承认对哈贝马斯的兴趣对自己的学术工作起了一种"整合作用"；在一次重要的访谈中，作者也曾经用"阅读《交往行动理论》第一卷，给了我一种难忘的享受"回忆到1988年9月在他的挪威导师希尔贝克建议下与哈贝马斯的思想世界的最初遭遇。从一种由将来出发来"回溯"的视角，这一幕一定会是中国当代学术思想史上的一个重要的时刻，而其典范性、戏剧性乃至生动感都丝毫不亚于林毓生回忆他当年作为此前从未听说过马克斯·韦伯的台大高材生来到芝加哥大学后被震撼的智性历险。

　　最能够体现童世骏对哈贝马斯的研究和阐发之深度和张力的仍然是他的《批判与实践：论哈贝马斯的批判理论》一著。此书的每一章和每个专题都是长期研究、深入思考和精心写作的产物，堪称中文世界西学研究的典范、援引西学资源的思想者的典范和把这两者合为一体的典范。与其篇幅很不相称的本书的精深和厚重很可能需要一个专题研讨会才能加以处理。这里仅以第九章《政治与文化》为例略加"阐发"。

　　本章的写作源于作者1998年受到欧盟项目支持在马尔堡大学为期半年的研究工作，其最终成果最初以《政治文化与现代社会的集体认同》分别发表在上海和香港。笔者脑海中至今还留存着当年从朋友处借来的《二十一世纪》上读到此文时的鲜活记忆，我此前也曾"调侃"自己并不研究哈贝马斯，但却把作者对哈贝马斯思想的娴熟解析"娴熟地"运用到自己对当代政治哲学的"解析"中去。近年撰作《从伦理生活的民主形式到民主的伦理生活形式》一文却使得当年的笑谈在某种程度上得到了"落实"。

在我编译与哈贝马斯亦师亦友的阿尔布莱希特·韦尔默（Albrecht Wellmer）的《后形而上学现代性》一书的过程中，我意识到最初就是用英文发表的《现代世界中的自由模式》一文中的通常无疑应该翻译为"伦理生活的民主形式"的 the democratic form of ethical life 在文内的某些语境中似乎更宜于译为"民主的伦理生活形式"。本来，这只是一个翻译用语的选择问题，它也许有对错，至少有合宜程度的差异，但充其量也并没有多大道理可讲。一开始我也并没有把它与童世骏在哈贝马斯思想基础上集中阐发的"与政治物相关的文化"与"以政治的方式做成的文化"之间的区分联系起来，但是当我结合韦尔默的民主文化概念所从中引出的自由主义和社群主义之争考察所谓新法兰克福学派的转型，并仔细重新梳理韦尔默的两个最为重要的文本之后，我才坚信伦理生活的民主形与民主的伦理生活形式是可以有效能地区分开来的，能够区分开来的主要理由就系属在"与政治物相关的文化"与"以政治的方式做成的文化"之间的有效区分上。从这个角度，"发现"前一种区分本身谈不上有任何"原创性"，但是如果没有我前面所说的那种"娴熟之娴熟"，那么这一区分至少在我这里就无法得到如此"清晰"的浮现，从这个角度，谁又能说"阐发"不也是甚至不就是一种"创造"呢？

四、普遍主义与内在超越问题

按照童世骏的阐述，哈贝马斯最重要的政治哲学著作《在事实与规范之间》以及此后发表的可以作为前书之附录来阅读的政治哲学论文集《包容他者》，所要解决的主要问题就是如何把普遍主义与多元主义统一起来，也就是回答"多元主义条件下的普遍主义政治何以可能？"这个问题，的确，也与前此"阐发"的所有问题相关联，普遍主义问题构成了童世骏哲学工作中继现代性问题之后的一个重要着力点。其主要成果体现在他的三篇重要论文《普遍主义种种》、《国际政治中的三种普遍主义》（简称《三种普遍主义》）以及《中国思想与对话普遍主义》（简称《对话普遍主义》）之中，当然也还有那篇"压卷之作"《关于"重叠共识"的"重叠共识"》。

《普遍主义种种》提出了一种普遍主义的类型学，此文最有特色的地方，一是区分了价值普遍主义和文化普遍主义，但又不忽视两者的密切联系，在余英时所谓价值预设普遍有效性之外提出了价值排序方式的普遍有效性；二是区分了西方中心论的普遍主义和非西方中心论的普遍主义，批评了罗蒂的"种族中心论"。一方面，"尽管从历史的角度来看，上述意义上的普遍主义（世俗的、价值的和对话的普遍主义）在西方比在其他地方得到更有力、更系统的论证和建制化，但为普遍主义所提供的那些辩护，却不只对西方人有效。相反，这些辩护既可以根据各国人民容易接受的一些普遍论据来进行，也可以根据非西方世界的各种民族资源来进行"。另一方面，"宽容、自由研究和追求无扭曲交往等观念或价值的普遍论证之所以重要，不仅仅在于显示它们的跨文化有效性，而且也是为了西方自身的内在批判的需要，而这就要求超越西方人或欧洲人的当下语境"。三是结合从狄尔泰到伽达默尔、哈贝马斯和泰勒的相关思路，论述了一种不是基于既成事实的也就是本质的，而是基于交往和实践的也就是建构的普遍主义。

在此文中得到简要探讨的"强调交往的普遍意义的对话普遍主义和以某人或某民族社会可以单方面或独白地决定什么东西具有普遍有效性

的独白普遍主义"的区分其实是在更早的《三种普遍主义》一文中提出并得到详细阐述和发挥的，在那里，哈贝马斯的"对话的普遍主义"是在与自由民族主义到"独白的普遍主义"和罗尔斯的"虚拟对话的普遍主义"的对比中得到阐发的，此文是作者继《政治文化与现代社会的集体认同》之后再一次在他所"钟爱"的国际政治理论领域有效"介入"，而对"对话的普遍主义"的政治哲学意蕴的精要阐发则是在《对话普遍主义》一文中做出的。

《对话普遍主义》所设定的目标是在评论赵汀阳的天下体系的基础上引入哈贝马斯的"对话普遍主义"与天下观念"相互翻译"："中国古典思想中的'天下'，可以直接翻译成哈贝马斯的交往行动理论。"首先是对天下体系的论证的出发点的"翻译"："既不是那种彼岸—世界性的先验/超越论证，也不是此岸—世界性的功利主义，而是一种此岸—世界性的先验/超越论证。"而且，与其"把这种内在的先验/超越性视角称为本体论的或者先天的"，还不如"把这种视角理解为一种从'我们是谁'或者'我们想成为谁'——而非'我们有什么'或者'我们有多少'，也非'我们应该做什么'——出发的道义论立场"。而"普天下所有人群的和平共存与合作，其之所以为正义，根基既不在于共存以及合作的工具性价值，也不在于某种彼岸/世界性的意义，而在于共存与合作所具有的那种此岸世界性的内在价值"。在经过这样的"翻译"之后，作者进一步在哈贝马斯与孔子之进行"互释"，提出从"理想的角色承担"来诠释和定位"由每处观之"："在哈贝马斯的理论中，'理想的言语条件'并不是一个纯粹否定性的观念，它同时也是一个建构性的观念，或者，是某种我们在人际交往中已经预设了的、使得这种交往成为可能的条件。"

这里所动用的思想资源也同时指向了童世骏哲学工作中最为重要的一个方面,那就是在由基督教神学中的内在超越之争所突出的"超越"与"内在"的区别、雅斯贝尔斯的"轴心时代"命题通过承认中国传统文化为"轴心文化"之一而引人关注的中国文化通过把超越与内在统一起来解决理想与现实关系问题的民族特点以及康德对超越的与先验的之间的区分所凸显的现实与理想之间的现代语境中,援引杜威和哈贝马斯思想中与中国文化传统中最有亲和性、在中国读者中最有共鸣的部分,来回答理想与现实的关系这个哲学中不是唯一重要的那也是最重要的哲学问题。

在另一次访谈中,童世骏曾经以我在从别处所谓"讲话水准与思考水准一样高"的方式指出:"从某种意义上讲,批判人家主要是为人家好,而学习人家有价值的东西,是为自己好。对我们更重要的,是学人家好的地方,帮助改正自己身上的毛病。有人可能会说我战斗性不强。我确实不忙着去找人家的毛病,忙着为人家做好事;学习人家好的加以借鉴,才是为自己好。"不过我仍然要说的是,"战斗性"是否强确实不但要看表面,而且要看实质;不但看"火力",而且要看"活力";用童世骏喜欢甚至习惯于使用的说话方式,不但要看"语义内容",而且要看"语用方式"。在我看来,这方面的至少一个"例证"是,如果说直到 20 世纪 90 年代末甚至 21 世纪初,童世骏是在以介入式的、"内在批判"的方式回应国内知识界和公共舆论领域中的所谓自由主义和新左派之争,那么他 21 世纪初之后直到最近的工作则是在回应、塑造和引导一方面是以西方和中国的古典性为名重启的"古代人反对现代人"的所谓新保守主义运动,另一方面以唱衰西方和唱红中国的方式呈现的中国崛起论和中国模式论。

在我看来，至少从"以言取效"的角度，最有感染力地"回答"理想与现实的关系这个"问题"，同时也是最能够体现"分析的和辩证的"旨趣的，也许并不是童世骏那些结实绵密而又似有精灵跃动其间的论著，也不是那些表面看上去更其"堂皇"内里却是处处平实说理的论说，甚至不是看上去"如数家珍""亲切有味"的《冯契与西方哲学》，而是在其中涉及晚年"都把'反思'作为自己的工作概念"的上海学术界的两位领袖级人物王元化和冯契之"比较"的《拉赫玛尼诺夫音乐中的镰刀斧头》："在我看来，做一个乐观主义者的最重要理由，恰恰是在这个世界上，客观上让我们乐观的理由其实并不多。如果我们真的认为情况不容乐观的话，我们就不该让自己的不乐观去雪上加霜了。"甚至同样也不是那篇为哈贝马斯 80 寿辰而作的并且得到后者本人赞许的《学习与批判》，而是在新时期中文世界哈贝马斯研究的前辈学者薛华先生的 70 寿辰上的即席发言《哲学：知其不可而为之的事业》："司马迁对这个不可至的理想的向往并没有使他成为孔子，但这种向往让他成了司马迁，成为我们所知道的司马迁。一个超越的理想能起到如此实在的作用，我们就不能说它是一个虚幻的东西。"除去这两个似乎更为"挥洒"也更为"感性"的篇什，当然也还有作者本人 10 多年前一次访谈中的这一席话：

"谈论心性和天道，并不是与心性和天道发生联系的唯一途径。心性和天道不仅可以成为一种言说的语义内容，而且可以成为一种言说的语用方式。韦伯在题为《以学术为业》的著名讲演中有这样一个观点：在现代社会，科学已经不再有能力颁布终极价值了；但对选择学术研究事业的人来说，这个事业本身或许有终极价值。"

从"一种言说的语义内容"来说，对于"以哲学为业"30 余年的作者，就正如对他笔下的那些更为年长更为资深的前辈，这番话当然不止是一种"不小的安慰"，而且是一种"如实的写照"；而从"一种言说的语用方式"来说，对于像笔者这样已然不再年轻以及那些依然年轻的"后学"，它就不但是一种更具普遍意义的"激励"，而且是一种更富个体意味的"鞭策"了。

2015 年 11 月 28 日午前十时半

写毕于丽娃河畔华东师大客舍

附记

　　此集原拟题为《来了个和我谈张宗子的学生》，盖因"张宗子"之一名双指，妙喻互文，又兼同题小文确涵自清甚或自励之微旨，于焉自许其有"我手写我心"之效，而颇珍爱之。年初承乏"主持"《罗素传》读书活动，遂萌为此著撰一书评之念。唯因开春迄来诸事烦冗，蹉跎至今，方始落成。由是想到若以《理智并非干燥的光》一题"统领"全集，似亦差可以"谈言微中"状之。然则如斯"借用"得体与否，未敢独断，乃商询于吾乡贤杨教授国荣先生，当即得复"此题甚好，不应有争议"，后虑至此消矣。退而思此两名，一者似深蕴江湖之意气，另者则邈若庙堂之高远。"桃李春风一杯酒，江湖夜雨十年灯"，此虽深契吾邦士子于人生离合之写照况味，然以吾之材质，"居庙堂之高则忧其民，处江湖之远则忧其君"则非所敢望也。值此疑惑难决之时也，吾小友许君有谓，后一题似偏狂，前一题则近狷。吾闻言战兢曰："处当今盛世，狂者未敢，狷者必须"。如是思之再三，后来终于居上焉。唯不忍弃前名者再四，乃复强为之背书曰：与其如吾国某些智识人之言寄玄远，心属庙堂，以致显微有间，不若如吾辈译书匠之周道如砥，坦然可观，方称吾心之安。思而及此，如拨云见雾，余虑顿消，因欣然解题如上，并以为记云。

图书在版编目（CIP）数据

理智并非干燥的光 / 应奇著 . —杭州：浙江大学
出版社，2017. 2
ISBN 978-7-308-16549-5

I.①理… II.①应… III.①随笔—作品集—中国—
当代 IV.①I267. 1

中国版本图书馆CIP数据核字（2017）第001850号

理智并非干燥的光

应 奇 著

责任编辑	王志毅
文字编辑	张兴文
装帧设计	周伟伟
出版发行	浙江大学出版社
	（杭州天目山路148号　邮政编码310007）
	（网址：http://www.zjupress.com）
制　作	北京大观世纪文化传媒有限公司
印　刷	北京中科印刷有限公司
开　本	880mm×1230mm　1/32
印　张	9.5
字　数	226千
版 印 次	2017年2月第1版　2017年2月第1次印刷
书　号	ISBN 978-7-308-16549-5
定　价	39.00元

浙江大学出版社发行中心联系方式：（0571）88925591；http://zjdxcbs.tmall.com